Marcus Hünnebeck

Die Todestherapie

Thriller

Über den Autor:

Marcus Hünnebeck wurde 1971 in Bochum geboren und lebt inzwischen als freier Autor in Leipzig. Er studierte an der Ruhr-Universität Bochum Wirtschaftswissenschaften.
Im März 2001 erschien mit *Verräterisches Profil* sein erster Thriller, 2003 und 2004 folgten *Wenn jede Minute zählt* und *Im Visier des Stalkers*.
Dank der Möglichkeiten, die das E-Book-Publishing bietet, veröffentlichte er im Jahr 2013 seine alten Thriller als überarbeitete E-Books. *Im Visier des Stalkers* erhielt aus rechtlichen Gründen den Namen *Die Rache des Stalkers* und schaffte im Juli 2013 den Sprung in die Top 10 der Amazon-Bestseller-Charts. Dem Roman *Verräterisches Profil* gelang dies im Dezember 2013. *Wenn jede Minute zählt* erreichte im Juni 2014 die Spitzenposition der Kindle-Charts und gehörte 2014 zu den zehn meist verkauften E-Books bei Amazon. Die Fortsetzung um den Kommissar Peter Stenzel erschien im Juni 2015 (*Stumme Vergeltung*).
Als Erstausgabe erschien im Juni 2014 *Kainsmal* bei Amazon Publishing. Mit *Die Drahtzieherin* führte er die Serie um Oberkommissarin Katharina Rosenberg fort. Die Trilogie schloss der Roman *Tödlicher Komplize* ab.
Im September 2015 veröffentlichte Egmont-Lyx den ersten Band einer neuen Reihe, der den Titel *Im Auge des Mörders* trägt. Im Mittelpunkt dieser Serie stehen die Journalistin Eva Haller und der Leibwächter Stefan Trapp.
Der zweite Band folgte im September 2016 und heißt *Abschaum*.
In *Sommers Tod* taucht zum ersten Mal Oberkommissar Lukas Sommer auf. *Sommers Schuld* ist sein zweiter Solo-Fall.
Die Namen des Todes bildet den Auftakt einer neuen Serie um den BKA-Kriminalkommissar Robert Drosten und sein Team. *Schuld vergibt man nie* ist der Folgeband. Die Romane sind genau wie der dritte Teil *Rudelfänger* und der vierte Teil *Rudeljagd* unabhängig voneinander zu lesen.
In *Die Todestherapie* ermitteln Lukas Sommer und Robet Drosten zum ersten Mal für eine neue Polizeibehörde namens KEG (Kriminalermittlungstaktische Einsatzgruppe).

Teneriffa geschickt, wo er mit einem Kommilitonen dem Semesterstress entfliehen und im Atlantik surfen wollte. Gestern war er spätabends zurückgekehrt, und heute Morgen hatte er sie gefragt, wie ihre Abendpläne aussahen.

Da ihre Freundin Luisa Geburtstag hatte, gab es keine Gelegenheit, ihn allein zu treffen. Also hatte sie ihm die Kneipe genannt, in der Luisa mit ihr und Caroline die Volljährigkeit feiern würde. Er hatte ihr versprochen, im späteren Verlauf dazuzustoßen und sie gegebenenfalls heimzufahren.

Sina überlegte, was sie beim Konzert getragen hatte. Offenbar hatte ihn die Kombination aus flachen Schuhen, dunkelblauen Kniestrümpfen, dem gleichfarbigen Rock und dem dezent rosafarbenen T-Shirt beeindruckt. Mochte er diesen leicht an eine Schuluniform erinnernden Look? Sollte sie etwas Ähnliches heraussuchen oder lieber anders auftreten, um seine Reaktion zu testen?

Ihr Handy piepte. Sie trat ans Bett und nahm das Telefon in die Hand. Die Nachricht stammte von Jonas. Aufgeregt entsperrte sie das Display und öffnete die Mitteilung.

Hi, Sina. Bis wann bist du nachher im Aurora? Meine zeitlichen Pläne verschieben sich nämlich dank eines idiotischen Professors nach hinten :-(

Oh nein! Das klang gar nicht gut.

Über den Autor:

Marcus Hünnebeck wurde 1971 in Bochum geboren und lebt inzwischen als freier Autor in Leipzig. Er studierte an der Ruhr-Universität Bochum Wirtschaftswissenschaften.
Im März 2001 erschien mit *Verräterisches Profil* sein erster Thriller, 2003 und 2004 folgten *Wenn jede Minute zählt* und *Im Visier des Stalkers.*
Dank der Möglichkeiten, die das E-Book-Publishing bietet, veröffentlichte er im Jahr 2013 seine alten Thriller als überarbeitete E-Books. *Im Visier des Stalkers* erhielt aus rechtlichen Gründen den Namen *Die Rache des Stalkers* und schaffte im Juli 2013 den Sprung in die Top 10 der Amazon-Bestseller-Charts. Dem Roman *Verräterisches Profil* gelang dies im Dezember 2013. *Wenn jede Minute zählt* erreichte im Juni 2014 die Spitzenposition der Kindle-Charts und gehörte 2014 zu den zehn meist verkauften E-Books bei Amazon. Die Fortsetzung um den Kommissar Peter Stenzel erschien im Juni 2015 (*Stumme Vergeltung*).
Als Erstausgabe erschien im Juni 2014 *Kainsmal* bei Amazon Publishing. Mit *Die Drahtzieherin* führte er die Serie um Oberkommissarin Katharina Rosenberg fort. Die Trilogie schloss der Roman *Tödlicher Komplize* ab.
Im September 2015 veröffentlichte Egmont-Lyx den ersten Band einer neuen Reihe, der den Titel *Im Auge des Mörders* trägt. Im Mittelpunkt dieser Serie stehen die Journalistin Eva Haller und der Leibwächter Stefan Trapp.
Der zweite Band folgte im September 2016 und heißt *Abschaum.*
In *Sommers Tod* taucht zum ersten Mal Oberkommissar Lukas Sommer auf. *Sommers Schuld* ist sein zweiter Solo-Fall.
Die Namen des Todes bildet den Auftakt einer neuen Serie um den BKA-Kriminalkommissar Robert Drosten und sein Team. *Schuld vergibt man nie* ist der Folgeband. Die Romane sind genau wie der dritte Teil *Rudelfänger* und der vierte Teil *Rudeljagd* unabhängig voneinander zu lesen.
In *Die Todestherapie* ermitteln Lukas Sommer und Robet Drosten zum ersten Mal für eine neue Polizeibehörde namens KEG (Kriminalermittlungstaktische Einsatzgruppe).

Über das Buch:

Gero Ruppert kennt sich aus mit Trauer und Verzweiflung. Der Psychologe betreut Eltern, die ihre Kinder auf schmerzliche Weise verloren haben. Als ein 17-jähriges Mädchen brutal missbraucht und ermordet wird, kontaktiert Ruppert die verwaiste Mutter und bietet ihr an, sie psychologisch zu behandeln.

Drei weitere junge Frauen sterben, und Ruppert kümmert sich um die trauernden Hinterbliebenen. Für die Soko rund um die Kommissare Drosten und Sommer steht trotz wasserdichter Alibis der Hauptverdächtige fest: Der Mörder kann nur Gero Ruppert selbst sein. Hat er einen Helfer? Spielt er ein falsches Spiel mit traumatisierten Eltern? Doch die Polizisten ahnen nicht, dass der Psychologe bedroht wird. Er muss den Anweisungen eines Erpressers folgen, um nicht seine eigene Tochter zu verlieren. Je näher die Soko den wahren Hintergründen kommt, desto stärker gefährdet sie das Leben des Mädchens – wogegen Ruppert mit allen Mitteln kämpft.

Marcus Hünnebeck

Die Todestherapie

Thriller

Impressum

Die Todestherapie

1. Auflage, Februar 2018

Covergestaltung: ©authors-assistant
(Britt Toth
http://authors-assistant.com)
unter Verwendung von einem Bild von
Fotolia (Emanuele Mazzoni)

Lektorat: Ruggero Leò
Korrektorat: Kirsten Wendt

Herausgeber:
Marcus Hünnebeck
Hegelstraße 11, 40789 Monheim

ISBN: 978-1980346364

Alle in diesem Roman geschilderten Handlungen und Personen sind frei erfunden. Ähnlichkeiten mit lebenden oder verstorbenen Personen sind zufällig und nicht beabsichtigt.

1

Sina öffnete den Kleiderschrank. Was sollte sie heute Abend anziehen? In erster Linie hatte sie sich mit ihren beiden besten Freundinnen verabredet – doch vielleicht würde sie Jonas begegnen.

Der Gedanke an den 21-jährigen Studenten beschleunigte ihren Puls. Er war vier Jahre älter als sie, und im Gegensatz zu den *Jungs*, die ihr sonst den Hof machten, ein richtiger Mann. Sie hatten sich vor drei Wochen zufällig auf einem Konzert kennengelernt und bereits ihre Telefonnummern ausgetauscht, ehe der Auftritt der Hauptband vorüber gewesen war. Anschließend hatten sie sich bis in die Nacht hinein Textnachrichten geschrieben. Wäre Jonas nicht blöderweise wenige Tage später in einen zweiwöchigen Urlaub geflogen, hätten sie sich mittlerweile wiedergesehen. Immerhin hatte er regelmäßig Bilder aus

Teneriffa geschickt, wo er mit einem Kommilitonen dem Semesterstress entfliehen und im Atlantik surfen wollte. Gestern war er spätabends zurückgekehrt, und heute Morgen hatte er sie gefragt, wie ihre Abendpläne aussahen.

Da ihre Freundin Luisa Geburtstag hatte, gab es keine Gelegenheit, ihn allein zu treffen. Also hatte sie ihm die Kneipe genannt, in der Luisa mit ihr und Caroline die Volljährigkeit feiern würde. Er hatte ihr versprochen, im späteren Verlauf dazuzustoßen und sie gegebenenfalls heimzufahren.

Sina überlegte, was sie beim Konzert getragen hatte. Offenbar hatte ihn die Kombination aus flachen Schuhen, dunkelblauen Kniestrümpfen, dem gleichfarbigen Rock und dem dezent rosafarbenen T-Shirt beeindruckt. Mochte er diesen leicht an eine Schuluniform erinnernden Look? Sollte sie etwas Ähnliches heraussuchen oder lieber anders auftreten, um seine Reaktion zu testen?

Ihr Handy piepte. Sie trat ans Bett und nahm das Telefon in die Hand. Die Nachricht stammte von Jonas. Aufgeregt entsperrte sie das Display und öffnete die Mitteilung.

Hi, Sina. Bis wann bist du nachher im Aurora? Meine zeitlichen Pläne verschieben sich nämlich dank eines idiotischen Professors nach hinten :-(

Oh nein! Das klang gar nicht gut.

Ich schätze, bis dreiundzwanzig Uhr. Meine Mutter stresst immer herum, wenn ich an Schultagen nicht spätestens um halb zwölf zu Hause bin. Was ist passiert?

Er las ihre Antwort sofort, und es dauerte nicht lang, bis er ihr eine Audionachricht schickte.

Sie berührte das Abspielsymbol. »Hallo! Falls ich bis zehn fertig bin, komme ich noch«, erklang seine tiefe Stimme. »Ich hab vor dem Urlaub ein Projekt abgegeben und vorhin die Rückmeldung des Profs bekommen. Wenn ich den Schein, den ich zum Weiterkommen benötige, haben will, muss ich bis Freitagmittag jede Menge Änderungen vornehmen. Ich hoffe, ich schaffe das, denn ich möchte dich endlich wiedersehen. Ansonsten treffen wir uns Freitagabend zu zweit. Einverstanden?«

Sie räusperte sich, dann nahm sie ebenfalls eine Nachricht auf. »Das klingt so, als seien Uniprofessoren auch nicht besser als meine durchschnittlichen Lehrer. Wäre schön, dich heute zu sehen. Schließlich will ich deine Surfbräune bewundern. Freitag geht in Ordnung, da hab ich bislang nichts vor. Meld dich einfach, sobald du weißt, ob du kommst. Luisa und Caroline sind sehr gespannt auf dich.«

Er hörte die Nachricht ab und schickte ihr ein Kuss-Emoji. Lächelnd betrachtete sie das Symbol. Bestimmt würde er alles daransetzen, um sie heute wiederzusehen. Also widmete sie sich erneut der richtigen Kleidungskombination.

Eine Dreiviertelstunde später trat Sina aus dem Zimmer, um im Bad das Make-up aufzulegen. In diesem Moment kam ihre Mutter die Treppen der Drei-Zimmer-Maisonette-Wohnung hoch und blieb an der obersten Stufe stehen.

»Wieso bist du so aufgebrezelt?«, fragte sie in unfreundlichem Tonfall.

Innerlich verdrehte Sina die Augen, äußerlich jedoch ließ sie sich nichts anmerken.

»Luisa feiert gleich im Aurora ihren achtzehnten Geburtstag. Das habe ich dir erzählt.«

»Ich dachte, das wäre am Wochenende.«

»Falsch gedacht. Sie ist heute achtzehn geworden.«

»Du hast morgen Schule.«

»Keine Sorge, ich bin vor Mitternacht zurück. Und die nächste Klausurphase beginnt erst in zwei Wochen.«

Die Mutter musterte sie von oben bis unten. Normalerweise mäkelte sie an zu offenherzigen Outfits herum. Da sich Sina jedoch für eine weiße, perfekt sitzende Jeans und einen schwarzen, dünnen Kaschmirpullover entschieden hatte, konnte sie diesbezüglich nichts einwenden.

»Ich finde es unverantwortlich, mitten in der Woche zu feiern«, brummte sie stattdessen.

»Mama, wir sind keine zwölf mehr.«

»Aber abgesehen von Luisa seid ihr Mädels noch nicht volljährig.«

Sina hielt ihren Unmut nicht länger zurück. »Lieber mit siebzehn feiern als mit Anfang vierzig, so wie du es getan hast.«

»Das heißt?«, erwiderte die Mutter lauernd.

»Du weißt genau, was ich meine.«

»Erklär's mir!«

»Ich habe keine Lust zu streiten. Bringt ja eh nichts.« Sina ging die zwei Schritte von der Zimmertür zum Bad.

»Also bin *ich* wieder an allem schuld?«, entfuhr es ihrer Mutter.

»*Wieder*? Wohl eher *noch immer*. Darüber ändere ich meine Meinung nicht. Hättest du Papa nicht mit einer zufälligen Discobekanntschaft betrogen, wäre er nicht nach Schweden ausgewandert, um da in der Einöde zu leben. Wo er nicht einmal Internet hat. Ich muss ihm *Briefe* schreiben. Im einundzwanzigsten Jahrhundert. Wie geil!«

»Dein Vater hat schon früher davon geträumt, auszusteigen. Unsere Eheprobleme haben nichts damit zu tun. Nachdem er die Abfindung kassiert hat, wäre er so oder so gegangen.«

»Belüg dich ruhig weiter! Vielleicht wäre er in zehn Jahren abgehauen, doch garantiert nicht im Jahr vor meinem Abi. Danke, Mama!«

Sie betrat das Bad und verriegelte die Tür. Am Waschbecken wartete sie ab, ob ihre Mutter die Diskussion fortsetzen wollte, und betrachtete dabei ihr Spiegelbild. Als aus der Diele kein Gekeife mehr erklang, stöpselte Sina erleichtert den Stecker des

Glätteisens in die Steckdose. Während das Gerät aufheizte, griff sie zu einem Lippenstift und schminkte die Lippen in dezent rotem Ton. Danach glättete sie ihr leicht welliges, schulterlanges blondes Haar und hoffte, dass Jonas den Anblick zu schätzen wüsste – falls er überhaupt käme.

***

Er hatte sich in eine Ecke der Bar gesetzt und ein kleines Netbook aufgeklappt. Etwaige Beobachter würden ihn vielleicht für einen Schriftsteller halten, der nur im öffentlichen Raum Worte zu Papier (beziehungsweise in den Computer) bringen konnte.

In Wahrheit wäre er demnächst weit mehr als das: ein Todeskünstler.

Er hatte die Auserwählte seit einer Weile im Visier, und heute Nacht würde sich hoffentlich eine Gelegenheit ergeben. Sie saß mit zwei Freundinnen an einem Vierertisch. Eines der Mädchen hatte Geschenke bekommen. Seit zehn Minuten waren ihre Gläser leer. Eine Kellnerin hatte sich an den Tisch begeben und eine Frage gestellt, die lediglich mit Kopfschütteln beantwortet worden war. Anscheinend näherte sich der Abend seinem Ende.

Der Mann schaute auf den Bildschirm. Er hatte das Instagram-Profil seiner Auserwählten aufgerufen. Ihre Likes waren aussagekräftig. Urlaubsbilder, Surffotos, Sonnenuntergänge. Alles mit Herzen versehen. Das Mädchen war verliebt.

Ob sie Jungfrau war? Es gab Anzeichen, die dagegensprachen, aber letztlich wäre es bloß ein Bonuspunkt, falls er sie unberührt in den Tod schicken könnte.

Die Kellnerin trat erneut an den Tisch der Freundinnen. Diesmal hielt sie ein EC-Karten-Lesegerät in der Hand. Die Show begann.

***

Sina überprüfte am Handy zweierlei. Zum einen die Uhrzeit und zum anderen, ob Jonas seit seiner endgültigen Absage online gewesen war.

»Bleibst du noch hier?«, fragte Caroline. Sie und Luisa waren im Gegensatz zu Sina mit den Fahrrädern gekommen und deswegen unabhängig vom Busfahrplan.

»Ich breche in zehn Minuten auf«, antwortete Sina. »Dann bin ich rechtzeitig am Busbahnhof.«

»Sollen wir so lange warten?«, erkundigte sich Luisa.

»Quatsch! Fahrt los. Für die paar Meter brauche ich keinen Begleitschutz.«

Die Freundinnen erhoben und umarmten sich. Kaum hatten die beiden Klassenkameradinnen das Lokal verlassen, verzog Sina niedergeschlagen die Mundwinkel. Nun musste sie ihren Frust nicht länger überspielen. Jonas hatte sich zwar entschuldigt und versprochen, sein Fehlen am Freitag gutzumachen, trotzdem war sie enttäuscht. Hätte ihm ihr Wiedersehen nicht wichtiger sein müssen als eine Studienarbeit?

Luisa hatte ihn verteidigt und darauf hingewiesen, dass er wohl keine Lust gehabt hätte, mit *drei aufgedrehten Hühnern* den Abend zu verbringen. Vielleicht stimmte das. Sina beschloss, ihn zu informieren, dass sie nun allein war und ihr Heimweg noch eine Weile dauern würde. So blieb ihnen wenigstens Zeit zum Chatten.

Hi! Die Mädels sind gerade gegangen. Bist du vorangekommen?

Sie schickte die Nachricht ab. Doch nachdem sie an Jonas' Handy übermittelt worden war, zeigte ihr das System keine Lesebestätigung an. Ob er schon schlief?

***

Kurz bevor Sina aus dem Bus stieg, schaute sie ein letztes Mal auf ihr Smartphone, ehe sie es in das Seitenfach der Handtasche schob. Jonas hatte die Nachricht nicht gelesen. Hoffentlich meldete er sich vor der Schule, damit sie sich im Unterricht nicht mit der Frage quälte, ob sein Wegbleiben ein schlechtes Zeichen war.

Geräuschvoll fuhr der Bus an. Zwar musste sie von der Haltestelle noch fünf Minuten nach Hause laufen, allerdings waren die Gehwege an der Hauptstraße gut beleuchtet. Ihre Mutter hatte nach der Trennung bei der Wohnungssuche auf solche Details geachtet, damit ihre Tochter abends mobil war. In vier Monaten wäre Sina endlich volljährig, und auf einem extra dafür angelegten Tagesgeldkonto lag genug Geld für einen kleinen Gebrauchtwagen. Dann würde eine neue Zeitrechnung beginnen.

Kaum hatte sie ein paar Meter der leichten Steigung bewältigt, hörte sie, wie sich von hinten ein Auto näherte. Neugierig drehte sie sich um. Sie erkannte einen Mann am Steuer, der immer langsamer fuhr, je näher er kam. Plötzlich leuchtete das Fernlicht des Wagens auf.

Was wollte er?

Das Fahrzeug hielt neben ihr am Straßenrand. Instinktiv wich Sina einen Schritt zur Seite. Gleichzeitig sah sie, dass ein Katzenkorb auf dem Beifahrersitz stand.

Der Fahrer ließ das Fenster herunter.

»Entschuldige die Störung«, sagte er und lächelte ihr zu. »Kennst du dich hier aus?

»Wieso?«

»Meine Katze ist entlaufen. Ich wohne einen halben Kilometer entfernt. Vor zwanzig Minuten habe ich einen Anruf bekommen, dass jemand aus dieser Gegend meinen Streuner aufgenommen hat. Ich Idiot bin sofort losgefahren. Ohne Navi, ohne Handy.« Über die eigene Vergesslichkeit verwundert, schüttelte er den Kopf. »Weißt du, wie ich zur Sternstraße komme?«

Sinas Misstrauen verschwand. Die Geschichte, die er erzählte, gewann durch den leeren Korb an Glaubwürdigkeit. Zudem war die erwähnte Straße eine Seitengasse, an der er bereits vorbeigefahren war. Sie trat näher an die Bordsteinkante und beugte sich zu ihm.

»Sie hätten vor ungefähr zweihundert Metern links abbiegen müssen.«

»Ich habe die Straße übersehen?«, fragte er ungläubig.

»Das passiert schnell. Wenden Sie einfach, und dann ...«

Der Mann richtete ein Objekt auf sie. Eine Art Dose. Bevor Sina sich einen Reim darauf machen konnte, nahm sie ein Zischen wahr. Eine beißende Flüssigkeit traf ihren Mund, ihre Nase und ihre Augen.

»Ah«, schrie sie, stolperte nach hinten und fiel zu Boden. Das Zeug brannte erbärmlich. Mit geschlossenen Augen versuchte sie, es wegzuwischen. Im selben Moment hörte sie, dass eine Autotür geöffnet wurde.

»Hilfe!«

Eine Hand berührte ihre Schulter.

»Es wird dir gefallen«, flüsterte der Mann und drückte ihr etwas an den Hals. Blind schlug sie danach, doch sie verfehlte das Ding. Im nächsten Augenblick durchzuckte sie ein unerträglicher Schmerz, und sie verlor das Bewusstsein.

***

Astrid Kleinschmitt erwachte vom Geräusch einer zuschlagenden Tür. Orientierungslos öffnete sie die Augen, und es dauerte ein paar Sekunden, bis sie einen klaren Gedanken fassen konnte. Sie war vor dem Fernseher eingeschlafen. Nicht zum ersten Mal in den letzten Monaten. Seit sie umgezogen waren, schlief Astrid nachts keine drei Stunden am Stück. Finanzielle Sorgen raubten ihr die Nachtruhe. Das alles wegen eines einzigen Fehltritts, den sie mittlerweile bedauerte. Und manchmal holte sich der Körper den benötigten Schlaf zu den unpassendsten Gelegenheiten. Mitten in der Kultursendung war sie eingenickt.

»Er wäre eh irgendwann abgehauen«, sagte sie, um ihr schlechtes Gewissen zu beruhigen. Sie griff zur Fernbedienung und schaltete den Apparat aus. Ihr Blick fiel auf die Uhr. Halb eins. Hatte sie Sinas Rückkehr verpasst? Astrid gähnte und stand auf. In der Maisonettewohnung lagen Wohnzimmer und Küche in der unteren Etage, die beiden Schlafzimmer und das Bad oben. Sie betrat die Holztreppe, die bei jedem Schritt leicht knarrte. War sie so erschöpft gewesen, oder hatte Sina einen lautlosen Weg nach oben gefunden?

Mit mulmigem Gefühl erklomm sie die Stufen. Im Displaylicht ihres Handys erkannte sie, dass Sinas Zimmertür angelehnt war.

»Oh Gott«, wisperte sie und schaltete die Dielenlampe ein. Ohne Rücksicht auf ihre eventuell schlafende Tochter zu nehmen, riss sie die Zimmertür auf. Das Bett war leer.

»Sina?«, rief sie.

Astrid entsperrte das Handy und überprüfte Sinas Whatsapp-Status. Offenbar war ihre Tochter um dreiundzwanzig Uhr siebzehn zuletzt online gewesen. Vor über einer Stunde. War das ihre Rache für den Streit am Nachmittag? Oder war ihr etwas zugestoßen?

Sie berührte das Telefonsymbol und wählte Sinas Nummer an. Sekunden später forderte die aufgezeichnete Stimme ihrer Tochter sie auf, eine Nachricht zu hinterlassen.

***

Das Pfefferspray hatte sie lang genug kampfunfähig gemacht, dass er aussteigen und ihr den Elektroschocker an den Hals drücken konnte. Dann hatte er sie in den Kofferraum gelegt, ihr den Mund mit Panzerband zugeklebt und war nach Hause gerast.

Inzwischen lag sie auf der nackten Matratze, mit einer Hand an den Heizkörper gefesselt und nach wie vor bewusstlos, da er ihr zwei zusätzliche Stromschläge verpasst hatte. Er betrachtete sie. Eine hübsche, junge Frau, die sich für den Abend mit ihren Freundinnen dezent geschminkt hatte. Nicht sexy, aber stilvoll gekleidet. Ein würdiges Opfer.

Er zog ihr die flachen Schuhe aus, bevor er sich zu ihr legte und den obersten Knopf der weißen Jeanshose öffnete. Seine Finger glitten unter den dünnen Kaschmirpullover und streichelten ihren Bauch. Er schloss die Augen und stellte sich ein anderes Mädchen vor.

Als das Bild der verstorbenen Frau verblasste, zog er der Gefangenen Hose und Slip aus. Anschließend schnitt er den Pullover in zwei Hälften und zerteilte die Träger ihres BHs. Langsam entkleidete er sich selbst und nahm neben ihr Platz.

Es dauerte ewig, bis sie endlich erwachte. Sie sah ihm in die Augen und erinnerte sich offenbar an das, was passiert war. Er las Panik in ihrem Blick. Sie versuchte, von ihm wegzurücken, doch die Wand verhinderte das.

»Bitte«, flehte sie. »Tun Sie mir nicht weh.«

»Das werde ich nicht«, versprach er. »Wenn du machst, was ich von dir erwarte, bist du gleich frei.«

»Vergewaltigen Sie mich nicht!«

»Keine Sorge.« Er packte ihr freies Handgelenk. »Sei lieb zu mir und befriedige mich.«

Tränen liefen ihr übers Gesicht, doch sie glaubte ihm und kam der Bitte nach.

Als er sich dem Höhepunkt näherte, packte er sie am Hals.

»Weiter!«, keuchte er. »Schneller!«

Sie gehorchte. Ob sie dabei spürte, wie er den Druck verstärkte?

2

»Gero«, rief eine weibliche Stimme.

Der Angesprochene drehte sich um und lächelte. »Hallo, Veronika.«

Die 50-jährige Chirurgin kam auf ihn zugelaufen und blickte ihn stolz an. »Nachträglich meinen Glückwunsch.«

»Danke«, sagte der fünf Jahre jüngere Psychologe.

Krankenschwester und Pfleger eilten an ihnen vorbei – wie immer herrschte reges Treiben in diesem Teil des Berliner Krankenhauses, in dem sich Gero Rupperts Büro neben einigen Behandlungszimmern befand. Er liebte die hektische Atmosphäre und hatte bewusst darauf verzichtet, in den neu errichteten, ruhigen Anbau zu ziehen, für den sich viele Kollegen entschieden hatten.

»Hast du deine Gala genossen?«

Ruppert grinste verlegen. »Ich bekenne mich schuldig.«

Am vergangenen Wochenende hatte die Krankenhausdirektion zu seinen Ehren ein Galadinner veranstaltet. Ruppert hatte einen städtischen Preis für sein soziales Engagement erhalten und das beachtliche Preisgeld der Krankenhausstiftung gespendet.

»Schade, dass du nicht dabei warst«, fügte er hinzu. »Wie waren die Flitterwochen?«

Die Chirurgin lachte. »Langsam bekomme ich darin Übung. War ja bereits meine dritte Hochzeitsreise. Allerdings hatte ich bei den beiden ersten Gelegenheiten definitiv schlechtere Hotels. Es war traumhaft. Weißer Privatstrand, herrliches Wetter, wundervolles Essen. Ich habe drei Kilo zugenommen.«

»Die wirst du schnell los.«

»Hoffentlich. Sonst kann ich nie wieder heiraten.« Sie zwinkerte ihm zu.

»Das hört dein dritter Ehemann bestimmt gern.«

»Aber was ist mit all den anderen tollen Männern da draußen? Inklusive dir?«

Er seufzte theatralisch. »Ich kann mich einfach nicht an den Gedanken gewöhnen, dass du deine Gatten nach durchschnittlich vier Jahren entsorgst. Sonst wäre ich interessiert. Sollen wir in den nächsten Tagen mal in die Kantine gehen, und du erzählst mir ausführlich vom Urlaub?«

»Sobald ich mein altes Gewicht erreicht habe, schreibe ich dir eine Nachricht. Und jetzt wartet eine Galle darauf, herausoperiert zu werden.«

Ruppert öffnete die Tür des Büros. Seine Sekretärin Magdalena tippte am Schreibtisch einen Bericht.

»Waren Sie schon essen?«, fragte er die Anfang 40-Jährige.

»Bin erst vor fünf Minuten zurückgekehrt«, antwortete sie. »Der gegrillte Lachs ist sehr empfehlenswert.«

»Danke für den Tipp. Ich erledige noch schnell ein paar Sachen, bevor ich mir den Fisch gönne.«

Die Zwischentür zu seinem Chefbüro war angelehnt. Er zog sie auf, und sein erster Blick fiel auf die einen Meter breite Fotografie, die er vor wenigen Wochen in einer Galerie erworben hatte. Sie steckte in einem Rahmen unter Acrylglas und zeigte eine brechende Meereswelle. Die Welle vermittelte deutlich die Kraft der Natur, und zugleich entspannte ihn der Anblick. Obwohl ihn das Werk dreitausend Euro gekostet hatte, war es eine lohnende Investition gewesen.

Als er zum Schreibtisch schaute, entdeckte Ruppert einen weißen Briefumschlag, den jemand auf seine Tastatur gelegt hatte. Kaum hatte er den Holztisch umrundet, bemerkte er den schwarzen Rand auf der Vorderseite des Umschlags.

»Wer ist gestorben?«, flüsterte er.

Seltsam, dass Magdalena das nicht erwähnt hatte.

Er öffnete den nicht zugeklebten Brief, nahm die Todesanzeige heraus und überflog sie. Offenbar hatte jemand ein siebzehnjähriges Mädchen namens Sina Kleinschmitt *brutal aus dem Leben gerissen*. Die Mutter trauerte um ihr einziges Kind. Die Beerdigung würde am nächsten Tag stattfinden.

Ruppert versuchte, dem Namen ein Gesicht zuzuordnen. Sina Kleinschmitt. Astrid Kleinschmitt. War eine davon früher seine Patientin gewesen? Da er ein fantastisches Namensgedächtnis besaß, konnte er diese Möglichkeit ausschließen.

Im Umschlag steckte noch ein Stück Papier. Ruppert holte es heraus und faltete es auf.

Vielleicht hast du von dem Fall gehört. Das Mädchen wurde von einem Unbekannten ermordet. Die Trauerfeier findet morgen statt. Am Tag danach, also übermorgen, wirst du die Mutter kontaktieren und in deine Selbsthilfegruppe aufnehmen. Sie hat den Trost und die Zuwendung eines stadtbekannten Wohltäters bitter nötig.

Solltest du dich nicht an meine Anweisung halten, droht deiner süßen Tochter Alina das gleiche Schicksal wie Sina. Ich hoffe in ihrem Interesse, dass du mich ernstnimmst.

Auch wenn es wie ein Klischee klingt: Du darfst selbstverständlich nicht die Polizei alarmieren. Ich schätze, die Bullen werden eh eines Tages vor deiner Tür stehen. Selbst dann musst du diesen Brief verschweigen. Denk dabei immer an Alinas Gesundheit.

Wir hören voneinander!

»Ist das ein Scherz?«, flüsterte er.

Er legte den Umschlag samt Inhalt zurück auf die Tastatur und ging ins Vorzimmer.

»Geht es Ihnen nicht gut?«, fragte Magdalena bei seinem Anblick.

»Haben Sie einen Umschlag auf die Tastatur gelegt?«

»Nein.«

»War jemand in meinem Büro?«

»Nicht, seit ich hier sitze. Wieso? Von welchem Umschlag reden Sie überhaupt? Ist etwas passiert? Sie sehen blass aus.«

»Geben Sie bitte den Nachnamen Kleinschmitt ins System ein. Hatte ich einmal eine Sina oder Astrid als Patientin?«

Magdalena tippte die Namen ein und schüttelte den Kopf.

»Scheiße!« Ruppert kehrte zu seinem Schreibtisch zurück und griff zum Telefon. Hoffentlich würde er seine Ex-Frau zu Hause erreichen.

Nach einigen Sekunden Freizeichen meldete sich Veronika Bühler.

»Ich bin's. Gero.«

»Weshalb rufst du an?« Sie klang verwundert. Ihr letzter telefonischer Kontakt war zu ihrem Geburtstag vor vier Monaten gewesen. Seine Tochter kontaktierte er normalerweise per Handy.

»Wo ist Alina?«

»Hast du es nicht mobil probiert?«

»Nein. Ist sie noch in der ...«

»Sie sitzt mit mir am Küchentisch. Ich reiche den Hörer rüber.«

»Hallo, Papa.«

Sein Pulsschlag beruhigte sich. »Hallo, mein Schatz.«

»Ist was?«

Wie sollte er das formulieren, ohne sie zu beunruhigen? Er beschloss, vorläufig gar nichts zu unternehmen. Ein Vater konnte seine minderjährige Tochter nicht fragen, ob ihr in den vergangenen Tagen etwas Bedrohliches aufgefallen war. Zumindest nicht am Telefon. Dafür benötigte man einen intimeren Rahmen. »Bleibt es übernächstes Wochenende bei unserer Kinoverabredung?«

»Klar. Oder musst du verschieben?«

»Von wegen! Ich würde mich rechtzeitig um die Karten kümmern.«

»Und deswegen rufst du an?«

»Vielleicht wollte ich auch einfach bloß deine Stimme hören.«

Alina kicherte. »Du bist verrückt. Ich lege jetzt auf. Meine Nudeln werden kalt. Ciao. Oder willst du Mama noch mal sprechen?«

»Nein. Bis bald!«

Nachdem Ruppert den Hörer aufgelegt hatte, kehrte er zu Magdalena zurück und reichte ihr die Traueranzeige.

»Ob das jemand aus der Verwaltung versehentlich zu mir gebracht hat?«, fragte er.

Magdalena studierte die Anzeige, und ihre Miene verfinsterte sich. »Davon habe ich gelesen. Schrecklich! Eine 17-Jährige ist auf dem abendlichen Heimweg verschleppt worden. Zwei Tage später hat die Polizei ihre Leiche gefunden und sucht fieberhaft nach dem Mörder. Er hat sie erwürgt, allerdings nicht missbraucht. Behaupten wenigstens die Medien. Ob das stimmt?«

»Aber sie war keine Patientin?«, vergewisserte sich Ruppert.

»Dann hätten wir eine Patientenakte.«

»Wieso bekomme ich diesen Brief?«

»Vielleicht wegen der Selbsthilfegruppe?«, äußerte Magdalena einen naheliegenden Gedanken.

Gero Ruppert leitete seit einigen Jahren eine Selbsthilfegruppe für Angehörige, deren Kinder unerwartet verstorben waren. Alle derzeit in Behandlung befindlichen Patienten hatten ihr Kind durch Verkehrsunfälle verloren, nicht durch Mord.

»Eventuell kennt ein Verwaltungsmitglied die Mutter persönlich und hat die Todesanzeige hergebracht, als wir beide nicht am Platz waren. Lag keine Notiz dabei?«

»Nein«, behauptete er. »Trotzdem konnte das sein. Ich klemme mich mal hinters Telefon, um das herauszufinden.«

Eine Viertelstunde später beendete Ruppert frustriert das zehnte Telefonat. Niemand bekannte sich dazu, ihm den Umschlag auf die Tastatur gelegt zu haben.

Es klopfte an der Bürotür.

»Herein«, rief er.

»Hallo, Professor Ruppert«, begrüßte ihn der Abteilungsleiter der hauseigenen IT.

»Hallo, Herr Filipo.«

»Passt es Ihnen gerade?«

»Was denn?«, fragte Ruppert verwirrt.

»Die Neuaufspielung der Abrechnungssoftware. Wir haben Sie vorgestern darüber informiert.«

Der Mittvierziger kam näher und legte einen USB-Stick auf den Schreibtisch.

»Ich erinnere mich. Machen Sie das schon den ganzen Tag?«

»Ich bin fast durch. Sie, Professor Albrecht und Doktor Wellinger. Danach ...«

»Ist Ihnen zufällig jemand aufgefallen, der vor dreißig bis sechzig Minuten mein Büro betreten hat?«

»Darauf habe ich nicht geachtet. Da war ich nebenan, bei Frau Doktor Rohde. Ist etwas verschwunden?«

»Eher im Gegenteil.«

Filipo grinste. »Nichts für ungut, aber Sie wirken im Moment ein bisschen wie der verrückte Professor. Jerry Lewis.«

Ruppert zwang sich zu einem Lächeln. »Sie müssen an meinen PC?«

»Anders geht es nicht«, bestätigte Filipo. »Dauert ungefähr zwanzig Minuten.«

Ruppert steckte die Todesanzeige mitsamt der Nachricht wieder in den Umschlag und schob ihn sich in die Jackettinnentasche. »Dann nutze ich die Gelegenheit, um in die Kantine zu gehen.«

»Guten Appetit. Der Lachs war übrigens hervorragend.«

***

Noch bevor Gero Ruppert klingeln konnte, öffnete ihm der Hausbesitzer die Tür.

»Endlich!«, begrüßte der attraktive Mann ihn.

»Schneller ging es heute nicht«, entschuldigte sich Ruppert. »Hallo, Michael.«

Er betrat den Hausflur. Die beiden umarmten sich, und Michael drückte Ruppert seine Lippen auf den Mund, was sich der Psychologe gern gefallen ließ. Er mochte die fordernde Art seines aktuellen Partners. Zumindest in körperlicher Hinsicht.

»Du siehst müde aus«, stellte Michael fest.

»War ein anstrengender Tag.«

»Willst du sofort ins Bett?«

»Nein. Lass uns in der Küche einen Gin Tonic trinken. Den brauch ich jetzt.«

»Was ist passiert?«

»Das erzähle ich dir gleich.«

Ruppert setzte sich an den Küchentisch, während Michael zwei Getränkeflaschen und Eiswürfel aus dem Kühlschrank holte. Heimlich beobachtete Ruppert seinen durchtrainierten Partner. Fast einen Meter neunzig groß, ohne ein einziges Gramm überflüssigen Fetts am Körper. Sie waren seit sechs Monaten ein Paar, nachdem sie sich auf einer Party zufällig kennengelernt hatten. In seiner Jugend hatte Ruppert festgestellt, dass er bisexuelle Neigungen hatte. Bis er sich jedoch getraut hatte, die erste Beziehung mit einem Mann zu führen, waren viele Jahre vergangen. Eine homosexuelle Affäre hatte ihm klargemacht, dass es für ihn und Alinas Mutter keine Zukunft gab. Damals hatte er den Entschluss gefasst, nicht mehr auf das Geschlecht zu achten, sondern ausschließlich auf sein Herz zu hören.

»Ich bin gespannt, was du zu erzählen hast«, sagte Michael. Er warf jeweils drei Eiswürfel in die Longdrinkgläser und füllte sie bis knapp zur Hälfte mit Gin, ehe er den Tonic hineinschüttete.

Während der Fahrt hatte Ruppert beschlossen, seinen Partner in den beunruhigenden Vorfall einzuweihen. Michael arbeitete als freiberuflicher Übersetzer von zu Hause aus. Er hatte keinerlei Kontakte zu Polizisten und würde nichts Unüberlegtes unternehmen.

Er trank den ersten Schluck, schüttete Tonic nach und begann stockend zu berichten.

»Scheiße!«, fluchte Michael schließlich. »Hast du die Polizei alarmiert?«

»Das hat er mir verboten.«

»Du könntest die Polizei um Diskretion bitten.«

»Ist mir zu heikel, solange ich nicht weiß, wer dahintersteckt.«

Michael nickte. »Wahrscheinlich hast du recht. Es wäre schrecklich, wenn Alina etwas zustoßen würde.«

Die Reaktion freute Ruppert. Michael drängte seit einigen Wochen darauf, Alina kennenzulernen, doch Ruppert verwehrte ihm diesen Wunsch. Homosexuelle Beziehungen führte er stets heimlich. Seine Tochter wusste nichts von der Existenz Michaels – und so sollte es bleiben, obwohl das ein ständiges Streitthema zwischen ihnen blieb. Michael fühlte sich dadurch herabgewürdigt, weshalb sie sich zuletzt vor einem Monat heftig gestritten hatten. Er hatte im Internet alte Zeitungsartikel über offizielle Feierlichkeiten gefunden, bei denen Ruppert mit seinen damaligen heterosexuellen Partnerinnen aufgetaucht war. Im Laufe des lautstarken Streits hatte Ruppert bekannt, wie er in der Öffentlichkeit mit seinem Beziehungsstatus umging. War er mit Frauen liiert, präsentierte er sie. Männer hingegen verschwieg er. Michael hatte wegen des verlogenen Vorgehens die Beherrschung verloren und beinahe ihre Beziehung beendet. Erst nach einer durchdiskutierten, schlaflosen Nacht hatte Ruppert ihn davon überzeugt, die Umstände zumindest vorläufig zu akzeptieren.

»Was hast du jetzt vor?«

»Ich trinke noch einen Gin.«

Michael lächelte und schenkte ihnen nach. »Je mehr Alkohol du trinkst, desto lockerer wirst du. Ich freue mich! Aber das meinte ich eigentlich nicht. Morgen ist die Beerdigung des armen Mädchens, übermorgen sollst du die Mutter kontaktieren. Wirst du dich an die Anweisung halten?«

»Mir bleibt nichts anderes übrig. Ich habe die Adresse herausgefunden und fahre zu ihr.«

»Du klingelst also bei ihr und sagst ›Hallo, ich bin Trauerexperte. Darf ich Ihnen helfen?‹ Oder wie stellst du dir das vor?«

Aus Michaels Mund klang das tatsächlich ziemlich naiv, obwohl es in etwa der Version entsprach, die Ruppert sich zurechtgelegt hatte.

»Ich habe einen gewissen Ruf«, erklärte er.

»Von dem die trauernde Mutter wahrscheinlich nie gehört hat.«

»Ich könnte behaupten, in der Zeitung von den Vorfällen gelesen zu haben. Habe ich inzwischen sogar.«

»Und wenn sie nicht interessiert ist?«

Genau davor hatte Ruppert Angst. Wie würde der Mörder reagieren, falls sich die Frau weigerte, an der Selbsthilfegruppe teilzunehmen? Wieso war das dem Täter so wichtig?

»Ich habe keine Ahnung«, bekannte er achselzuckend.

»Außerdem macht dich das verdächtig«, warnte Michael.

»Inwiefern?«

»Schade, dass du nie Krimis guckst. Ein Psychologe, der die Mutter des Mordopfers kontaktiert? Ich finde, das wirkt sehr suspekt.«

»Diesbezüglich kann mir nichts passieren. Als Sina verschwand, war ich nachweislich unter Leuten. Ich habe meinen Kalender gesichtet.«

»Glück gehabt«, sagte Michael und zwinkerte ihm zu.

3

Vor dem Hauseingang lagen ein paar Blumengestecke. Gero Ruppert vermutete, dass Nachbarn oder Schulfreunde des ermordeten Mädchens so ihre Trauer bekundeten. Doch in seinen Augen vergrößerte die Geste eher das Loch im Herzen der Hinterbliebenen, statt sie zu trösten. Zudem stellten die Blumenniederlegungen für die anderen Bewohner des Mehrfamilienhauses ein moralisches Dilemma dar. Wie sollten sie in den nächsten Wochen lachen, laut fernsehen oder sich amüsieren, wenn die Blumen sie bei ihrer Heimkehr permanent an den Todesfall erinnerten?

Auf der Klingel stand lediglich der Name *Kleinschmitt*. Dank der Presseberichte wusste Ruppert über die Familienverhältnisse Bescheid. Sinas Vater war vor zwei Jahren ausgewandert und lebte seitdem in der Einöde des schwedischen Hinterlandes. Sinas Mutter hatte ihn über die Ermordung per Expressbrief informieren müssen.

Ob der Vater angereist und noch im Lande war? Es würde Ruppert nicht verwundern, falls der Mann direkt nach der Beerdigung in sein selbst gewähltes Exil zurückgekehrt wäre, um dort den Verlust zu verarbeiten.

Ruppert atmete tief durch, bevor er den Klingelknopf drückte. Was würde geschehen, wenn die Frau ihn weder einließ noch anhörte? Ihm kam ein erschreckender Gedanke. Beobachtete der Mörder das Haus? Irgendwie musste er mitbekommen, ob sich Ruppert an die Anweisungen hielt. Langsam drehte er sich um. Das Haus lag an der Hauptstraße, auf der Sina zuletzt lebend gesehen wurde. In unmittelbarer Nähe gab es keine Verstecke, von denen aus man den Eingang unauffällig überwachen könnte.

Das Summen des Türöffners unterbrach seine Grübelei. Über die Frage, wie der Täter überhaupt erfahren würde, dass Astrid Kleinschmitt an der Trauergruppe teilnahm, müsste er später nachdenken.

Er betrat den Hausflur und stieg gemächlichen Schritts die Treppe bis zum zweiten Stock hinauf. An der Wohnung der Kleinschmitts erwartete ihn ein Mann, mit dem Ruppert nicht gerechnet hätte.

»Doktor Mohr«, begrüßte er ihn entsprechend überrascht.

»Professor Ruppert«, erwiderte der Allgemeinmediziner nicht minder verwundert. »Was verschafft Frau Kleinschmitt die Ehre? Kennen Sie sich?«

Die beiden Männer schüttelten sich die Hände. Das letzte Mal waren sie bei einem Empfang des Krankenhauses aufeinandergetroffen. Doktor Mohr hatte viele Jahre als Notarzt gearbeitet, ehe er beschlossen hatte, in die Praxis seines damals kurz vor der Rente stehenden Vaters einzusteigen. Aufgrund seiner früheren Anstellung bei der Krankenhausgesellschaft erhielt der 40-jährige Mann Einladungen für Neujahrsempfänge oder andere Feierlichkeiten.

»Nein, ich kenne sie nicht«, antwortete Ruppert. »Über Sinas schrecklichen Tod habe ich in der Zeitung gelesen.« Er zögerte. »Ehrlich gesagt, habe ich auf anderem Wege davon erfahren.«

Der Allgemeinmediziner schaute ihn neugierig an. »Klingt geheimnisvoll.«

Die Versuchung, Doktor Mohr die Wahrheit zu gestehen, verflog. Was wusste er schon von ihm? Er könnte der unbekannte Täter sein, der in der Wohnung darauf wartete, ob Ruppert auftauchte.

»Meine Sekretärin«, fuhr der Psychologe fort. »Sie hat mich darauf aufmerksam gemacht – im Hinblick auf die Selbsthilfegruppe, die ich leite.«

»Haben Sie für Frau Kleinschmitt einen Platz in der Gruppe frei?«

»Es gibt keine festgelegte Teilnehmerzahl. Außerdem hat vor wenigen Wochen ein Vater die Gruppe verlassen, als sich der Todestag seines Kindes jährte. Er fühlt sich nun stark genug, damit umzugehen.«

»Eine wundervolle Idee, Frau Kleinschmitt aufzunehmen.« Mohr strahlte. »Sie müssen wissen, sie kommt seit zwanzig Jahren in die Praxis. Früher wurde sie von meinem alten Herrn behandelt, inzwischen betreue ich sie. Mir liegt ihr Wohlergehen am Herzen. Sie könnten sehr hilfreich sein, Herr Kollege. Gehen wir hinein. Astrid sitzt am Wohnzimmertisch und trinkt einen Beruhigungstee, den ich ihr empfohlen habe.«

Ruppert analysierte das Verhalten des Mannes. Seine Körpersprache deutete nicht darauf hin, dass er log. Im Gegenteil. Er schien sich aufrichtig über das unerwartete Hilfsangebot zu freuen.

Mohr führte ihn ins Wohnzimmer. Am ovalen Esstisch saß eine Frau mit hängenden Schultern, die an einer Teetasse nippte und auf die dunkelbraune Tischplatte starrte.

»Astrid, darf ich Ihnen Herrn Professor Gero Ruppert vorstellen?«

Die Frau schaute auf. In ihren geröteten Augen erkannte Ruppert die Qualen, die sie durchlitt.

»Hallo«, wisperte sie kaum verständlich.

Mohr setzte sich zu ihr, während Ruppert ein paar Schritte entfernt stehen blieb.

»Der Professor leitet eine Selbsthilfegruppe für Eltern, die ihr Kind verloren haben«, erklärte der Hausarzt. »Ich kenne ihn persönlich. Sie werden keinen einfühlsameren Therapeuten finden. Deshalb habe ich ihn um sein Erscheinen gebeten.« Mohr zwinkerte ihm verschwörerisch zu.

Was hatte das zu bedeuten? War er der Mörder oder nutzte er die Formulierung nur, um Kleinschmitt von der Richtigkeit der Idee zu überzeugen?

»Setzen Sie sich bitte zu uns«, bat der Arzt.

Ruppert folgte der Aufforderung und sprach der trauernden Mutter sein herzliches Beileid aus.

»Danke«, erwiderte sie leise. »Was machen Sie in dieser Gruppe?«

»In erster Linie gebe ich den Betroffenen die Möglichkeit, mit Gleichgesinnten Gedanken auszutauschen, über Gefühle, Ängste und Sorgen zu sprechen. Das eigene Kind durch eine Krankheit zu verlieren ist traumatisch, doch wenigstens haben solche Eltern die Chance, sich zu verabschieden. Wird ein Kind unerwartet aus dem Leben gerissen, fehlt den Angehörigen diese Gelegenheit.«

Die Frau schluchzte herzzerreißend. Mitfühlend legte Mohr ihr eine Hand auf die Schulter. Nach einer Weile verebbte der Tränenausbruch.

»Nehmen bloß Paare daran teil?«, fragte sie. »Mein Mann und ich haben ...«

»Nein«, beruhigte Ruppert sie. »Im Gegenteil. Meist kommt nur ein Elternteil. Es ist eher selten, dass beide Eltern den gleichen Weg der Trauerbewältigung wählen. Ich habe auch drei Alleinerziehende in der Gruppe.«

»Wann finden Ihre Sitzungen statt?«, erkundigte sich Mohr.

»Jeden Montagabend um neunzehn Uhr. Im St.-Marien-Krankenhaus. Wir nutzen einen Versammlungsraum im zweiten Stock des Neuanbaus.«

»Ich könnte Sie nächste Woche begleiten«, wandte sich Mohr an Kleinschmitt. »Falls Sie die Sorge haben, das nicht allein zu schaffen.«

»Ich überleg's mir«, sagte die Frau. Dann erschütterte sie ein neuerlicher Weinkrampf.

***

Gero Ruppert hatte die Tage seit dem Zusammentreffen mit Astrid Kleinschmitt genutzt, um über Doktor Mohr zu recherchieren. Doch hatte er nichts Verdächtiges herausgefunden. Der Hausarzt war anscheinend glücklich verheiratet, hatte zwei Kinder im Grundschulalter und erhielt im Internet tolle Bewertungen seiner Patienten. Er wirkte nicht im Mindesten so, wie man sich einen Teenagermörder vorstellte. Trotzdem würde Ruppert seinen Verdacht der Polizei mitteilen, falls die je bei ihm anklopfte. Michael rechnete nach wie vor mit diesem Besuch, obwohl Ruppert ein lupenreines Alibi vorweisen konnte. Sina war noch lebend gesehen worden, während Ruppert an einer Podiumsdiskussion teilgenommen hatte. Die Veranstaltung hatte bis zehn Uhr gedauert, danach war er mit den Organisatoren und zwei Teilnehmern bis nach Mitternacht in einem italienischen Restaurant gewesen.

Um Viertel vor sieben betrat er den Raum des Krankenhauses, in dem die Selbsthilfegruppe jeden Montag zusammenkam. Er stellte zwei Packungen Kekse und eine Thermoskanne Kaffee auf die Tische an der Wand. Anschließend verließ er den Seminarraum und kehrte ein paar Minuten später mit einem kleinen Kasten Orangensaft und einem Sechserpack Wasser zurück. Nachdem er die Getränke unter die Tische gestellt hatte, setzte er sich auf seinen Stammplatz und wartete.

Kurz vor neunzehn Uhr erschien der erste Teilnehmer.

»Hallo, Professor Ruppert.«

»Hallo, Till.«

Till Schinkel war ein 35-jähriger ehemaliger Berufskraftfahrer, der seinen siebenjährigen Sohn bei einem schrecklichen Unfall verloren hatte. Tim hatte seinen Vater bei der Arbeit besuchen wollen, war zum Speditionsgelände gekommen und dort von einem Kollegen des Vaters überrollt worden. Till Schinkel hatte daraufhin seinen Job gekündigt und war in ein bodenloses, finanzielles Loch gefallen. Zuletzt war daran auch die Ehe zerbrochen. Seitdem er vor neun Monaten den Weg in die Selbsthilfegruppe gefunden hatte, ging es stückweise aufwärts mit ihm.

Nach und nach trudelten die üblichen Teilnehmer ein. Vier Männer und sechs Frauen. Astrid Kleinschmitt war nicht darunter.

Beunruhigt trat Ruppert um zehn nach sieben in den leeren Krankenhausflur. Wie würde der Mörder reagieren?

»Erwarten wir noch jemanden?«, erkundigte sich Julia Fischer.

»Ich hatte kürzlich Kontakt zu einer trauernden Mutter, die ihr Erscheinen angekündigt hatte.«

Er schloss die Tür und schlurfte gedankenversunken zu seinem Platz. Ruppert musste seine Ex-Frau warnen, in den nächsten Tagen besonders auf Alina achtzugeben.

»Willkommen zu unserem Treffen. Wer möchte zuerst von seiner Woche erzählen?«

Mehrere Teilnehmer hoben die Hände. Bevor er jemanden ausgewählt hatte, klopfte es an der Tür.

»Herein!«, rief er hoffnungsfroh.

Zu seiner großen Erleichterung öffnete Astrid Kleinschmitt die Tür.

»Hallo«, sagte sie zurückhaltend.

Ruppert erhob sich und gab ihr zur Begrüßung die Hand. »Ich bin froh, dass Sie da sind. Wo ist Doktor Mohr?«

»Er hat mich bis zum Erdgeschoss begleitet«, antwortete sie. »Den restlichen Weg wollte ich allein schaffen.«

»Kommen Sie!« Er führte sie zu einem unbesetzten Stuhl. »Liebe Gruppe, das ist Astrid Kleinschmitt. Sie hat ihre siebzehnjährige Tochter Sina verloren.

»Sina Kleinschmitt?«, fragte Richard Henkel. »Die ermordete Teenagerin?«

Astrid nickte kraftlos.

»Oh Gott, wie schrecklich. Mein Beileid.«

Auch die anderen Teilnehmer bekundeten ihr Mitgefühl.

»Ich kenne den Hausarzt von Frau Kleinschmitt persönlich. So ist der Kontakt zustande gekommen«, behauptete Ruppert. »Frau Kleinschmitt, wollen Sie zuhören, was die anderen zu sagen haben, oder selbst mitteilen, wie es Ihnen in den letzten Tagen ergangen ist?«

Nach ein paar Sekunden Stille räusperte sich die trauernde Mutter.

»Ich kann gar nicht ausdrücken, wie sehr mir Sina fehlt. Wenn ich manchmal aus dem Schlaf aufwache, glaube ich, ihre Schritte zu hören. Oder Wasserrauschen im Bad. Dann hoffe ich immer, es sei alles bloß ein Albtraum gewesen. Bis mich die Realität einholt. Sina ist tot. Ermordet. Und ich kann dem Mörder nicht ins Gesicht spucken, weil die Polizei ihn nicht findet. Das macht mich so unfassbar wütend. Trauer und Wut sind die einzigen Gefühle, die ich noch empfinde.«

Ein Jahr später

4

Die Soko saß in einem Besprechungsraum des zuständigen Berliner Landeskriminalamts. Zu den fünf ständigen Mitgliedern gehörten die Hauptkommissare Lukas Sommer und Robert Drosten als Vertreter der *Kriminalermittlungstaktischen Einsatzgruppe*, außerdem die beim LKA beschäftigte Hauptkommissarin Anna Hoch und die Kriminalkommissare Sebastian Kaufmann und Nadine Werner der Berliner Kriminalpolizei. Über achtzig weitere Polizisten standen auf Abruf zur Verfügung, um den Mörder zu schnappen, der mittlerweile vier Teenager im Alter zwischen sechzehn und siebzehn verschleppt und getötet hatte. Die Mädchen hatten alle in den letzten Jahren im Haushalt eines alleinerziehenden Elternteils gelebt.

»Heute jährt sich der Tag, an dem Sina Kleinschmitt verschwunden ist«, stellte Hoch fest. Die kleine

Kommissarin, die mit ihrer Größe von einem Meter sechzig nur knapp die Pflichtanforderung der Polizei erfüllte, richtete ihren Blick auf Lukas Sommer.

»Hast du uns deswegen zusammengetrommelt, Anna?«, fragte der überrascht. Bildete er sich das ein oder lag in den grünen Augen seiner Kollegin ein stummer Vorwurf? »Robert und ich sind aus Wiesbaden angereist, weil du ein *wichtiges* Meeting angesetzt hast.«

»Was habt ihr da gemacht? Spuren verfolgt? Verdächtige identifiziert? Däumchen gedreht?«

Die *Kriminalermittlungstaktische Einsatzgruppe* war eine vor Monaten gegründete neue Behörde, die bundesweit in Mordfällen, bei Terrorismusverdacht und staatsgefährdenden Verbrechen zum Einsatz kam. Sie unterstand dem BKA, war jedoch ausdrücklich darauf bedacht, gut mit den Landeskriminalämtern und der örtlichen Polizei zusammenzuarbeiten. In diesem Fall schien das nicht sonderlich gut zu funktionieren. Die fürs LKA zuständige Hauptkommissarin Hoch hielt die Mitwirkung von Drosten und Sommer für überflüssig.

»Anna, wir möchten den Mörder genauso dringend inhaftieren wie du«, sagte Drosten. »Gegenseitige Schuldzuweisungen helfen da nicht wirklich weiter.«

Sommer bemerkte, dass Kriminalkommissarin Nadine Werner ihr Grinsen kaum unterdrückte. Im Gegensatz zu Hoch waren Werner und Kaufmann froh über die Kooperation, die der lokalen Polizeibehörde ungeahnte Ermittlungsmöglichkeiten bot.

Hoch drehte sich zur Wand um, an der die Bilder der toten Mädchen hingen. »Sina Kleinschmitt. Laut Obduktionsbericht noch in der Nacht ihres Verschwindens gestorben. Leonie Pulaski, wahrscheinlich erst zwei Tage nach ihrer Entführung getötet. Lena Ahlers. Vier Tage in der Hand des Unbekannten. Sophia Haase. Eine Woche. Anscheinend wurde keines der Mädchen missbraucht. Wobei mir für das Vorgehen des Täters die Fantasie fehlt. Wieso sollte er sie festhalten, ohne sie zu vergewaltigen?«

»Wir wissen nur, dass der Täter die Mädchen weder anal noch vaginal penetriert«, sagte Kaufmann. »Es gibt andere Möglichkeiten, die die Rechtsmedizin nicht nachweisen kann. Erzwungener Oralsex. Oder vielleicht lebt er einen Fetisch an den Mädchen aus. Er zieht ihnen Highheels an, verkleidet sie als Puppen und onaniert bei ihrem Anblick. Denkbare Varianten existieren wie Sterne am Himmel.«

»Leider«, bestätigte Hoch und setzte sich an den Tisch. »Reden wir über unseren Hauptverdächtigen. Den Mann mit den perfekten Alibis. Habt ihr etwas über Professor Gero Ruppert herausgefunden?«

Drosten schlug den vor ihm liegenden Schnellhefter auf. »Die Tage in Wiesbaden haben vor allem dazu gedient, Gero Rupperts Hintergrund zu recherchieren«, begann er. »Deshalb haben Lukas und ich diverse Informationen aus dem Internet zusammengetragen und bereits mit einigen Weggefährten des Verdächtigen gesprochen. Herausgekommen ist ein achtzigseitiges Dossier, das wir nun abarbeiten.«

»Ist das nicht Zeitverschwendung?«, fragte Werner. »Er hat für jede Entführung ein Alibi. Ruppert war *immer* unter Menschen.«

»Gerade das kommt mir suspekt vor«, erwiderte Hoch. »Ein Single müsste normalerweise auch mal allein sein. Aber eventuell wusste er vorab, wann er ein Alibi benötigt.«

»Ich glaube nicht, dass wir es mit mehreren Tätern zu tun haben«, sagte Sommer. »Schon bei *einem* Täter stören uns die nicht vorhandenen Vergewaltigungsspuren. Wie wahrscheinlich ist es, dass gleich zwei sich zurückhalten wollen?«

»Er könnte eine Partnerin haben«, meinte Hoch. »Jedenfalls ist es garantiert kein Zufall, dass alle vier trauernden Eltern in Rupperts Selbsthilfegruppe gelandet sind. Nicht etwa, weil sie allein dorthin gefunden haben, sondern weil er kurz nach den Beerdigungen bei ihnen auf der Matte stand und ihnen die Teilnahme angeboten hat. Er ist in meinen Augen ein skrupelloser Mensch. Der Psychologe weidet sich am Leid der Hinterbliebenen. Vielleicht braucht er gar keinen sexuellen Kick, sondern lebt seine perversen Gelüste durch den Kontakt mit ihnen aus. Das Sexuelle übernimmt dann sein Partner.«

Diese Theorie überzeugte Sommer nicht. Mörder, die zusammenarbeiteten, vertrauten sich blind. Nichts in den bisherigen Nachforschungen über Ruppert deutete darauf hin, dass in seinem Umfeld ein solcher Partner existierte. Der Professor schien nur für seinen Job zu leben.

»Die Frage ist ohnehin, ob er sich an der Trauer der Angehörigen ergötzt«, sagte Kaufmann. »Nadine und ich haben in den letzten Tagen intensiv darüber nachgedacht. Wir haben einige Teilnehmer und die Hinterbliebenen selbst befragt. Keiner hat von einem unangemessenen Verhalten des Psychologen gesprochen.«

»Sie sind ihm dankbar«, erwiderte Hoch. »Deswegen kommt ihnen kein böses Wort über die Lippen.«

»Das halten wir tatsächlich für realistisch«, bestätigte Werner. »Um das zu überprüfen, sollten wir jemanden in die Gruppe hineinschmuggeln. Lukas verfügt über exzellente Undercover-Tätigkeiten. Warum nutzen wir das nicht aus?«

Die Kommissarin zwinkerte ihm zu.

»Wie stellt ihr euch das vor?«, fragte Sommer.

»Du bist bei den offiziellen Ermittlungen genauso wenig wie Robert in Erscheinung getreten«, erklärte Werner. »Der Professor kennt Anna, Sebastian und mich. Ihr habt ihn nicht befragt.«

»So weit, so zutreffend«, sagte Drosten.

»Ich könnte zu Ruppert gehen und ihm die traurige Geschichte eines krankgeschriebenen, verzweifelten Polizisten erzählen«, fuhr Nadine Werner fort. »Ihn darum bitten, den Mann in die Selbsthilfegruppe aufzunehmen. Seine Teenagertochter sei bei einem Autounfall getötet worden, und der Vater verkraftet es nicht.«

Sommer schüttelte den Kopf. »Die Story wird Ruppert uns niemals abkaufen.«

»Er wird am Wahrheitsgehalt zweifeln«, vermutete Kaufmann. »Aber wenn wir die richtigen Hintergrundinformationen zusammentragen und ihn ein bisschen unter Druck setzen, gibt er vielleicht sein Einverständnis. Dann hätten wir eine erstklassige Informationsquelle in der Gruppe. Denn eine Möglichkeit sollten wir nicht außer Acht lassen: Der Täter könnte sich als Mitglied der Trauergruppe herausstellen.«

Auch darüber hatte die Soko diskutiert und die Hintergründe der einzelnen Teilnehmer ausgeleuchtet. Nichts von dem, was sie dabei herausgefunden hatten, schien einen begründeten Verdacht nahezulegen.

»Was schwebt euch vor?«, fragte Sommer.

»Wir brauchen eine vernünftige Legende für dich«, erklärte Kaufmann. »Im Idealfall nutzen wir die Möglichkeiten des BKA, um eine Todesnachricht zu fälschen. Ein kurzer Pressetext, den man online aufrufen kann, und der von einem tragischen Autounfall berichtet. Würde das funktionieren?«

Drosten nickte nachdenklich. »Vorausgesetzt, eine der lokalen Zeitungen kooperiert mit uns.«

»Könnten wir deinen alten Tarnnamen benutzen? Oder ist der verbrannt?«, wandte sich Werner an Sommer.

»Luke Hertz«, murmelte der Angesprochene. »Den Namen werde ich wohl nicht mehr los.«

Er dachte an die Fälle, für die er ihn benutzt hatte. Bei der Jagd nach einem Kidnapper und im Rahmen einer Undercoverermittlung in Rockerkreisen. Außerdem als Identität, um sich in einer Art Sekte einzuschmuggeln. Zuletzt war der Name als falsche Spur an einem Tatort aufgetaucht.

»Wir können ihn verwenden«, sagte Sommer. »Allerdings ist das kein gutes Omen. Luke Hertz zieht eine Blutspur hinter sich her.«

»Das war nie deine Schuld«, mischte sich Drosten ein.

»Ich wollte es bloß erwähnt haben.«

»Papperlapapp.« Kaufmann winkte fast schon verächtlich ab. »Omen interessieren mich nicht. Was brauchen wir, um dir einen glaubhaften Background zu stricken? Ein Social-Media-Profil?«

»Nein«, widersprach Sommer. »Viele Polizisten nutzen das nicht. Insofern sollten wir uns nicht die Mühe machen.«

»Hattest du eine Tochter oder einen Sohn?«, fragte Werner.

»Definitiv eine Tochter. So wie du es vorhin vorgeschlagen hast. Ich habe selbst einen Jungen. Es würde mir zu nahegehen, den Tod eines Sohnes vorzugaukeln, fiktiv oder nicht.«

»Könnte das BKA ein Facebook-Profil erstellen, in dem es Trauerbekundungen gibt?«

»Sollte den Kollegen der IT gelingen«, erwiderte Drosten. »Ich kümmere mich drum. Wie soll sie heißen?«

»Ina Hertz«, nannte Sommer den ersten Namen, der ihm einfiel.

Drosten klappte seinen Laptop auf. »Ich schicke meinem Wiesbadener Ansprechpartner unser Wunschkonzept. Ina Hertz. 14 Jahre. Sonst wäre der Bezug zu den Mordopfern zu deutlich. Sie muss jünger sein. Gestorben bei einem Verkehrsunfall. Wir benötigen ein paar Fotos, aber die ziehen wir uns aus frei verfügbaren Datenbanken.«

»Luke Hertz ist Polizeikommissar. Kein Kriminalermittler«, schlug Werner vor. »Der Tod liegt mindestens ein Jahr zurück. Er war nach dem Unfall drei Monate krankgeschrieben, hat anschließend versucht, sich zurückzukämpfen und ist seit einem Vierteljahr dauerhaft arbeitsunfähig. Er macht eine Therapie, ohne nennenswerte Fortschritte zu erzielen. Luke und ich sind seit unserer Ausbildung befreundet. Ich mache mir große Sorgen um ihn und springe deshalb über meinen Schatten, indem ich den Hauptverdächtigen um Hilfe bitte.«

»Traust du dir die Rolle zu?«, fragte Hoch skeptisch.

»Natürlich«, antwortete Sommer. »Ein Psychowrack? Kein Problem.« Er zog eine Grimasse, mit der er die Anwesenden zum Schmunzeln brachte.

»Ich fürchte, Ruppert wird es ablehnen, einen Polizisten aufzunehmen«, fuhr Hoch fort. »Es ist zu offensichtlich ein Fake.«

»Ich überrede ihn«, zeigte sich Werner überzeugt von dem Plan. »Denn ich kann ihn an einer wunden Stelle packen. Er beschwert sich, dass wir trotz seiner Alibis an seine Unschuld zweifeln. Ich verdeutliche ihm, wie verdächtig es aussehen wird, wenn er nicht kooperiert.«

»Die Kollegen der IT haben sich schon zurückgemeldet. Das gefälschte Profil steht uns in vierundzwanzig Stunden zur Verfügung«, informierte Drosten die Gruppe.

»Wunderbar«, sagte Werner. »Sobald wir auch einen Pressetext ins Netz geschmuggelt haben, kontaktiere ich Ruppert.«

5

Nervös schaute Ruppert zur Wanduhr. Es war zehn nach zwölf. Seine Sekretärin Magdalena befand sich seit einigen Minuten in der Mittagspause – zu ihrer üblichen Zeit. Deswegen hatte Ruppert die Kommissarin Werner beim heutigen Telefonat für zwölf Uhr einbestellt. Wo blieb sie bloß? Was wollte sie überhaupt? Sie hatte kryptisch erklärt, über eine persönliche Angelegenheit reden zu wollen.

Hatte sie von seiner Beziehung zu Michael erfahren? Obwohl die beiden seit anderthalb Jahren das Bett teilten, bekannte sich Ruppert nicht zu seinen Neigungen oder seinem Partner. Ein ewiges Streitthema zwischen ihnen, das mehrfach handfeste Beziehungskrisen ausgelöst hatte. Michael hatte geweint, gedroht, geflucht. Er hatte ihnen zwischenzeitlich sogar eine einmonatige Umgangssperre auferlegt, die er am Ende selbst gebrochen hatte.

Ruppert empfand es als Ironie des Schicksals, dass er die schreckliche Mordserie nutzen konnte, um Michael von der Notwendigkeit absoluter Verschwiegenheit zu überzeugen. Die Soko verdächtigte ihn trotz der Faktenlage. Sie vermuteten, er arbeitete mit einem Partner zusammen. Erführen sie von der bislang verheimlichten Beziehung, würde Michael automatisch ins Zentrum der Ermittlungen rücken. Woran sein Liebhaber kein Interesse hatte. Michael hatte sich zwar eine bürgerliche Fassade aufgebaut, doch war er wahrlich nicht der unbescholtene Bürger, der keinen Ärger bekäme, sobald die Polizei sein Leben zerpflückte. Beispielsweise nahm er regelmäßig Drogen und hegte eine Vorliebe für Waffen aus dem Zweiten Weltkrieg, die er illegal sammelte.

Es klopfte an der Vorzimmertür.

»Herein!«

Die Tür öffnete sich.

»Ich bin hier hinten an meinem Schreibtisch.«

Kriminalkommissarin Nadine Werner betrat den Raum.

»Hallo«, begrüßte sie ihn seltsam zurückhaltend. Sie erwiderte seinen Blick kurz, ehe sie zu Boden schaute.

Ihr Verhalten irritierte ihn. Normalerweise steckte die gut einen Meter siebzig große Polizistin voller Energie und Selbstbewusstsein. Sie war eine attraktive Frau, deren Nähe er unter anderen Umständen auf einer Party gesucht hätte. Ihre brünetten Haare trug sie immer zu einem Pferdeschwanz gebunden. Sie war schlank, sportlich und hatte ein herbes Lachen, das er zwar selten gehört hatte, ihm aber umso besser gefiel.

»Hallo, Frau Werner. Weswegen wollten Sie mich sprechen?«

»In einer reinen Privatangelegenheit. Ist das okay?«

»Natürlich. Setzen Sie sich.«

Die Frau straffte die Schultern, suchte Augenkontakt und nahm Platz.

»Der nächste Satz klingt wie ein Klischee«, warnte sie ihn, und tatsächlich entfuhr ihr ein verhaltenes Lachen.

»Sie fragen nicht für sich, sondern für einen Freund«, wagte Ruppert einen Schuss ins Blaue.

Nun lachte sie herzhaft. »Hören Sie das öfter?«

»Gelegentlich. Meistens im Rahmen gesellschaftlicher Ereignisse. Von Leuten, die frisch erfahren, was ich beruflich mache.«

»In meinem Fall geht es um einen befreundeten Polizisten. Luke Hertz. Er ist ... war Polizeikommissar. Derzeit dienstunfähig.«

»Aus welchem Grund?«

»Seine Tochter Ina ist im Alter von vierzehn bei einem Unfall gestorben. Im Auto von Verwandten. Der Fahrer hat bei Eisglätte die Kontrolle verloren und ist gegen einen Baum geprallt. Zwei Tote, nur der Kerl, der hinterm Steuer saß, hat überlebt.«

Misstrauisch musterte Ruppert die Polizistin. Belog sie ihn? Ihre Körperhaltung und Mimik deuteten nicht darauf hin, doch der Zufall erschien ihm zu groß.

»Er war nach dem Unglück drei Monate krankgeschrieben, hat danach eine Weile gearbeitet. Seit einem Vierteljahr ist er dauerhaft arbeitsunfähig.«

»Wer therapiert ihn?«

»Doktor Klaus Kruse«, antwortete sie, ohne zu zögern.

Ruppert kannte Kruse flüchtig. Der Mann arbeitete im Auftrag der Stadt. Zu seinen Patienten zählten hauptsächlich Beamte.

»Gibt es Fortschritte?«

Betrübt schüttelte sie den Kopf. »Deshalb komme ich zu Ihnen. Ich will Ihnen nichts vormachen. Hätten Sie keine Alibis, wären Sie mein Hauptverdächtiger. Ich bin absolut überzeugt, dass die Mordserie in irgendeiner Weise mit Ihnen zusammenhängt. Diese Verbindung herauszufinden, ist der Schlüssel zur Lösung. Aber Luke ist mein Freund. Wir kennen uns seit der Ausbildung. Sie sind eine Koryphäe. Wäre es möglich, dass Sie ihn in die Selbsthilfegruppe aufnehmen?«

Ruppert zögerte mit seiner Antwort. Sollte er die Konfrontation wagen oder ihr das Schauspiel naiv abnehmen? Er entschied sich für den einzigen richtigen Weg. »Sie waren ehrlich, dann bin ich es auch. Mir kommt es vor, als würden Sie versuchen, jemanden in meine Therapiegruppe zu schmuggeln. Einen Spitzel. Was soll das? Wieso tun Sie das?«

»Professor Ruppert, ich versichere Ihnen, die Geschichte ist wahr.«

Ruppert schnaubte ungläubig. »Ich unterliege der ärztlichen Schweigepflicht, die sich übrigens auch auf solche Gruppensitzungen erstreckt.«

»Was Sie in diversen Vernehmungen erwähnt haben.«

»Ein Polizist in meiner Gruppe, der Sie mit Informationen füttert, untergräbt diese Verpflichtung.«

»Glauben Sie ernsthaft, wir wissen nicht, was Sie jeden Montag besprechen?«

»Woher?«, fragte er erschüttert, denn tatsächlich hätte er das für ausgeschlossen gehalten.

»Von den trauernden Angehörigen. Ja, sie suchen Trost und psychologische Hilfe bei Ihnen. Noch viel stärker ist allerdings deren Wunsch, dass der Verantwortliche geschnappt wird. Vorletzte Woche haben Sie beispielsweise über Katharina Pulaskis Albträume gesprochen, in denen sie sich mit ihrer Tochter streitet, bevor das Mädchen aufbricht und nie wieder zurückkehrt. Benötigen Sie weitere Beispiele?«

»Solche Details gehen ermittelnde Beamte nichts an«, beklagte er.

»Ich will diesen verdammten Mörder! Ehe er das nächste Mädchen schnappt, sich möglicherweise wochenlang an ihm vergeht und es anschließend wie Müll entsorgt«, ereiferte sich die Kommissarin. »Da pfeife ich auf die ärztliche Schweigepflicht. Das Leben Unschuldiger hat in meinen Augen einen höheren Stellenwert. Trotzdem wäre Luke kein Spitzel. Er ist mein Freund. Und ich fürchte, er wird sich eines Tages umbringen, falls ihm niemand hilft. Bitte!«

»Sie bringen mich in eine unangenehme Lage!«

»Es wirkt extrem verdächtig, wenn Sie ihn ablehnen, bloß weil er ein Polizist ist.«

Ruppert applaudierte ihr zynisch.

»Was soll das?«, fragte sie genervt.

»Sie nutzen ein Totschlagargument, um mir Ihren Informanten unterzujubeln.«

»Er ist kein ...«

Der Professor resignierte. »Einverstanden. Geben Sie mir die notwendigen Informationen. Ich habe nämlich keine Lust mehr, als Hauptverdächtiger zu gelten. Meine Kollegen tuscheln hinter meinem Rücken. Das ist belastend. Wie heißt Ihr Freund? Luke Herz?« Er notierte sich den Namen.

»Mit *tz* geschrieben«, korrigierte ihn die Polizistin.

»Und die Tochter?«

»Ina.«

»Wann ist sie gestorben?«

»Vergangenes Jahr im Februar.«

»Sie wissen ja, wo die Sitzung stattfindet. Schicken Sie ihn einfach zu mir. Ich nehme ihn herzlich gern in unsere Gruppe auf. War es das?«

Die Kommissarin stand auf. »Ich danke Ihnen. Bitte helfen Sie ihm!«

»Ich versuche mein Bestes.«

Sie verließ sein Büro, und er blickte ihr nach. Sie schien eine fantastische Lügnerin zu sein. Manche Menschen besaßen diese Gabe, sich nicht durch Blicke, Gesten oder Körperbewegungen zu verraten, und offenbar gehörte die Kriminalkommissarin dazu. Die Geschichte ihres Freundes, der seine Tochter bei einem Autounfall verloren hatte, klang dennoch zu erfunden, um wahr zu sein.

Trotzdem hatte sich Ruppert nur vorgeblich geziert. Um sein Gesicht zu wahren. Denn mit einer beiläufigen Äußerung hatte sie den Nagel auf den Kopf getroffen.

»Ich bin absolut überzeugt, dass die Mordserie in irgendeiner Weise mit Ihnen zusammenhängt.«

Er teilte diese Ansicht. Aus Gründen, die er vor der Polizei versteckt hielt.

Die ermittelnde Soko wusste nichts von den Trauerumschlägen, die er vor jeder Beerdigung bekam. Auch nichts von der Drohung gegen Rupperts Tochter, wegen der er die Sache verschwieg. Glücklicherweise hatte er selbst seinen anfänglichen Verdacht gegen Doktor Mohr für sich behalten. Mohr war nämlich nachweislich drei Wochen in Amerika gewesen, während das zweite Mädchen entführt und getötet worden war.

Sie wollten einen Informanten bei ihm einschmuggeln? Seinen Segen dafür hatten sie, doch offiziell durfte er das nicht zugeben. Vor einiger Zeit war ihm ebenfalls der Gedanke gekommen, dass jemand aus der Gruppe die Taten beging. Verarbeitete einer der Trauernden seinen Verlust, indem er junge Menschen tötete? Ruppert konnte das nicht ausschließen. Zwei seiner männlichen Patienten besuchten die Gruppe seit über zwei Jahren. Ungewöhnlich lang, zumal er bei ihnen keine Fortschritte mehr erkannte. Aus seiner Sicht waren sie therapiert. Aber es zählte zu seinen Grundsätzen, keinen Patienten hinauszuwerfen.

»Ich bin absolut überzeugt, dass die Mordserie in irgendeiner Weise mit Ihnen zusammenhängt.«

Wie wahrscheinlich war es, dass der Mörder viermal an Abenden zuschlug, für die Ruppert ein wasserdichtes Alibi besaß? Dahinter musste ein Plan stecken. Von einer Ausnahme abgesehen, waren es berufliche Anlässe gewesen, die das Krankenhaus im Vorfeld auf der offiziellen Homepage gepostet hatte. Die Podiumsdiskussion beim ersten Mal. Dann ein abendlicher Vortrag an der städtischen Uni, in dessen Anschluss er mit Hochschulprofessoren essen gegangen war. Ein Auftritt in einer Talkshow, die live aufgezeichnet wurde. Lediglich einmal war er privat unterwegs gewesen. Doch seine Vorliebe für Opern war kein Geheimnis. Eine Person, die ihn verfolgte, hätte von den Premierenkarten erfahren können, die er für sich und seine Kollegin Veronika ergattert hatte.

Das Handy klingelte. Das Display zeigte Michaels Namen an.

»Hi«, begrüßte er ihn.

»Hallo, Gero. Du hast mich noch gar nicht über deine heutigen Pläne informiert. Soll ich uns einen Fisch zubereiten?«

Ruppert hatte ihre Treffen seit dem dritten Mord stark eingeschränkt. Manchmal fragte er sich sogar, ob es nicht besser sei, das Ganze zu beenden. Während der Fahrten zu Michael stand er unter Hochspannung und hielt übertrieben oft Ausschau nach Verfolgern. Zweimal hatte er per Autotelefon abgesagt, da er befürchtet hatte, dass ihm jemand folgte. Michael war daraufhin extrem verärgert gewesen. Ruppert traute ihm durchaus zu, nach einer Trennung Züge obsessiver Besessenheit anzunehmen; womöglich würde er Ruppert sogar in der Öffentlichkeit bloßstellen. Um seinen Partner zu besänftigen, hatte er ein leichtsinniges Versprechen abgegeben: Sobald der Mörder gefasst sei, würde er sein Verhalten ändern und Michael nicht länger geheimhalten. Konnte er dieses Versprechen einhalten? Wie würden seine Krankenhauskollegen oder die wissenschaftliche Fachwelt auf sein Outing reagieren? Spielte es in der heutigen Zeit überhaupt noch eine Rolle, welche Präferenzen man hegte? Homosexualität war kein Stigma mehr. Aber Bisexualität? Darüber sprach die Öffentlichkeit selten.

»Gero?«

»Sorry, ich war gerade in Gedanken.«

»Was ist passiert?«

»Nichts. Das mit heute Abend ist eine tolle Idee. Ich freue mich, dich zu sehen. Zwanzig Uhr würde ich schaffen.«

»Perfekt. Dann bis nachher.«

Michael verabschiedete sich mit einem Kussgeräusch. Eine Eigenheit, die Ruppert nervte. Er legte das Handy auf den Schreibtisch. Wie viel Ärger brachte ihm die Heimlichtuerei noch ein, und wie viel hatte sie ihm schon eingebrockt?

6

23 Jahre früher

Aus den Boxen ertönte ein Rocksong, den man fast schon als Klassiker bezeichnen konnte. Mother *von* Danzig. *Geros Kommilitonen stürmten zum ersten Mal an diesem Abend in größerer Anzahl die Tanzfläche. Sekunden später grölten einige von ihnen »Mother« und schüttelten im Takt der Musik die langen Haare. Gero beobachtete sie amüsiert. Er mochte keine Rockmusik, daran hatten auch die vielen Studentenpartys der vergangenen Semester nichts geändert. Trotzdem ging er lieber zu Partys, bei denen die sogenannten* Headbanger *in der Überzahl waren. Elektro- oder Technopartys arteten regelmäßig in exzessiven, aufputschenden Tablettenkonsum aus. Manchmal kam es ihm so vor, dass die Anhänger elektronischer Musik den ganzen computergenerierten Mist nur ertrugen, wenn sie sich zudröhnten. Da waren ihm Studenten deutlich lieber, die lauthals »Mother« riefen und dabei vermutlich nicht einen Gedanken an die eigene Mutter verschwendeten.*

Gero nippte an einer Bierflasche. Da seine Wohnung in einem kleinen Vorort lag, zu dem es nachts keine Busverbindung mehr gab, war er mit dem Auto hergekommen. Deshalb musste er sich den Bierkonsum gut einteilen. Maximal drei Flaschen, und zwei Stunden, bevor er sich hinters Steuer setzte, nur noch Cola oder Wasser.

Der Musikrhythmus beschleunigte sich, und einige Tänzer schubsten sich gegenseitig. Nicht aggressiv, eher ausgelassen. Gero ertappte sich dabei, wie er selbst ein wenig zur Musik wippte. Er bevorzugte klassische Klänge und hatte seit geraumer Zeit sogar Spaß an Opern gewonnen, doch schienen die Partys auf seinen Musikgeschmack abzufärben. Außerdem galt es unter Studenten als uncoole Attitüde, ein Klassikfan zu sein.

Die fünf Semester Psychologie in Kombination mit den zuvor abgeleisteten fünfzehn Monaten Zivildienst hatten ihn Wichtiges gelehrt. Es war immer besser, unauffällig in einer großen Menge unterzutauchen. Paradiesvögel übten zwar für die Massen einen gewissen Reiz aus, waren allerdings meist einsame Menschen. Mit dem Strom zu schwimmen war die schnellste Möglichkeit, um im Leben vorwärtszukommen.

Wieder trank er einen Schluck des herrlichen Biers. Der nächste Song begann und erfreute die Feiernden. Smells like teen spirit. *Der DJ bediente den Massengeschmack und heimste dafür Anerkennung ein. Einige Mädchen vor seiner Absperrung flirteten offensichtlich mit ihm. Angeblich standen sie dort, um ein Wunschlied zu nennen; ihr wahrer Beweggrund bestand darin, dass der Mann am Mischpult ein wahnsinnig attraktiver Typ war. Ein wenig neidisch blickte er zum DJ-Bereich auf der Empore und den drei hübschen Studentinnen vor dem Gitter. Ob sie bereit wären, sich gegenseitig die Augen auszukratzen, nur um die Gunst des DJs zu gewinnen? Man sollte ein Frauencatchen veranstalten, um die Siegerin zu ermitteln. Dann hätten alle etwas davon. Gero schmunzelte bei der arg pubertären Vorstellung.*

»Du wirkst ja richtig gut gelaunt«, erklang eine Stimme an seiner Seite, die er trotz des Geräuschpegels erkannte.

Gero wandte den Kopf und entdeckte seinen Kommilitonen Fabian. Der junge Mann studierte ebenfalls Psychologie im fünften Semester und war derzeit sein Partner bei einer Gruppenarbeit.

»Ich habe mich über die Hühner, die den DJ anbaggern, amüsiert«, erklärte Gero.

Fabian schaute zur Empore. »Ist aber auch ein schnuckliges Kerlchen«, bestätigte er. »Leider eindeutig hetero.«

»Nicht zu übersehen.«

»Warum hast du nicht erwähnt, dass du zur Party kommst?«, fragte Fabian.

»Hab mich kurzfristig entschieden«, behauptete Gero, obwohl das nicht stimmte. Die Wahrheit war viel zu kompliziert.

»Ich bin froh, dass wir uns zufällig über den Weg laufen.«

Fabian hob die eigene Bierflasche, und Gero stieß mit ihm an.

»Freut mich auch«, sagte er lächelnd.

»Mach mir ein schlechtes Gewissen. Wie weit bist du mit deinen Klausurvorbereitungen für Professor Nacken?«

»Die ersten drei Abschnitte des Buchs kann ich inzwischen auswendig. Ich finde die Theorien zum Thema Trauerbewältigung äußerst interessant.«

»Mich deprimiert der Stoff«, meinte Fabian. »Die Fallbeispiele sind teilweise extrem traurig.«

»Gerade solche Menschen brauchen Hilfe. Ist es nicht sinnvoller, einer trauernden Mutter Trost und Hilfe zu spenden, statt einem ausgebrannten Manager zurück auf den Chefsessel zu verhelfen, wo er seine Untergebenen ausbeutet?«

»Der Manager zahlt wahrscheinlich besser«, antwortete Fabian. »Wir können ja später eine Gemeinschaftspraxis aufmachen. Du übernimmst die herzerweichenden Fälle und ich die lukrativen Patienten.«

»Reden wir in drei Jahren darüber. Sobald wir das Diplom in der Tasche haben.«

»Ich hab den Eindruck, du hältst mich hin.« Fabians Zwinkern nahm der Aussage die Schärfe.

Um auf unverfänglicheres Terrain zu gelangen, fragte Gero seinen Kommilitonen, was er von den erhöhten Mensapreisen hielt, die die Hochschulverwaltung am Vormittag bekannt gegeben hatte. Sie redeten sich über diese unsoziale Maßnahme in Rage – obwohl sie beide selten in der Mensa zu Mittag aßen.

»Willst du noch ein Bier?«, fragte Fabian schließlich. »Ich geb eins aus.«

»Einverstanden.«

Gero schaute seinem Kommilitonen nach, der sich durch die Leute drängte. Die Theke war ungefähr zwanzig Meter entfernt und momentan von durstigen Studenten belagert.

Zeit genug, um die wirren Gedanken zu ordnen. Seit Wochen fühlte er sich zu dem homosexuellen Studenten hingezogen. Sie lachten viel miteinander, teilten die gleichen Interessen, vertraten ähnliche politische Ansichten. Ihr Filmgeschmack war identisch, außerdem spornte sie ein ausgeprägter beruflicher Ehrgeiz an.

Alles in allem hatten sie zahlreiche Übereinstimmungen. Gero erinnerte sich an ein Experiment im vierten Semester, in denen es aus paartherapeutischer Sicht darum ging herauszufinden, wie viel Gemeinsamkeiten Mann und Frau besaßen. Die Studenten des Kurses hatten zu diesem Zweck einen dreiseitigen Fragebogen ausgefüllt. Gero war für die Aus-

wertung zuständig gewesen. Mit keiner einzigen Kommilitonin hatte er so viele Matching Points gehabt wie mit Fabian.

Doch Gero war eindeutig heterosexuell. Er hatte seit dem fünfzehnten Geburtstag vier Freundinnen gehabt, eine von ihnen sogar für anderthalb Jahre. Schon als 13-Jähriger hatte er sich den Playboy am Kiosk geholt und heimlich im Jugendzimmer beim Anblick der Nacktmodels onaniert. Er hegte keine Vorurteile gegen Homosexuelle, aber in seine Lebensplanung passte eine solche Neigung nicht hinein. Er träumte vom klassischen, bürgerlichen Leben: einer idealerweise repräsentativen Ehefrau sowie ein bis zwei Kindern. Er wollte entweder ein Haus im Grünen oder eine erstklassige Wohnung im Stadtzentrum.

Unbehaglich dachte er an die vorherige Nacht. Er hatte von Fabian geträumt und war erregt aufgewacht. So erregt, dass er sich unter der Bettdecke befriedigt hatte. Und danach mit schlechtem Gewissen die kurze Schlafanzughose gewechselt hatte.

In den früheren Beziehungen hatte ihm nichts gefehlt. Insofern verstand er diese irritierenden Gefühle nicht. Hatte er ein verspätetes Coming-out oder war er bisexuell? Das durfte einfach nicht wahr sein!

Fabian kehrte zu ihm zurück und reichte ihm eine Flasche Bier: »Wohl bekomm's.«

Die beiden stießen miteinander an. Zum Glück sah Fabian ihm die belastenden Gedanken nicht an.

Nahtlos gingen sie zum dritten Bier über. Unangenehme Gesprächspausen entstanden nicht, und Fabian überredete ihn sogar, zu zwei 70er-Klassikern zu tanzen. »Trinken wir noch was?«, fragte er, als sie leicht außer Atem an den Rand der Tanzfläche zurückkehrten.

»Ich nehm 'ne Cola«, antwortete Gero.

»Wieso denn das?«

»Ich bin mit dem Auto hier. Ein Liter Bier ist meine Grenze. Ab jetzt nur Cola oder Wasser.«

»Spaßbremse!«

»Ich bin auf meinen Führerschein angewiesen. Die Busverbindung in mein Kaff ist katastrophal.«

»Dann mache ich dir einen anderen Vorschlag. Wir saufen weiter und du kommst nachher mit zu mir. Meine Bude ist bloß einen halben Kilometer entfernt. Ich bin zu Fuß unterwegs.«

»Das geht nicht«, widersprach Gero halbherzig. Das war die Gelegenheit, um seinem Kommilitonen klarzumachen, dass er heterosexuell war. Doch er brachte es nicht über die Lippen. Er wollte ihn nicht verlieren und wusste zudem selbst nicht genau, was er eigentlich wollte.

»Wieso?«

»Fabian, ich bin, na ja, ich will ...«, stammelte Gero. Wie sagte man so etwas, ohne den anderen zu brüskieren?

»Gero, ich träume seit Wochen von uns«, gestand Fabian. »Ich habe mich in dich verliebt.«

Er legte die Hände auf Geros Hüften – fast so, als wollte er zu dem gerade laufenden Lied Blues tanzen.

Immer mit dem Strom schwimmen, *erklang es warnend in Geros Kopf. Trotzdem kämpfte er gegen die auflodernde Begierde an. »Nein!«, entfuhr es ihm.*

Er wich zwei Schritte zurück und trat dabei versehentlich jemandem auf die Füße.

»Ey, Spinner!«, fluchte eine wütende Frauenstimme.

»Gero!«, flehte Fabian.

»Sorry!«

Panisch stürmte er in Richtung Ausgang. Sein Wagen stand in der hinteren Reihe des Parkplatzes, den das Studentenwerk für das Event in der Discothek angemietet hatte. Zum Glück hatte er die Jacke im Auto gelassen und nicht an der Garderobe abgegeben. So konnte ihn Fabian nicht einholen.

Er zog den Autoschlüssel aus der Hosentasche, der ihm wie ein Rettungsanker vorkam, und eilte an den Türstehern vorbei nach draußen. Jede Sekunde rechnete er damit, Fabians Stimme zu hören, die seine Standfestigkeit ins Wanken bringen würde. Am Fahrzeug angekommen führte er den Schlüssel mit zittrigen Fingern ins Schloss ein. Seine schweißnassen Hände rutschten beim ersten Versuch am Griff ab, erst beim zweiten Mal gelang es ihm, die Tür zu öffnen.

Aufgelöst setzte er sich hinters Steuer. Trotz der Aufregung fiel ihm ein, dass er zwischen dem letzten Bier und der Abfahrt eine mehrstündige Pause hatte einlegen wollen. Doch die Ereignisse hatten ihn überrollt.

War er nüchtern genug? Oder sollte er zunächst einen kleinen Spaziergang in der kühlen Nachtluft unternehmen? Bestimmt würde ihm das helfen, das Chaos in seinem Gehirn zu ordnen.

Wieso hatte Fabian so unerwartet die Initiative ergriffen?

Unvermittelt bemerkte Gero, dass sein Kommilitone ebenfalls die Disco verlassen hatte und ihn suchte. Hastig startete er den Motor. Von den beiden Zufahrten des Parkplatzes nutzte er diejenige, die ihn nicht an Fabian vorbeiführte. Er benötigte Zeit zum Nachdenken. Vorher ergäbe ein klärendes Gespräch keinen Sinn.

7

Er studierte in zwei unterschiedlichen Windows-Fenstern ein Facebook- und ein Instagram-Profil. Die alleinerziehende Mutter und ihre siebzehnjährige Tochter.

Seine nächsten Opfer.

Das Mädchen hieß Marie, hatte strohblonde Haare, dazu passende hellblaue Augen. Fotos, die sie von sich postete, zeigten sie regelmäßig beim Reiten oder zumindest im Pferdestall. Sie nannte einen braunen Wallach ihr Eigen. Auch die Mutter teilte voller Stolz viele Schnappschüsse. Von allen Hobbys stellte die Alleinerziehende hauptsächlich ihre Mitgliedschaft in einem Gospelchor ins Licht der Öffentlichkeit. Die Trennung vom Vater schien schon einige Jahre her zu sein.

Er hatte bei seinen Recherchen ein Profil entdeckt, das der Frau eines erfolgreichen Geschäftsmanns gehörte: Maries Vater. Offenbar bezahlte der Mann so hohe Alimente, dass sich seine Ex-Frau Sybille mit der Tochter ein gutes Leben leisten konnte.

Doch alles Geld der Welt würde Sybilles Schmerz nicht lindern.

In seiner Fantasie zwang er Marie dazu, ihn mit der Hand zu befriedigen. Eine erregende Vorstellung.

Sina hatte er zu schnell gehen lassen – seitdem lernte er stetig hinzu. Am Ende würde immer der Tod des Mädchens stehen, dafür gab es keine Alternative. Aber es war ein Fehler gewesen, Sina direkt beim ersten erzwungenen Sex zu töten.

Lange Zeit seines jungen Erwachsenenlebens hatte er gänzlich auf Sex verzichtet. Um sich zu bestrafen. Als die körperlichen Bedürfnisse zu groß geworden waren, hatte er nach flüchtigen Sexabenteuern gesucht und oft genug Geld investiert. Nichts hatte ihn rundum befriedigt.

Bis er jemanden fand, der ihn glücklich machte. Doch das Schicksal schlug ein zweites Mal erbarmungslos zu und raubte ihm erneut das, was er liebte. In seinem Kopf erblühten Rachegedanken, gepaart mit einer sexuellen Vorliebe.

Die Fügung hatte ihm zwei schwere Schläge verpasst – er rächte sich, indem er gnadenlos zuschlug und gleichzeitig den Hauptverantwortlichen zur Rechenschaft zog.

Gero Ruppert.

Seit einem Jahr hing der Kerl wie eine Marionette an den Fäden, die sein Rächer gesponnen hatte. Nach jedem Mord hatte Ruppert die an ihn gestellten Forderungen erfüllt. Er hatte nicht die Bullen eingeschaltet, obwohl er, wie zu erwarten, in den Fokus der Ermittlungen gerückt war. Außerdem besaß er so viel Überzeugungskraft, dass jede trauernde Mutter zur Selbsthilfegruppe gekommen war.

Wie fühlte sich Ruppert dabei, wenn er den Hinterbliebenen verständnisvoll zuhörte und in ihren Gesichtern den unheilbaren Schmerz las? Ob er mittlerweile verstanden hatte, weshalb der Rächer ihm diese Last auferlegte?

Ein Schlusspunkt war nicht in Sicht. Zu überwältigend war das Gefühl, wenn ein nacktes, an einer Hand gefesseltes Mädchen ihn zwangsweise befriedigte. In diesen Momenten spuckte er dem Schicksal lachend vor die Füße.

Er hatte das alles nicht gewollt, sondern war dazu genötigt worden. Umso mehr genoss er jeden einzelnen Akt.

Er würde erst aufhören, wenn die Bullen ihn stoppten. Auch für Ruppert gab es kein Entrinnen. So rasch würde die Todestherapie für den Psychologen nicht enden. Sollte er jemals aus der blutigen Karussellfahrt aussteigen, wäre Alina das nächste Opfer. Und Ruppert würde mit dem Wissen weiterleben, dass seine Tochter gestorben war, weil er die Nerven verloren und einfache Anweisungen nicht befolgt hatte.

»Marie«, flüsterte er den Namen der nächsten Auserwählten.

Er überprüfte Rupperts Terminkalender und suchte nach Überschneidungen mit den Gewohnheiten von Marie und deren Mutter. Heute am frühen Abend böte sich eine exzellente Gelegenheit, falls alle Beteiligten ihre Angewohnheiten beibehielten.

***

Marie entriegelte das Fahrradschloss und schaute auf die Uhr. Es war spät geworden, doch zu Hause drohte ihr deswegen kein Ärger. Die Probe des Gospelchors dauerte noch über eine Stunde, wodurch ihre Mutter die verspätete Rückkehr gar nicht mitbekäme.

Marie hatte sich lange mit Jacky unterhalten. Möglichst unauffällig hatte sie versucht, die Gleichaltrige über ihren zwei Jahre älteren Bruder Robin auszuquetschen, und das Gespräch anfangs auf unverfängliche Themen gelenkt. Bis sie Robins Namen erwähnt hatte.

Nun wusste sie alles Wichtige. Robin war seit vier Monaten Single und hatte seine letzte Freundin abserviert, da sie zu wenig Zeit für ihn gehabt hatte. Offenbar zählte er nicht zu den Typen, die auch in Beziehungen ihre *Freiheit* behalten wollten. Im Herbst begann sein Studium an der Berliner Humboldt-Universität, was Marie sehr beruhigte. Denn so konnte sie weiter darauf hoffen, ihm auf dem Reitgelände zu begegnen. Er sah so unverschämt attraktiv aus, wenn er seinen Hengst über die Hindernisse lenkte und den Trainingsparcours regelmäßig fehlerfrei absolvierte.

Im gemütlichen Tempo verließ sie das Gelände. Für den Heimweg brauchte sie zwanzig Minuten. Unterwegs sann sie über das Problem nach, wie sie Robins Interesse wecken sollte. Oder wie sie ihn um eine Verabredung bitten könnte, falls er sich dumm anstellte und ihre Flirtsignale übersähe.

***

Sybille klatschte rhythmisch in die Hände. Doch die immer stärker hämmernden Kopfschmerzen verleideten ihr den Spaß an der Chorprobe. Da war definitiv ein Migräneanflug im Anmarsch.

Gekonnt führte der Chorleiter die Gruppe mit seinen Gesten durch den schwierigen Rest des Lieds. »Wunderbar!«, lobte er die Teilnehmer. »Den Song nehmen wir für den Auftritt in unser Repertoire. Ihr beherrscht ihn absolut perfekt. Wir machen eine fünfminütige Trinkpause und dann proben wir unser Medley. Ihr wisst ja, wie das bei den Zuhörern ankommt.«

Auf den Tischen am Bühnenrand standen Wasser, Cola, Apfel- und Orangensaft. Sybille schenkte sich Cola in einen Plastikbecher. Vielleicht half die Kombination aus Zucker und Koffein, die Migräne hinauszuzögern.

»Du siehst gar nicht gut aus«, sprach sie der 60-jährige Volker an. »Geht's dir schlecht?«

»Du bist ein wahrer Charmeur. Sieht man mir das an?«

»Migräne?«, vermutete er.

Da die meisten Mitglieder seit vielen Jahren im Chor waren, kannten sie ihre jeweiligen Gebrechen inzwischen. Volker quälte beispielsweise eine heftige Kniearthrose, und der behandelnde Orthopäde empfahl ihm ein künstliches Gelenk. Doch der frühverrentete ehemalige Fliesenleger wehrte sich gegen den Schritt, weil er Angst vor der OP und der anschließenden Reha hatte.

»Im Anflug«, bestätigte sie. »Zu Hause lege ich mich direkt ins Bett und hoffe das Beste.«

Der Chorleiter trat zu ihnen. »Migräne?«, erkundigte er sich.

Sybille nickte. »Ich fürchte, das wird mal wieder ein starker Anfall.«

»Wenn es dir hilft, kannst du nach Hause fahren. Die zweite Hälfte unseres Programms beherrschst du im Schlaf.«

Die Aussicht, unter die Bettdecke zu schlüpfen, reizte sie. Trotzdem entsprach es nicht ihrer Art, die anderen Chormitglieder im Stich zu lassen. Als sie jedoch nach einem weiteren Schluck Cola ein flaues Gefühl im Magen bekam, entschied sie sich, vernünftig zu sein.

»Ihr habt recht. Ist bestimmt besser. Entschuldigt bitte!«

»Dafür gibt es keinen Grund«, beruhigte der Chorleiter.

***

Er hat die Kofferraumklappe geöffnet und die Katzenbox vor das Heck gestellt. Sein Auto parkte vierzig Meter vom Zuhause des Mädchens in der Sackgasse, in die sie einbiegen würde.

Aber wo blieb sie? Normalerweise wäre sie vor einer Viertelstunde vom Reitstall nach Hause gekommen. Hoffentlich hatte Marie die Routine nicht über den Haufen geworfen.

»Mikesch«, rief er den ausgedachten Katzennamen. »Komm zu mir. Mikesch!«

Noch dämmerte es nicht. Ihm wäre wohler, in der Dunkelheit zuzuschlagen. Leider war Marie niemand, der abends ausging. Deswegen musste er das Risiko eingehen, von Nachbarn bemerkt zu werden. Der falsche Vollbart und die Schiebermütze veränderten sein Aussehen genug, um den Bullen keinen Anhaltspunkt zu liefern. Das Kennzeichen war gefälscht und würde ebenso wenig zur Identifizierung beitragen. Lediglich das weitverbreitete Automodell könnte der Soko einen Hinweis geben.

»Mikesch!«

Endlich bog das Mädchen auf ihrem Rad in die Sackgasse ein. Erneut rief er nach dem verschwundenen Tier. Verlangsamte die Kleine ihr Tempo, oder erschien ihm das nur so?

»Hi!«, begrüßte er sie, als sie etwa fünfzig Meter entfernt war. »Hast du zufällig einen schwarzen Kater gesehen?«

Wie erhofft bremste sie und stellte die Füße auf den Boden.

»Nein«, antwortete sie. »Ist er Ihnen entwischt?«

»Blöde Sache«, erklärte er. »Ich wohne ein paar Straßen weiter. Meine Frau und ich sind kürzlich zugezogen und fürchten, Mikesch findet den Heimweg nicht mehr.«

»Jetzt klappern Sie alle Straßen ab?«, vermutete sie.

Er nickte betrübt. »Ich bin seit zwei Stunden unterwegs. Meine Frau ist verzweifelt. Sie hängt an dem Kater. Wir haben keine Kinder, er ist also eine Art Ersatz.« Ob es sie beunruhigte, dass er sich zusehends näherte? Oder achtete sie gar nicht darauf? Das Pfefferspray steckte in seiner rechten Hosentasche, und mittlerweile war die Kleine in Sprühreichweite. »Mikesch ist ganz schwarz mit zwei Ausnahmen. Die Schwanzspitze ist weiß, und über seinem linken Auge hat er auch einen weißen Fleck. Würdest du mir den Gefallen tun und mich anrufen, wenn du ihn siehst?«

»Wie erreiche ich Sie?«

»Ich habe Visitenkarten dabei, die könntest du auch an Freunde oder Nachbarn verteilen. Das wäre super!«

»Das mache ich gern.«

Er griff in seine Tasche. Doch bevor er die Spraydose herausziehen und benutzen konnte, registrierte er einen sich nähernden Wagen.

»Was macht denn meine Mutter schon hier?«, wunderte sich Marie, die über die Schulter blickte. »Vielleicht hat sie ja den Kater irgendwo gesehen.«

»Das wäre großartig.«

Das Fahrzeug hielt auf ihrer Höhe, und die Frau ließ per Knopfdruck das Beifahrerfenster herab.

»Hallo«, sagte sie und klang vermutlich wegen des Fremden reserviert.

»Hallo, Mama.«

Der Rächer brachte ein Lächeln zustande. »Haben Sie irgendwann seit vorgestern einen schwarzen Kater herumstreunen sehen?«, fragte er.

»Nicht, dass ich mich erinnern könnte.«

»Schade.« Er wandte sich an Marie. »Danke für deine Hilfe.«

»Was ist mit Ihrer Visitenkarte?«

Er schlug sich an die Stirn. »Das hätte ich jetzt fast vergessen.« Wieder griff er in die Hosentasche – diesmal allerdings in die linke, in der er gefälschte Karten bei sich trug. Selbst auf solche Fehlschläge war er vorbereitet. Insgesamt reichte er ihr fünf Karten, auf der ein falscher Name und eine fiktive Rufnummer gedruckt waren. Sorgsam achtete er darauf, die Karten bloß mit den Fingerspitzen zu berühren, »Du kannst zu jeder Tag- und Nachtzeit anrufen. Meine Frau und ich sind immer erreichbar.«

»Ich halte Ausschau«, versprach sie.

»Sie haben eine wohlerzogene Tochter«, lobte der Mann. »Ist heutzutage keine Selbstverständlichkeit.«

Seufzend packte er den Katzenkorb in den Kofferraum und warf die Klappe zu. Marie trat wieder in die Pedale, und die Mutter fuhr langsam hinter der Tochter her.

Er bemerkte, wie sie ihn im Rückspiegel musterte, weshalb er die Hand zum Gruß hob. Sie durfte ihm seinen Frust keinesfalls anmerken. Er stieg in den Wagen, startete den Motor und wendete.

Der Rächer hielt den Wutausbruch zurück, bis er abgebogen war. Dann schlug er gegen das Lenkrad. »Ich hasse die Schlampe!«, brüllte er. »Fuck!«

Sybille hatte ihn gesehen. Wenn ihre Tochter in den nächsten Tagen verschwände, würde sie an den Zwischenfall zurückdenken. Zwar könnte sie wegen der Verkleidung keine brauchbare Beschreibung liefern, und er hatte auf der Visitenkarte keinen vollständigen Fingerabdruck hinterlassen, trotzdem erwog er, Marie vorläufig zu vergessen.

Doch das ging einfach nicht!

8

Robert Drosten erwachte wieder einmal in einem unpersönlichen Hotelzimmer. Die ständigen Dienstreisen waren wie manches in seinem Job unabdingbar, doch mit zunehmendem Alter bereiteten sie ihm immer weniger Freude. Lieber wäre er bei seiner Frau Melanie und ihrem gemeinsamen Hund Rocky zu Hause. Nachdem er eine Weile an die Decke gestarrt hatte, schwang er die Beine aus dem Bett und wartete ein paar Sekunden, bis er aufstand. In den letzten Wochen hatte ihn sein vor Jahren operiertes Knie gepeinigt, und er befürchtete, um eine zweite Operation nicht herumzukommen. Die ersten Schritte schmerzten ein wenig, dann war das Gelenk voll funktionsfähig. Er betrat das Badezimmer, ging auf die Toilette und betrachtete anschließend sein müdes Gesicht im Spiegel. In einigen Monaten würde er seinen sechsundvierzigsten Geburtstag feiern und damit endgültig auf die Fünfzig zurasen. Was man ihm deutlich ansah. Nach Hotelnächten schienen sich die Augenringe merklich stärker abzuzeichnen, und die grauen Strähnen in seinem dunklen Haar waren unübersehbar. Er putzte sich die Zähne, bevor er zum Rasierer griff, um die überwiegend grauen Bartstoppeln zu entfernen.

Während des reichhaltigen Frühstücks dachte er an die Auseinandersetzung mit der LKA-Hauptkommissarin Anna Hoch zurück. Glaubte sie wirklich, die KEG-Mitglieder der Soko würden in Wiesbaden in Untätigkeit verharren? Oder hatte sie das nur aus Frust über die fehlenden Fortschritte behauptet?

Drosten nippte an dem abgekühlten Kaffee. Die Dienstreise führte ihn in Rupperts ehemaligen Studienort: das Ruhrgebiet. Aufgrund der Alibis hielt der Hauptkommissar den Professor nicht für den Täter, ebenso zweifelte er an der Theorie, dass der Mann mit einem Partner zusammenarbeitete. Doch Drosten war davon überzeugt, dass die Lösung des Falls in der Vergangenheit lag. Deswegen hatte sich die Soko chronologisch rückwärts vorgearbeitet, und es fiel Drosten zu, Rupperts Studienjahre genauer unter die Lupe zu nehmen. Sie hatten seine zum Zeitpunkt der Diplomprüfungen gültige Meldeadresse ermittelt und ein paar Kommilitonen namentlich identifiziert. Ausgehend von diesen Anknüpfungspunkten würden sich weitere Ermittlungsansätze ergeben, bis er ein vollständiges Bild der Studienzeit des Psychologen gewonnen hätte.

***

Nachdem Drosten telefonisch ein Rentnerpaar kontaktiert hatte, luden die beiden ihn in ihr Haus ein, wo die Ehefrau im Wohnzimmer Kekse und Tee servierte. Obwohl Drosten keinerlei Hunger verspürte, bediente er sich. Seine Erfahrung lehrte ihn, dass er in einer ungezwungenen Atmosphäre schneller an relevante Ergebnisse gelangte.

Auf dem Tisch waren außerdem drei dicke Aktenordner gestapelt.

»Wir vermieten das Haus seit dreißig Jahren an Studenten«, erklärte der grauhaarige Mann, dessen entzündet wirkende Knollennase sein Gesicht dominierte. »Ich habe das Gebäude Ende der Achtziger von meinen Eltern geerbt. Acht Zwei-Zimmer-Wohnungen, alle relativ ungünstig geschnitten. Wir hatten damals überlegt, es komplett zu modernisieren und aus jeweils zwei Wohnungen eine zu machen, damit Familien Interesse hätten. Aber uns fehlte das nötige Kleingeld, und kurz nach der Wende haben die Banken nicht so mit Immobilienkrediten um sich geworfen wie in heutiger Zeit. Dann las Angelika in der Zeitung einen Bericht über die hiesige Wohnungsnot der Studenten.«

»So kamen wir auf die Idee«, bestätigte die Frau. »Anfangs nahmen wir die Hilfe eines Maklers in Anspruch. Seit Mitte der Neunziger kümmern wir uns selbst darum.«

»Ist ja auch keine große Arbeit«, fuhr der Mann fort. Er tippte mit dem Finger auf die Ordner. »Hier sind alle Mietverträge, die wir je abgeschlossen haben, und die entsprechenden Abschlussnebenkostenabrechnungen. Wenn die Studenten eine Wohnung beziehen, bleiben sie normalerweise bis zum Studienende unsere Mieter. Wir verlangen einen fairen Mietzins. Seien wir ehrlich: Viele Studenten leben mit bescheidenen Mitteln, und ich habe als Alleinerbe nichts geleistet, um ein solches Haus zu besitzen. Meine Eltern waren wohlhabend – das war mein Glück.«

»Das klingt sehr sozial«, lobte Drosten. »Viele Vermieter haben keine Gewissensbisse, die jungen Leute auszunehmen.«

Der Mann nickte betrübt. »Manchmal frage ich mich, wann wir Deutschen vergessen haben, dass es die *soziale* Marktwirtschaft war, die in Deutschland nach dem Krieg zum Wirtschaftswunder geführt hat. Heutzutage sind die meisten Banker und Vorstandsvorsitzenden nur noch daran interessiert, möglichst viel Geld in die eigenen Taschen zu stecken. Und das, obwohl man die letzte Reise ganz ohne Besitztümer antritt. Wer aus den Führungsetagen inklusive der Politiker denkt an seine gesellschaftliche Verantwortung?«

»Ich hatte ja am Telefon erwähnt, dass ich Informationen über Ihren ehemaligen Mieter Gero Ruppert brauche. Haben Sie etwas über ihn herausgefunden?«

»Selbstverständlich«, antwortete der Mann. »Ein paar interessante Details.« Er schlug den obersten Ordner mit dem roten Rücken auf. »Im Regelfall ziehen neue Mieter zu Semesterbeginn bei uns ein. Und nach dem Abschluss wieder aus.«

»Wobei manche auch wohnen bleiben, bis sie den ersten Job ergattert haben«, ergänzte die Ehefrau.

»Dadurch kommt es gelegentlich dazu, dass wir ein bisschen Leerstand haben. Als Beispiel: Das neue Semester startet im Oktober, der Vormieter hat im Juni seinen Bachelor oder Master verliehen bekommen. Dann sucht er einen Job, den er vielleicht erst im November findet. Er kündigt und zieht aus. Die meisten Studenten haben zu diesem Zeitpunkt eine Unterkunft gefunden, weswegen wir die Wohnung anschließend oft erst zum März oder April weitervermieten können.«

»Leuchtet ein«, sagte Drosten, der noch nicht wusste, worauf der Rentner hinauswollte.

»Herr Ruppert hat die Wohnung jedoch mitten im Semester angemietet. Um genau zu sein, zum ersten Juni.«

Der Mann schob Drosten den Mietvertrag zu, der ihn überflog. Gleich auf der ersten Seite entdeckte er eine Adresse in einem Vorort der Stadt.

»Hier hat er also vorher gewohnt?«

»Genau.«

Drosten nahm sein Handy und fotografierte die handschriftlich notierte Wohnungsangabe. »Ist er bis zum Diplom geblieben?«

Der Vermieter reichte ihm einen weiteren Zettel. »Das ist die Endabrechnung der Nebenkosten. Er war drei Jahre unser Mieter. Da er im fünften Semester zu uns gezogen ist, müsste der Auszug zeitlich zur Diplomverleihung passen.«

»Sie erinnern sich so genau, in welchem Semester er damals war?«, wunderte sich Drosten.

Der Mann lächelte. »Sie finden diese Information auf der letzten Seite des Mietvertrags. Die Interessenten müssen uns ihre Immatrikulationsnummer geben und mitteilen, wie weit ihr Studium fortgeschritten ist. So verhindern wir, dass Nicht-Studenten von der günstigen Miete profitieren.«

»Sind Ihnen in den drei Jahren je ungewöhnliche Vorfälle im Zusammenhang mit dem Mieter zu Ohren gekommen? Ist möglicherweise die Polizei vor Ort gewesen und hat ermittelt?«

»Das kann ich ausschließen«, sagte die Frau. »Zur gleichen Zeit hatten wir nämlich eine der beiden Erdgeschosswohnungen meinem Neffen überlassen. Er ist vor Herrn Ruppert ein- und nach ihm ausgezogen. Wäre etwas Schlimmes passiert, hätten wir das durch ihn erfahren.«

Drosten stellte noch weitere Fragen, doch das Ehepaar steuerte nichts Ermittlungsrelevantes mehr hinzu. Ruppert schien ein völlig unauffälliger Bewohner gewesen zu sein.

***

Die nächste Befragung führte Drosten zu einer Frau, die in den letzten Jahren des Studiums mit Ruppert liiert gewesen war. Die Soko war durch einen Bericht in der Hochschulzeitung des Jahres 1998 darauf gestoßen. Darin beschrieb die psychologische Fakultät ein paarpsychologisches Experiment, an dem Ruppert gemeinsam mit seiner Freundin Natalie Völker teilgenommen hatte.

Sieben Jahre später hatte Völker geheiratet und den Namen ihres Ehemannes angenommen, bei dem es sich nicht um Ruppert handelte. Sie hieß mittlerweile Kunze, hatte zwei Kinder im Teenageralter und lebte in einem großen Haus am Rande der Stadt.

Auf Drostens Klingeln hin öffnete ihm eine jung gebliebene, attraktive Frau. Sie trug eine braune Jeans, flache Schuhe und eine tailliert geschnittene, weiße Bluse.

»Herr Hauptkommissar Drosten?«, fragte sie.

»Der bin ich.« Um sich zu legitimieren, präsentierte er ihr seinen Dienstausweis, dem sie nur einen flüchtigen Blick widmete.

»Kommen Sie herein. Reden wir im Wohnzimmer miteinander. Sie meinten am Telefon, Sie ziehen Erkundigungen über meinen ehemaligen Freund Gero Ruppert ein? Hat er etwas verbrochen?« Die Gründe für den Polizeibesuch schienen sie sehr zu interessieren.

»Professor Ruppert ist im Zusammenhang mit außergewöhnlich komplizierten Ermittlungen in Erscheinung getreten. Deswegen werfen wir gerade das Netz besonders weit aus und hoffen, so die richtigen Informationen zu finden.«

»Verzeihen Sie meine Neugier, aber dürfen Sie mehr über diese Ermittlungen verraten?«

»Leider nicht.«

Die Frau seufzte. »Schade. Sie wissen ja, was man über den Wissensdurst von Frauen sagt. Setzen Sie sich. Möchten Sie einen Kaffee?«

Drosten nahm an einem Tisch Platz, auf dem zwei Tassen samt Untertassen, Teller, Milch, Zucker und eine Thermoskanne standen. Außerdem hatte Natalie Kunze acht Brownies auf einer Glasservierplatte gestapelt.

»Ich habe das Gebäck vorhin erst aus dem Ofen geholt. Greifen Sie zu, ehe meine Kinder es entdecken.«

»Liebend gerne. Und zu einem Kaffee sage ich ebenfalls nicht ›nein‹.«

Die aufmerksame Gastgeberin schenkte ihnen ein. »Dann legen Sie mal los. Was wollen Sie hören?«

»Am liebsten wäre es mir, wenn Sie einfach über sich und Gero Ruppert sprechen. Wann haben Sie sich kennengelernt und wie war Ihre Beziehung?«

»Er war eine harte Nuss.« Sie lachte bei dieser Erinnerung.

»Inwiefern?«

»Gero und ich haben gleichzeitig mit dem Studium begonnen. Richtig aufgefallen ist er mir erst im vierten Semester. Wir nahmen beide an einem Test teil. Ich fand seine Art sehr sympathisch, außerdem hatte ich mich wenige Monate zuvor von meinem damaligen Freund getrennt. Bei mir hätte es also gepasst.«

»Wie hat er auf Sie reagiert?« Drosten nahm sich einen Brownie und legte ihn auf den Teller. »Oh, wundervoll«, lobte er, nachdem er ein Stück probiert hatte.

Die Frau lächelte dankbar. »Er schien sich nicht für mich zu interessieren. Was zugegebenerweise meinen Jagdinstinkt geweckt hat. Ohne eingebildet klingen zu wollen, darf ich durchaus behaupten, eine hübsche, junge Frau gewesen zu sein. Warum interessierte sich der Idiot nicht für mich? Nach ein paar Wochen war ich überzeugt, die Antwort gefunden zu haben.«

»Jetzt bin ich gespannt.«

»Ich vermutete, er sei schwul ... äh, homosexuell.«

Überrascht sah Drosten sie an. »Wie kamen Sie zu dem Schluss?«

»Gero verbrachte viel Zeit mit einem Kommilitonen. Stellte ein Professor Gruppenaufgaben, hatte ich keine Chance, Gero zu fragen, so schnell tat er sich mit dem Kerl zusammen. Anfangs dachte ich mir nichts dabei und schätzte, sie seien schon ewig befreundet. Da Fabian eindeutig homosexuell orientiert war, sah ich in ihm keinen Konkurrenten. Bis ich die beiden zufällig bei einer Studentenparty beobachten konnte. Sie wirkten so vertraut, und ich kapierte endlich, weswegen Gero meine Flirtsignale ignoriert hatte.« Sie trank einen Schluck Kaffee. »Ausgerechnet, nachdem ich ihn abgeschrieben hatte, änderte sich das Bild. Und zwar ziemlich drastisch nach der Party. Plötzlich suchte er in Seminaren meine Nähe, versuchte alles, um mich zum Lachen zu bringen und bat mich schließlich um eine Verabredung. Wir trafen uns im Kino, verabredeten uns zwei weitere Male und wagten es. Die Beziehung hielt immerhin dreieinhalb Jahre.«

»Haben Sie ihn je auf Ihre Vermutung angesprochen?«

»Was glauben Sie denn?«

»Wie hat er reagiert?«

»Angepisst. Entschuldigung. Aber ein besserer Ausdruck fällt mir für seine Reaktion nicht ein. Er hat das vehement von sich gewiesen, selbst, als ich ihm versicherte, damit kein Problem zu haben. Er war deshalb tödlich beleidigt.«

»Kann es sein, dass Sie sich geirrt haben? Schließlich hat Professor Ruppert später geheiratet und eine Tochter bekommen.«

»Ich gebe es ungern zu, aber anscheinend war ich wirklich auf dem Holzweg. Wie alt ist sein Kind eigentlich? Leider habe ich den Kontakt zu ihm völlig verloren.«

»Sechzehn.«

»Bei Mädchen oft ein anstrengendes Alter.«

»War Ihre Beziehung glücklich?«

»Die ersten zwei Jahre definitiv. Als es Richtung Diplomprüfungen ging, haben wir es nicht geschafft, das Lodern aufrechtzuerhalten. Nach der Diplomverleihung hatten wir uns zu sehr auseinandergelebt, um die Sache zu retten. Außerdem wollte er nach Berlin ziehen, ich hingegen vor Ort bleiben.« Sie zuckte die Achseln. »So ist der Lauf der Dinge.«

»Hat er je eine ähnlich ungewöhnliche Reaktion gezeigt, wie Sie sie eben geschildert haben?«

»Nein«, antwortete sie schnell.

»Fällt Ihnen hinsichtlich seines Verhaltens im Nachhinein etwas Auffälliges ein?«

»Da gab es bloß eine Sache, die ich irritierend fand. Er hatte extreme Schlafstörungen. Häufig lag er nachts wach und hat mich geweckt, weil er sich im Bett herumwälzte. Wenn er mal schlief, hörte ich ihn gelegentlich stöhnen. Aber er hat immer behauptet, sich nicht an die Albträume zu erinnern.«

»Haben Sie ihm das geglaubt?«

»Im Prinzip schon. Wir hatten in einer Vorlesung gelernt, dass sich psychisch kranke Patienten, die von nächtlichen Schreckensbildern geplagt werden, selten an die Träume erinnern. Das ist ein Schutzmechanismus des Gehirns.«

»Halten oder hielten Sie ihn für psychisch krank?«, hakte Drosten nach.

»Nicht kränker als die anderen Kommilitonen, mich eingeschlossen«, erwiderte sie amüsiert. »Wer ein Psychologiestudium beginnt, tut das meist, um sich selbst zu therapieren.«

»Sie erwähnten den Vornamen des männlichen Studenten. Fabian. Kennen Sie noch den vollen Namen?«

»Ich weiß sogar, wo Sie ihn an Werktagen antreffen.« Natalie Kunze lächelte selbstzufrieden. »Ich bin ihm erst kürzlich wiederbegegnet, und wir haben ein bisschen geplauscht. Er betreibt im Univiertel eine feine Buchhandlung. Hauptsächlich spezialisiert auf Fachliteratur der verschiedenen Studiengänge. Allerdings ist eine kleine Ecke seines Ladens der deutschsprachigen Kriminalliteratur gewidmet. Dort finden regelmäßig Lesungen statt. Vorletzte Woche hatte er tatsächlich einen meiner Lieblingsautoren zu Gast. Die Lesung war komplett ausverkauft. Ein toller Abend.«

»Wie heißt der Mann?«

»Martin ...« Grinsend unterbrach sie sich. »Sie meinen wahrscheinlich nicht den Autor, sondern den Ladeninhaber? Fabian Schüler. Die Buchhandlung nennt sich *Schülers Eck*.«

9

Er hatte keine Gefühle für Fabian. Das war absurd! Er liebte Frauen; jede seiner sexuellen Beziehungen hatte ihn befriedigt, nichts hatte ihm gefehlt. Seine merkwürdige Zuneigung war bloß ihrer engen Zusammenarbeit während des Semesters geschuldet.

Gero schaute kurz in beide Richtungen, bevor er vom Discoparkplatz auf die Zufahrtsstraße fuhr. Fabian hatte ihn in einem schwachen Moment erwischt. Seit über einem Jahr war Gero Single, und ihm fehlte eine erfüllende Partnerschaft. Er verstand sich ausgezeichnet mit dem jungen Studenten, sie lachten viel zusammen, führten vertrauensvolle Gespräche und waren in vielerlei Hinsicht auf einer Wellenlänge. Fabian hatte seine sexuelle Orientierung nie versteckt. Gero war nicht homophob, einer Freundschaft hatte also nichts im Wege gestanden. Doch irgendwie schien sein Kommilitone das anders aufgefasst zu haben und hatte sich Hoffnungen gemacht. Sein Fehler!

Gero bog links ab. Plötzlich flammte das Fernlicht eines entgegenkommenden Fahrzeugs auf.

»Ist ja gut!«, schimpfte er. »Da war genug Platz! Ich habe dich nicht geschnitten.«

Abfällig schüttelte er den Kopf über den idiotischen Fahrer. Dann widmete er sich wieder seinem eigentlichen Problem.

Wie sollte er in den nächsten Wochen mit Fabian umgehen? Sie arbeiteten als Partner an einer wichtigen Gruppenaufgabe. Außerdem saßen sie im Regelfall bei allen Vorlesungen nebeneinander. Würde zwischen ihnen eisiges Schweigen herrschen? Oder wäre es sogar besser, zukünftig woanders zu sitzen?

Er hielt an einer roten Ampel. Nach der Kreuzung wären es nur noch ein paar Kilometer über die Landstraße bis nach Hause. Hoffentlich hatten die Bullen nicht ausgerechnet heute eine Verkehrskontrolle eingerichtet, denn er spürte deutlich die Wirkung des Alkohols. Sollten sie ihn zur Atemkontrolle nötigen, wäre er wahrscheinlich den Führerschein los. Oft standen die Beamten an dem Wandererparkplatz, den er in etwa einem Kilometer erreichen würde, und winkten die Autos heraus.

Für eine Weile konzentrierte er sich darauf, nicht verräterisch zu schlingern. Nachdem er den kritischen Punkt hinter sich gelassen hatte, kehrten seine Gedanken an Fabian machtvoll zurück.

Wieso hatte er geglaubt, Gero könnte schwul sein? Sie hatten sich nie intensiv in die Augen gesehen oder »versehentlich« zu lange berührt. Gero verstand es nicht. Er versuchte, sein Verhalten der vergangenen Wochen zu analysieren. Lag die Schuld bei ihm? Hatte er widersprüchliche Signale ausgesandt?

Er erinnerte sich an ihre letzten Begegnungen. »Was habe ich falsch gemacht?«, flüsterte er.

Er wollte Fabian nicht gleich für seine Fehleinschätzung verteufeln. Menschliche Interaktion basierte auf Aktion und Reaktion. Hatte sein Freund bloß reagiert?

»Ich! Bin! Nicht! Schwul!« Bei jedem Wort schlug er mit der flachen Hand aufs Lenkrad.

Was würde das für ein Bild abgeben? Er erhoffte sich eine berufliche Zukunft in der Paartherapie. Im Idealfall würde er eine erfolgreiche Praxis aufbauen. Aber zu ihm würden keine heterosexuellen Paare kommen, wenn sie herausfänden, dass er in einer homosexuellen Beziehung lebte. Das war ausgeschlossen.

Gero dachte an seine Verflossenen zurück. Mit ihnen hatte er schöne Erlebnisse geteilt. Warum peinigte ihn jetzt dieses Gefühlschaos?

Tränen verschleierten seinen Blick. Hatte er Fabians Gefühle verletzt? Homosexuelle junge Männer mussten oft mit Zurückweisung zurechtkommen. Manchmal feindselig-aggressiv, gelegentlich höhnisch lächelnd. Gero hoffte, dass er seinen Freund nicht gekränkt hatte.

Er nahm eine Hand vom Steuer und wischte sich die Tränen beiseite. Dann tastete er nach dem Lichtschalter über dem Rückspiegel. Im Schein der matten Lampe schaute er sich nach einer Packung Taschentücher um. Nach wenigen Sekunden blickte er wieder auf die Straße und erschrak heftig. Er näherte sich viel zu schnell einem Wagen von hinten, der aus unerklärlichen Gründen langsamer fuhr als erlaubt.

Da er vermutlich nicht mehr rechtzeitig bremsen könnte, scherte er auf die freie Gegenspur aus. Beim Überholen sah er nach rechts. Hatte der Fahrer die Augen geschlossen? Schlief er? Seine Beifahrerin hatte den Sicherheitsgurt gelöst und sich ihm zugewandt. Sie wirkte beschäftigt. Trieben es die beiden während der Fahrt?

Abgelenkt von dieser Frage scherte er nach dem Überholen viel zu früh wieder ein. Konnte er etwas im Rückspiegel erkennen?

Gero sah, wie sich die Augen des Mannes vor Schreck weiteten. Er bäumte sich am Steuer auf, riss im nächsten Moment ruckartig das Lenkrad herum, und der Wagen brach zur Seite aus.

»Was zum Teufel?«, wisperte Gero und reduzierte automatisch die Geschwindigkeit.

»Oh Gott!«

Ein lauter Knall ertönte. Sofort hielt Gero an. Das überholte Auto war durch die Richtungskorrektur von der Straße abgekommen und gegen einen Baum geprallt.

»Scheiße! Scheiße! Scheiße!«

Mit zittrigen Beinen verließ er den Wagen und schleppte sich zur Unfallstelle. Auf der Fahrerseite des älteren Modells hatte der Airbag ausgelöst. Doch die Beifahrerin war ungebremst nach vorn geschleudert worden. Ihr Kopf hing in der zertrümmerten Windschutzscheibe. Blut strömte ihr übers Gesicht. Keiner der beiden regte sich.

Geros Leben war vorbei. Er hatte betrunken einen Unfall verursacht. »Fuck!«

Er wollte die verbogene Fahrertür aufziehen und stockte unvermittelt. Den beiden war ohnehin nicht mehr zu helfen. Außerdem erblickte er die heruntergezogene Hose des Mannes und seinen schlaffen Schwanz. Sie hatten tatsächlich Sex gehabt. Es war ihre Schuld! Dass Gero unter Alkohol gestanden hatte, spielte keine Rolle. Unsicher wich er ein paar Schritte zurück, drehte sich um und lief zu seinem Auto. Er musste von der Unfallstelle verschwinden, ehe jemand vorbeikäme.

***

Gero Ruppert erwachte im Halbdunkel seines Schlafzimmers. Wie immer benötigte er ein paar Sekunden, um die furchtgeprägte Atmosphäre des Traums abzuschütteln. In den ersten Jahren nach dem Unfall hatte er ständig davon geträumt. Die Bilder hatten ihn regelmäßig gequält. Sie schienen ihn aufzufordern, zur Polizei zu gehen und die Wahrheit zu gestehen, um sein Gewissen zu reinigen.

Als sie nach drei Jahren allmählich verblassten, erschien es ihm wie eine Schicksalsfügung. Mit dem Umzug in eine andere Stadt ließ er die Vergangenheit hinter sich. Statt in einer eigenen Praxis landete er im Krankenhaus und spezialisierte sich aus Schuldgefühlen auf Trauma- und Trauerpatienten. Je mehr er den Menschen half, desto weniger quälten ihn die Erinnerungen an den von ihm mitverursachten Unfall. Zwar trug er nicht die Alleinschuld, aber ohne den Alkoholeinfluss wäre die Fahrt vielleicht anders ausgegangen. Oder ohne seine feige Flucht vor seinen bisexuellen Neigungen.

Ruppert stand auf und schaute zur Uhr. Vor der Selbsthilfegruppe versuchte er meist, rechtzeitig nach Hause zu kommen, um sich eine Stunde auszuruhen. Normalerweise fühlte er sich anschließend fit für den Abend. Heute jedoch hatte ihn der viel zu kurze, vom Albtraum unterbrochene Schlaf eher gerädert. Wenigstens blieb ihm noch Zeit, ausgiebig zu duschen.

***

Die ersten fünf Teilnehmer des Gesprächskreises waren bereits eingetroffen, als ein unbekannter Mann in der Türschwelle auftauchte und sich zögerlich umsah.

»Hallo«, sagte er leise. »Bin ich hier richtig?« Er blickte Ruppert in die Augen. »Nadine hat mit Ihnen gesprochen und mein Kommen angekündigt?«

»Sie sind Luke Hertz?«, vergewisserte sich Ruppert.

»Ja.«

Ruppert musterte den Neuankömmling. Er war schlank und muskulös. Ein Grund mehr, an der Unfallgeschichte zu zweifeln. Die meisten Trauernden ernährten sich ungesund, trieben keinen Sport und verloren somit nicht nur Angehörige, sondern auch ihre ehemalige Figur. Natürlich gab es Ausnahmen. Männer, die beim Gewichtstemmen die Traurigkeit verarbeiteten, oder Frauen, die plötzlich verstärkt auf ihr Äußeres achteten.

Er reichte Hertz die Hand, dessen Händedruck schwach ausfiel. War das vorgespielt? Zumindest passte es nicht zur Körperstatur.

»Ich bin Professor Gero Ruppert. Suchen Sie sich einen Platz aus.«

»Gibt es keine Sitzordnung?«

»Nein«, beruhigte ihn ein Teilnehmer. »Ich bin Mario. Willkommen. Wen hast du verloren?«

»Meine Tochter«, antwortete Hertz. »Ina. Sie war vierzehn.«

»Dein einziges Kind?«

»Ja.«

»Wie bei mir. Sie hieß Hannah.«

Die nächsten Teilnehmer traten ein und betrachteten Hertz neugierig.

Eine Viertelstunde später schloss Ruppert die Tür zum Seminarraum.

»Wie ihr seht, haben wir einen neuen Gast. Daher schlage ich vor, dass wir ihm zuerst das Wort überlassen. Ist dir das recht?«

Hertz nickte, und keiner der anderen widersprach, weil der Neue vermutlich ein akutes Redebedürfnis hatte. Mit einer Geste gab Ruppert dem Neuzugang zu verstehen, dass er sich vorstellen solle.

»Ich bin Luke. Meine Freunde nennen mich Lucky, und obwohl ich keinen von euch kenne, würde es mich freuen, wenn ihr mich auch Lucky nennt. Mein Nachname lautet Hertz. In manchen schlaflosen Nächten liege ich in meinem Bett, starre im Dunkeln an die Decke und denke über eine Namensänderung nach. Denn mein Herz wurde mir vor fünfzehn Monaten und sechsundzwanzig Tagen herausgerissen. Ina.« Er stockte kurz. »Sie war vierzehn, als sie sich zu ihrem Onkel und ihrer Tante ins Auto setzte. Blitzeis überraschte sie, und die Fahrt endete vor einem Baum. Nur Inas Onkel überlebte schwer verletzt.«

Ruppert fragte sich, ob die Soko irgendwie von seinem Autounfall vor dreiundzwanzig Jahren erfahren hatte, oder ob Hertz nur zufällig von einem ähnlichen Unfall sprach – falls seine Geschichte nicht erfunden war.

»Ich erhielt den Anruf bei der Arbeit. Laut Aussage meiner Kollegen habe ich verzweifelt aufgeschrien. Erinnern kann ich mich daran nicht. Auch nicht an die vielen anderen Dinge in den Stunden nach der Todesnachricht.« Hertz nippte an seinem Orangensaft. »Drei Monate war ich krankgeschrieben. Danach wollte ich in mein Leben zurückfinden. Aber wie soll man ohne sein Herz leben? Die Ehe zwischen Carola und mir zerbrach. Wir hatten bereits vorher schlimme Krisen, weshalb unser Fundament schon bröcklig war. Ich zog in ein kleines Zwei-Zimmer-Appartement, in dem ich bis heute wohne. Irgendwann hatte ich nicht mehr die Kraft, zur Arbeit zu gehen. Es kam mir sinnlos vor. Seit drei Monaten bin ich zwangsverrentet. Ein Psychiater betreut mich. Er hat mir auch von dieser Gruppe erzählt. Eine Freundin kennt Professor Ruppert persönlich. Letztlich hat sie den Kontakt hergestellt. So bin ich hier gelandet.«

»Was war dein Beruf?«, fragte eine Frau.

»Beamter«, antwortete Hertz. »Wahrscheinlich ging das deshalb so zügig mit der Verrentung. Ich soll meinem Dienstherrn nicht auf der Tasche liegen.«

Ruppert hoffte, dass niemand eine konkretere Auskunft einholte. Beamter klang so harmlos.

»Schrecklich«, sagte Astrid Kleinschmitt. »Niemand wäre freiwillig in dieser Gruppe, wenn er die Wahl hätte. Wir haben alle den schlimmstmöglichen Verlust erlitten. Meine Tochter Sina ist umgebracht worden. Von einem Mörder, der nach wie vor frei herumläuft. Ich hoffe, die Gespräche helfen dir.«

»Ich weiß nicht weiter«, bekannte Hertz. »Ihr seid meine letzte Hoffnung.«

»Plagen dich Selbstmordgedanken?«, fragte Richard Möller. Der Industriekaufmann hatte ein halbes Jahr zuvor seinen 13-jährigen Sohn beerdigt.

Hertz zögerte. Gerade als Ruppert eingreifen wollte, rutschte Hertz leicht auf dem Stuhl vor und faltete die Hände wie zum Gebet. »Ich bin, mit Ausnahme der Trauerfeier, ewig nicht in der Kirche gewesen. Früher war das anders. Bis zu meinem sechzehnten Geburtstag hat mich meine Mutter mehr oder weniger zwangsweise in den Gottesdienst geschleppt. Sollte es das Paradies geben, wartet meine Ina dort. Daran zweifle ich nicht. Eine nagende Stimme im Inneren warnt mich, dass Selbstmord eine Todsünde ist. Jedes Mal, wenn ich es ernsthaft in Erwägung ziehe, hält mich meine christliche Prägung davon ab, es zu tun.«

»Das ist gut«, sagte Ruppert. »Ich begleite trauernde Angehörige seit langer Zeit. Viele brauchen zwei, drei Jahre, um sich aus der dunklen Nacht ins Tageslicht zurückzukämpfen. Nicht wenige haben währenddessen Todessehnsüchte. Doch jeder von ihnen war am Ende froh, den anfangs schweren Weg eingeschlagen zu haben. Wir werden dich dabei unterstützen, so weit es uns möglich ist.«

Luke Hertz nickte und deutete ein Lächeln an.

Ruppert musterte ihn. Entweder litt er selbst unter Paranoia, oder der Mann war ein extrem überzeugender Schauspieler. Von Hertz' körperlicher Erscheinung abgesehen, kaufte man ihm den gebrochenen Vater durchaus ab. Ruppert musste dringend im Internet über den angeblichen Unfall recherchieren.

***

Nachdem er sich vorgestellt hatte, kämpfte Sommer mit einem heftigen Anflug schlechten Gewissens. Er hatte sich unter Menschen begeben, die den Verlust eines Kindes betrauerten. Seine Worte hatten ihr Mitleid geweckt.

Hoffentlich schlug das Karma nicht unbarmherzig zurück, indem es ihm Jeremias stahl.

Sommer redete sich ein, dass er das nur tat, um anderen Eltern die Trauer zu ersparen. Manchmal heiligte der Zweck die Mittel.

Während er Sophia Haases Mutter zuhörte, die von einem pietätlosen Anruf eines Fernsehreporters berichtete, bemerkte er plötzlich, dass ihn ein Teilnehmer ungeniert beäugte. Sommer blickte den Mann an. Den geschätzt 40-Jährigen hielt das nicht ab, ihn noch eine Weile anzustarren. Schließlich zwinkerte der Kerl ihm zu und erhob sich, um am Getränketisch seinen Becher zu füllen. Was hatte das zu bedeuten?

10

Am nächsten Morgen bereitete sich Lukas Sommer im eigens für ihn angemieteten Appartement sein Frühstück zu. Seit den Ermittlungen in der Rockergang hatte er Gefallen am Kraftsport gefunden und achtete zudem auf seine Ernährung. Morgens bestand die hauptsächlich aus Eiern, Quark und einer hochwertigen Nussmischung. Dazu trank er zwei Tassen schwarzen Kaffee.

Als sein Handy klingelte, hatte er nur noch eine halbe Dessertschale Nüsse übrig.

»Hallo, Robert«, begrüßte er den Anrufer. Sie hatten sich zu einer Telefonkonferenz verabredet, um ermittlungsrelevante Neuigkeiten auszutauschen. »Ich frühstücke noch. Ist es okay, wenn du einfach anfängst? Ich verschlinge unterdessen lautstark knackige Nüsse.«

»Davon habe ich schon immer geträumt«, erwiderte Drosten schmunzelnd.

Sommer schaltete die Freisprechfunktion ein und lauschte dem Bericht seinem Vorgesetzten. »Interessant«, murmelte er schließlich. »Homosexuelle Neigungen haben wir in Zusammenhang mit Ruppert bislang nicht bedacht.«

»Das könnte die Partner-Theorie befeuern«, sagte Drosten.

»Oder bietet einen ganz neuen Ansatz.«

»Woran denkst du?«

»Stell dir folgendes Szenario vor: Er hält seinen schwulen Partner geheim. Vielleicht serviert er ihn sogar ab. Der rächt sich, indem er junge Mädchen tötet und den Verdacht auf Ruppert lenkt. Ein homosexueller Täter könnte erklären, warum keines der Opfer vaginal vergewaltigt wurde.«

»Behalte ich im Hinterkopf, überzeugt mich aber auf den ersten Eindruck nicht. Wieso sollte der Mann Frauen töten? Weshalb nimmt Ruppert die Angehörigen in seine Selbsthilfegruppe auf? Da muss mehr Fleisch ans Gerippe, wenn du Anna zu dir ins Boot holen willst.«

Sommer schätzte Drosten für seine schonungslosen Analysen, die er nie arrogant vortrug. Er musste zugeben, dass sein Kollege recht hatte.

»Wie ist es in der Gruppe gelaufen?«

»Ich hab mich mies gefühlt. Die Teilnehmer haben schlimme Sachen erlebt. Ich setze mich zwischen sie und erzähle Lügengeschichten. Es war damals wesentlich leichter, den harten Biker zu markieren. Oder den Guru anzubeten.«

»Haben sie dich bedingungslos akzeptiert?«

»Die meisten. Bei einem Mann hatte ich den Verdacht, dass er mich ein bisschen zu ausgiebig mustert. Rate mal, was direkt nach der Sitzung passiert ist?«

»Ich bin kein Fan solcher Ratespiele.«

»Spaßbremse. Er hat mich nach der Sitzung angesprochen und bis zum Auto begleitet. Als niemand mehr in der Nähe war, bat er mich um ein persönliches Treffen. Heute Mittag um eins erfahre ich den Grund dafür.«

***

Robert Drosten hatte bereits am späten Nachmittag des Vortags erfolglos versucht, Fabian Schüler in dessen Buchhandlung zu erreichen. Eine Angestellte hatte ihm mitgeteilt, dass Schüler regelmäßig morgens um zehn Uhr den Laden aufschloss und ihn dreimal die Woche nachmittags den Angestellten überließ.

Fünf Minuten vor der Öffnung stand Drosten vor der gläsernen Schaufensterfront und betrachtete die Auslage. Den größten Raum nahm Fachliteratur der unterschiedlichsten Studiengänge in Anspruch. Jura, Soziologie, Psychologie. Einen kleinen Teil hatte der Dekorateur Thrillern zugewiesen, von denen Drosten keinen einzigen kannte, da er in seiner Freizeit lieber Biografien las.

Überpünktlich trat von innen ein Mann an die Tür, lächelte ihm zu und steckte einen Schlüssel ins Schloss. Der Buchhändler trug braune Leder-Slipper, eine hellgelbe Stoffhose und ein weißes Leinenhemd.

»Guten Morgen«, begrüßte er den Kunden. »So früh schon auf der Suche nach einem spannenden Krimi? Mir ist Ihr Blick ins Schaufensterregal aufgefallen.«

»Sie sind ein aufmerksamer Beobachter, ziehen aber in meinem Fall einen falschen Rückschluss. Ich bin Hauptkommissar Robert Drosten.« Er zückte den BKA-Dienstausweis aus dem Jackett. Um potenzielle Zeugen oder andere Befragte nicht mit dem Namen einer kaum bekannten Polizeibehörde zu verunsichern, nutzten die Mitglieder der KEG weiterhin die alten Ausweise.

»BKA?«, fragte der Mann verwundert. »Habe ich verbotene Literatur verkauft?«

»Sie sind Fabian Schüler?«

»Es zu leugnen, wäre gelogen. Kommen Sie herein.«

Der Mann wirkte eher neugierig als besorgt. Er führte Drosten an der Kasse vorbei zur Leseecke, in der mehrere bequeme Sessel die Kunden zum Verweilen einluden.

»Setzen Sie sich. Wollen Sie etwas trinken?«

Drosten verneinte und nahm Platz.

»Worum geht's?«, erkundigte sich der Mann.

»In meiner aktuellen Ermittlung spielt jemand eine wichtige Rolle, den Sie von früher kennen. Genauer gesagt aus dem Studium. Ich recherchiere momentan in der Vergangenheit besagter Person. Und bin so auf Sie gestoßen.«

Der Buchhändler lehnte sich zurück und schaute ihn mit großen Augen an. »Dürfen Sie mir den Namen verraten?«

»Gero Ruppert.«

»Oh«, entfuhr es Schüler überrascht. »Gero. An den habe ich ewig nicht gedacht.«

»Ich hatte gestern Kontakt zu einer Ihrer ehemaligen Kommilitoninnen. Natalie Kunze, geborene Völker.«

»Natalie! Sie kauft ab und zu Bücher bei mir, und wir plauschen dann ein bisschen.«

»Natalie war mehrere Jahre mit Gero liiert. Allerdings berichtete sie mir davon, dass sie mehr an ihm interessiert gewesen sei als umgekehrt. War das so?«

In diesem Moment betrat ein Kunde das Geschäft und lenkte den Zeugen ab.

»Entschuldigen Sie. Um diese Uhrzeit schmeiße ich den Laden allein.« Er trat an die Kasse. »Hallo, Johannes. Dein Buch ist gestern angekommen.«

»Kannst du es mir als Geschenk einpacken?«, bat der glatzköpfige Mann.

»Natürlich.« Aus einer Schublade holte Schüler zunächst ein Buch, überklebte den Preis und drehte sich zu einem Regalbrett um, auf dem Geschenkpapier lag. Gekonnt und in Windeseile verpackte er das Geschenk. »Das macht neunzehn achtzig.«

Der Kunde bezahlte mit EC-Karte, bedankte und verabschiedete sich.

Augenblicklich kehrte Schüler zu Drosten zurück.

»Ich war in Gero verliebt«, bekannte er. »Mein Outing hatte ich schon in meiner Jugend und habe nie ein Hehl daraus gemacht. Gero und ich studierten Psychologie und hatten vor allem im fünften Semester viele Kurse zusammen. Im Laufe der Zeit bildete ich mir ein, dass er meine Flirtsignale erwiderte. Wahrscheinlich habe ich deshalb das Studium nach neun Semestern abgebrochen.«

»Wegen Ruppert?«, wunderte sich Drosten.

Schüler lächelte wehmütig. »Nein. Sie haben das eben unwissentlich auf den Punkt gebracht. Ich bin zwar ein aufmerksamer Beobachter, ziehe aber die falschen Schlüsse. Das wurde mir rechtzeitig vor der Diplomarbeit klar. So kann man nicht als Psychologe arbeiten. Also habe ich das Studium geschmissen und eine Buchhändlerausbildung begonnen. Die beste Entscheidung meines Lebens. Na ja, zurück zu Ihrem Anliegen. Irgendwann traf ich ihn bei einer Semesterparty. Große Disco, tolle Stimmung, viel Alkohol im Spiel. Wir unterhielten uns angeregt, lachten und tranken miteinander. Wie gesagt: Ich war verliebt. An jenem Abend beschloss ich, in die Offensive zu gehen. Ich machte ihm deutlich, was ich für ihn empfand.« Schülers Blick wirkte versonnen.

»Wie hat er reagiert?«

»Ruppig. Ich hatte ihm die Hände auf die Hüften gelegt und ihm meine Gefühle gebeichtet. Er riss sich von mir los, floh panisch aus der Discothek und rannte zum Parkplatz. Als ich die Schockstarre überwunden hatte, bin ich ihm hinterher. Ich habe ihn nicht mehr erwischt.«

»Wie ist er anschließend mit Ihnen umgegangen?«

»Er hat mich auf Abstand gehalten. Wobei ich damit natürlich gerechnet habe. Kurz darauf war er plötzlich mit Natalie zusammen, obwohl es vorher keinerlei Anzeichen dafür gab. Offenbar hat meine Offensive dabei als Beschleuniger fungiert.«

»Hat Sie das verletzt?«

»Sind Sie jemals abgewiesen worden? Das tut immer weh, oder? Aber damals war das nicht das Schlimmste, denn ich habe am Folgetag Todesängste wegen Gero ausgestanden.«

»Wieso?«, fragte Drosten überrascht.

»Seit der Schulzeit habe ich die Angewohnheit, meinen Radiowecker zur vollen Stunde zu stellen. So wache ich jeden Morgen mit den Nachrichten auf.«

»Ist das nicht ziemlich deprimierend?«

»Irgendwie schon. Trotzdem besser als ein schlechter Song, ein nerviger Moderator oder ein furchtbarer Werbejingle. Am Morgen nach der Party berichtete der Lokalsender, den ich damals am liebsten hörte, von einem tödlichen Verkehrsunfall in der Nacht. Auf der Landstraße, die Gero auf dem Heimweg nehmen musste. Ich hatte nackte Angst. Erst, als ich die Nachrichten das zweite Mal gehört hatte, beruhigte ich mich ein bisschen, weil es eine Tote und einen Verletzten gegeben hatte. In der Zwischenzeit hatte ich versucht, Gero zu erreichen. WhatsApp und all dieser Kram existierte ja noch nicht. Meine Anrufe beantwortete er aber nicht. Zwei Tage später trafen wir das erste Mal nach der Semesterparty aufeinander. Da wusste ich endgültig, dass er nicht verunglückt war.«

Drosten notierte die Information über den Unfall, auch wenn er wie Schüler keinen Zusammenhang zu Ruppert sah. Trotzdem schadete es nicht, ein wenig nachzurecherchieren.

»Können Sie sich zufällig an das Datum erinnern?«

»Mai 95. Der Unfall ereignete sich auf der L117. Ich schätze, es war um die Mitte des Monats herum.«

Wieder betrat ein Kunde den Laden. Drosten erhob sich gleichzeitig mit Schüler – was ihm einen verwunderten Blick einbrachte.

»Sind wir fertig?«

»Ich denke schon. Oder fällt Ihnen noch etwas über Gero Ruppert ein?«

»Er hat anschließend den Kontakt zu mir gemieden. Insofern bin ich wohl nicht sehr nützlich.«

»Dann danke ich Ihnen für Ihre Zeit.«

Sie verabschiedeten sich per Händedruck. Beim Verlassen der Buchhandlung überlegte Drosten, ob Schüler als Verdächtiger infrage käme. Vorläufig deutete nichts darauf hin.

***

Sommer schaute sich in dem kleinen Restaurant um, das zur Mittagszeit gut gefüllt war. Von den zwanzig Tischen waren lediglich zwei frei. Seine Verabredung entdeckte er jedoch nicht. Er setzte sich an einen freien Tisch und informierte die rasch auftauchende Bedienung darüber, dass er auf jemanden wartete.

Kurze Zeit später betrat ein Mann das Restaurant. Sommer hob den Arm. Lächelnd näherte sich der Neuankömmling, der einen blauen Businessanzug trug.

»Schön, dass du es einrichten konntest, Lucky.«

»Hallo, Thomas. Du hast mich gestern neugierig gemacht. Weswegen willst du mit mir reden?«

Der Mann winkte der Kellnerin, die ihnen zwei Speisekarten brachte. »Der Mittagstisch ist fantastisch«, empfahl er.

Sommer überflog das Angebot und entschied sich für einen Zander, serviert mit Tagliatelle in Pfeffersoße. Sein Gegenüber wählte Gnocchi mit Butter, Salbei und Parmesan. Schnell versorgte die Kellnerin die beiden mit Getränken, und sie stießen an.

»Du warst gestern das erste Mal da. Deswegen ist es dir wahrscheinlich nicht aufgefallen«, begann Thomas.

»Was meinst du?«

»Mein Sohn Zacharias starb wie deine Ina bei einem Autounfall. Als ich vor anderthalb Jahren zu Rupperts Gruppe kam, nahmen ausschließlich Angehörige von Unfallopfern teil. Wir redeten über die Gefahren des stetig wachsenden Verkehrs, wie es uns gelang, trotzdem tagtäglich ins Auto zu steigen und solche Dinge. Das hat mir geholfen. Dann tauchte Astrid auf. Mittlerweile sind Mütter von vier ermordeten Mädchen in der Gruppe. Daher sprechen wir oft über ausbleibende Ermittlungsfortschritte, pietätlose Journalisten, und manchmal spekulieren wir, wann der Kerl wieder zuschlägt. Das stört mich. Ich finde es ungerecht. Die Hinterbliebenen von Unfallopfern überwiegen noch immer.«

»Hast du deine Meinung in der Gruppe geäußert?«

»Nein.« Er seufzte. »Ich will keinen Streit riskieren. In der Hinsicht bin ich ein Feigling. Aber wenn du mich unterstützt, traue ich mich.«

»Hui«, sagte Sommer. »Ich bin der Neue und fände es unangebracht, Forderungen zu stellen. Gib mir ein paar Wochen Eingewöhnungszeit.«

»Kein Problem. Du warst vor der Verrentung Beamter?«, wechselte Thomas abrupt das Thema.

»Genau.«

»In welchem Bereich hast du gearbeitet? Beim Finanzamt? Stadtverwaltung? Wo hast du Beamtenmikado gespielt?« Er grinste frech.

Sommer rief sich seine Rolle in der Selbsthilfegruppe vor Augen: der trauernde Vater, der mit dem Leben nicht mehr klarkam. Deswegen verzichtete er auf ein kumpelhaftes Lächeln. »In der Stadtverwaltung.«

»Ich habe nach dem Unfall eine Weile gebraucht, um wieder leistungsfähig zu sein. Anfang des Jahres bin ich in der Bank befördert worden.«

»Gratuliere!«

Thomas winkte ab – eine Geste, die wohl bescheiden wirken sollte, ihr Ziel jedoch verfehlte. »Was hast du in der Stadtverwaltung gemacht? Wirst du schnell zurückfinden, oder verpasst du durch die lange Fehlzeit den Anschluss?«

»Ich weiß gar nicht, ob ich überhaupt zurückwill. Das kommt mir so sinnlos vor.«

»Du wirst sehen, eines Tages änderst du die Meinung. Was ist ein Mann ohne seine Arbeit? Eine leere Hülle.«

In den folgenden Minuten versuchte Thomas noch zweimal, mehr über ihn herauszufinden. Doch weil der Beamte den Fragen geschickt auswich, gab er irgendwann auf. Sommer hingegen beschloss, bei der Soko eine Recherche über den trauernden Vater zu veranlassen. Die Art, wie der Kerl ihn ausgequetscht hatte, wirkte äußerst unangemessen, und der Grund für ihr gemeinsames Mittagessen vorgeschoben. Suchte der Mann tatsächlich bloß einen Verbündeten?

11

Die zuständige Polizeidienststelle hatte die Unterlagen zu dem Unfall vorschriftsmäßig archiviert, der sich am Donnerstag, 11. Mai 1995 gegen ein Uhr morgens zugetragen hatte.

Polizeiwachtmeister Steffens nahm sich die Zeit, um den BKA-Kommissar in Kenntnis zu setzen.

»Auf der L117 kommt es leider regelmäßig zu tödlichen Unfällen. Zwei- bis dreimal im Jahr. Seit die Kommune die Höchstgeschwindigkeit auf siebzig reduziert hat, ist es besser geworden. Damals waren an der Stelle noch hundert erlaubt.«

»Ist es dort kurvig?«

»Nein. Meistens sind es wetterbedingte Unfälle oder junge Menschen, die zu schnell fahren und die Kontrolle verlieren. So war es bei Frank Kneiff und seiner Freundin Nicole vermutlich auch. Kneiff gab zwar an, die Höchstgeschwindigkeit nicht überschritten zu haben, aber alle anderen Möglichkeiten schieden aus. Er hatte keinen Alkohol im Blut, stand nicht unter Drogeneinfluss, und am Fahrzeug haben wir keinen Defekt wie beispielsweise einen geplatzten Reifen festgestellt.«

»Die Frau ist gestorben, und er hat verletzt überlebt?«

»Sie war leichtsinnigerweise nicht angeschnallt. Sein alter Corsa hatte keinen Beifahrerairbag.«

»Was hat Kneiff ausgesagt?«

Steffens blätterte in den Unterlagen, bis er die entsprechende Stelle fand. »Das Auto sei plötzlich nach rechts ausgebrochen. Er hätte zunächst versucht, gegenzusteuern, dann gebremst, doch es war zu spät. Laut Gutachten ist der Kleinwagen mit siebzig Stundenkilometern gegen die Eiche geknallt. Am Wagen entstand natürlich Totalschaden, trotzdem ist sich der Gutachter sicher gewesen, dass die Reifen und die Radachse zum Zeitpunkt des Aufpralls intakt waren. Etwa auf Höhe des Unfallortes gab es eine kleine Bodenwelle. Vielleicht lag es an ihr, obwohl der Sachverständige auch das ausschloss.«

»Finden sich in den Akten Hinweise, anhand derer ich Kneiffs aktuelle Meldeadresse herausfinden kann?«

»Er hat damals bei den Eltern gelebt. Ich kann Ihnen gern die Adresse notieren. Allerdings wird Sie das nicht weiterbringen.«

»Wieso nicht?«, fragte Drosten alarmiert.

Polizeiwachtmeister Steffens schob die Akte über den Tisch. »Ich hab mir das hier zur Vorbereitung auf unser Treffen angesehen. Schlagen Sie die letzte Seite auf. Kneiff ist tot.«

Drosten las in den folgenden Minuten eine kurze Abhandlung über Kneiffs Selbstmord, bei dem er im eigenen Auto bis zur Unkenntlichkeit verbrannt war. In seiner Wohnung – zu dem Zeitpunkt war er bereits bei den Eltern ausgezogen – hatten die ermittelnden Beamten einen Abschiedsbrief gefunden.

»Das gefällt mir gar nicht«, murmelte Drosten. »Ich brauche die Anschrift der Eltern und muss wissen, welche Dienststelle den Selbstmord untersucht hat.«

***

Als Nächstes suchte Drosten die Vermieter der ersten Studentenwohnung Rupperts auf. Glücklicherweise wohnten sie noch vor Ort. Die in den Neunzigern vermietete Einliegerwohnung gehörte zu ihrem Zweifamilienhaus.

Ein geschätzt 80-jähriger Mann öffnete ihm die Tür.

»Guten Tag«, begrüßte er ihn.

»Hallo, ich bin Hauptkommissar Robert Drosten vom BKA.«

Drosten identifizierte sich mit seinem Dienstausweis, den der Hausbewohner erschrocken musterte.

»Können Sie sich zufällig noch an Ihren ehemaligen Mieter Gero Ruppert erinnern?«

»Der Name kommt mir bekannt vor. Aber im Laufe der Jahre haben hier viele Studenten eine Weile gelebt.«

Aus dem Hintergrund näherte sich eine Frau. »Ernst, mit wem redest du?«

»Das ist ein Kommissar vom BKA. Erinnerst du dich an einen unserer Mieter? Gero Ruppert?«

»An Herrn Ruppert? Natürlich. Ist ihm etwas passiert?«

»Woher soll ich das wissen?«, entfuhr es dem sichtlich genervten Ehemann.

Das Ehepaar bat Drosten ins Wohnzimmer. Zu seiner Überraschung entdeckte er dort ein Kleinkind, das auf dem gefliesten Boden herumkrabbelte und einen Ball jagte.

»Ihr Enkel?«, fragte er.

»Unser erster Urenkel«, erwiderte die Frau stolz. »Die Eltern haben einen wichtigen Notartermin und uns als Babysitter engagiert. Sie müssten in der nächsten Viertelstunde zurück sein.«

Drosten gewann den Eindruck, dass die Urgroßmutter dieses Detail anbrachte, weil sie ihm nicht über den Weg traute.

»Sie haben gerade bestätigt, sich an Gero Ruppert zu erinnern?«, versicherte sich Drosten.

»Wie könnte ich den jungen Mann vergessen? Er war einer unserer größten Enttäuschungen.«

»Ruppert! Jetzt ist mir der Name wieder ein Begriff. Ist der uns nicht eine ganze Monatsmiete schuldig geblieben?«, mischte sich ihr Ehemann ein.

Seine Frau nickte. »Mindestens. Waren es nicht sogar zwei?«

»Nein. Dann hätte ich geklagt.«

»Was ist damals vorgefallen?«, fragte Drosten.

»Er hat von einem Tag auf den anderen gekündigt. Ohne die vertraglich festgelegte Frist einzuhalten. Wir haben das nicht akzeptiert. Daraufhin hat er zwar weiter bezahlt, aber nicht die kompletten drei Monate«, erinnerte sich der Mann.

»Welchen Grund hat er für seinen überstürzten Kündigungswunsch angegeben?«

»Angeblich war ihm die Fahrerei zur Uni plötzlich zu umständlich. Das hat ihn in den zwei Jahren zuvor allerdings nicht gestört.«

Aus dem Augenwinkel beobachtete Drosten, wie das Kleinkind das Gleichgewicht verlor und mit dem Kinn auf eine Bodenfliese knallte. Sofort brüllte es ohrenbetäubend los, und seine Urgroßmutter eilte zu ihm.

»Mein armer Schatz. Hast du dir wehgetan?«

Sie hob das Kind hoch und schaffte es rasch, den Kleinen zu trösten. Offenbar war er bei seinen Urgroßeltern in liebevollen Händen.

»Haben Sie Unterlagen aus dem Mietverhältnis aufbewahrt?«, erkundigte sich Drosten hoffnungsfroh.

»Seit wir nicht mehr vermieten, haben wir die geschreddert und weggeworfen«, bedauerte der Mann.

»Ruppert hat gekündigt und ist quasi sofort ausgezogen?«, hakte Drosten nach. Er wusste aus dem Gespräch mit Rupperts nächsten Vermietern, dass er die neue Wohnung am 1. Juni 1995 bezogen hatte.

»Das ging ruckzuck. An einem Tag lag die Kündigung im Briefkasten, maximal eine Woche später zog er aus. Was haben wir uns über ihn geärgert!«

Für Drosten klang das ganz nach Flucht. Hatte sein Verhalten etwas mit dem nächtlichen Unfall zu tun, der sich ungefähr zur gleichen Zeit ereignet hatte?

***

Am frühen Nachmittag betrat Robert Drosten die nächste Polizeiwache. Telefonisch hatte er sein Anliegen bereits vorgetragen, und man hatte ihm Polizeihauptmeister Patrick Ronsdorf als Kontaktmann genannt. Am Empfang erfuhr Drosten dessen Zimmernummer. Statt den Fahrstuhl zu nutzen, stieg er die Treppe des dreigeschossigen Gebäudes bis ins oberste Stockwerk hinauf. Das Zimmer befand sich direkt neben den Aufzügen. Drosten klopfte an, und eine tiefe Stimme bat ihn herein.

Am Schreibtisch saß ein in jeder Hinsicht stämmig wirkender Mann. Er überragte die Tischkante um gut einen Meter und war fast genauso breit wie das Möbelstück.

»Hauptkommissar Drosten?«, fragte er. Die knurrige Stimmfarbe passte zum Erscheinungsbild.

»So ist es. Vielen Dank, dass Sie so kurzfristig Zeit haben.«

Der Polizeihauptmeister erhob sich. Drosten schätzte, dass der Mann, der offenbar auf die Pensionsgrenze zusteuerte, knapp zwei Meter groß und hundertdreißig Kilo schwer war. In seinen jungen Dienstjahren war er vermutlich ein Muskelpaket gewesen, mittlerweile hielten sich Muskel- und Fettanteile altersbedingt die Waage. Sein Händedruck war so fest wie seine Statur imposant. Falls er noch aktiv im Streifendienst patrouillierte, würde er mit seiner Erscheinung jeden Kleinkriminellen verjagen.

Drosten zückte den Dienstausweis, dem Ronsdorf nur einen flüchtigen Blick widmete.

»Sie führt eine sehr alte Ermittlung hierher? Ein Selbstmord?«

»Der Name Frank Kneiff ist im Rahmen eines Mordfalls aufgetaucht. Beziehungsweise eher der Unfall, bei dem seine Freundin getötet wurde, zwei Jahre vor Kneiffs Freitod.«

Ronsdorf nickte wissend. »Das hat der Junge nie verdaut. Der Zeitpunkt seines Todes spricht Bände. Der zweite Jahrestag. Ich war damals einer der Streifenbeamten, die zu dem brennenden Autowrack gerufen wurden.« Der Polizist setzte sich wieder an den Schreibtisch. Die Stuhlfeder ächzte unter dem Körpergewicht. »Ich hab mir vorhin zur Vorbereitung den Abschiedsbrief angesehen. Er erwähnt darin Albträume, die ihn jede Nacht weckten. Ständig sehe er Nicoles blutigen Kopf in der Windschutzscheibe.« Ronsdorf räusperte sich. »Das wünscht man seinem ärgsten Feind nicht.«

»Gab es Einwände gegen die Selbstmordtheorie?«

»Nein. Er hat den Abschiedsbrief handschriftlich verfasst. Entweder davor oder kurz danach hat er mit seiner Mutter telefoniert. Im Verlauf des Gesprächs hat er sich für einen harmlosen Streit einige Wochen zuvor entschuldigt und ihr zuletzt ausgerichtet, den Vater zu grüßen – was ungewöhnlich für ihn war. Ein paar Stunden später fuhr er auf ein einsames Feld und übergoss die Sitze und sich selbst mit Benzin. Er verbrannte, und irgendwann explodierte das Fahrzeug.«

»Eine schreckliche Art, Selbstmord zu begehen. Er muss unfassbare Qualen erlitten haben.«

»Wahrscheinlich war das sein Akt der Bestrafung.«

»Wurde die Leiche identifiziert?«

Ronsdorf wirkte alarmiert. »Haben Sie berechtigte Zweifel an der Identität des Toten?«

»Wenn ich das wüsste«, murmelte Drosten. »Es ist ein nagendes Gefühl.«

Er informierte den aufmerksam zuhörenden Beamten über die Serienmordermittlungen. »Unser Hauptverdächtiger hat lupenreine Alibis, zumindest für die Zeiträume, in denen die jungen Frauen verschwanden. Wir sind uns sicher, dass die Mordserie trotzdem in irgendeiner Weise mit ihm zu tun hat. Also stochern wir in seiner Vergangenheit herum, und ich stoße auf den Unfall. Höchstwahrscheinlich ist auch mein Verdächtiger in dieser Nacht die Strecke gefahren. Emotional aufgewühlt und womöglich angetrunken. Zwei Jahre später tötet sich das überlebende Unfallopfer. Die Art des Freitods ist grausam und ungewöhnlich. Sie bewirkt außerdem, dass er nicht identifiziert werden kann. Verstehen Sie, warum meine Alarmglocken schrillen?«

Der Polizeihauptmeister nickte.

»Ich denke, ich beantrage eine Exhumierung und bitte die Eltern um eine DNA-Probe«, fuhr Drosten fort. »Nur so kann ich herausfinden, ob wirklich Frank Kneiff im Grab liegt.«

»Da haben Sie zwei Probleme. Die Eltern sind vor einigen Jahren beide kurz nacheinander gestorben.«

»Oh nein.«

»Außerdem hatten sie die Grabstelle ihres Sohnes für zwanzig Jahre gepachtet. Sie ist vor gut einem Jahr für die nächste Nutzung freigemacht worden.«

»Woher wissen Sie das alles?«, wunderte sich Drosten.

»Meine Eltern liegen auf demselben Friedhof. Ich kam an Kneiffs Grab regelmäßig vorbei. Im letzten Sommer war es plötzlich weg. Außerdem kenne ich ein paar Leute, die wiederum die Eltern kannten. So bleibt man informiert.«

»Gibt es ein Familiengrab, sodass er bloß umgebettet wurde?«

»Das weiß ich nicht. Aber das finde ich heraus. Nach einigen Grabschändungen habe ich im Rahmen der entsprechenden Ermittlungen Mitarbeiter der Friedhofsverwaltung kennengelernt. Die geben mir bestimmt Auskunft.« Er griff zum Telefon und scrollte durch die Kontakte.

12

Spätnachmittags saß Robert Drosten in einer Bäckerei, gönnte sich ein Stück Blaubeerkäsekuchen. Ronsdorf hatte sich zurückgemeldet. Ein Familiengrab existierte nicht, die Überreste des verbrannten Leichnams waren unwiderruflich verloren. Um vorwärtszukommen, kontaktierte Drosten eine Wiesbadener Kommissarin, mit der er in mehreren heiklen Fällen zusammengearbeitet hatte. Viola Leupel war eine Expertin; in kürzester Zeit förderte sie aus den Datenbanken des BKA die bestmöglichen Ergebnisse zutage.

»Robert«, begrüßte sie ihn erfreut. »Von wo rufst du an?«

Sie plauderten ein paar Minuten, bevor sie zum dienstlichen Teil des Gesprächs übergingen.

»Du musst mir helfen«, bat er. »Ich will herausfinden, ob es im Sommer siebenundneunzig bei männlichen Erwachsenen ungeklärte Vermisstenfälle gab.«

»Kannst du das weiter eingrenzen?«

»Ich würde es lieber so unpräzise belassen. Die Ermittlungen haben mich zwar ins Ruhrgebiet geführt, aber vielleicht ist der Vermisste aus dem Schwabenland auf der Durchreise der falschen Person begegnet. Verstehst du, was ich meine?«

»Klar. Du gehst der Theorie einer Stellvertreterleiche nach.«

»Genau.«

»Ich erledige das für dich. Das dauert allerdings. Denn du hättest garantiert gern Auskünfte, ob die Personen vermisst geblieben sind.«

»Das wäre wunderbar.«

»Ich melde mich schnellstmöglich!«

Sie verabschiedeten sich voneinander. Drosten trank den letzten Schluck Kaffee aus und blickte nachdenklich aus dem Fenster. In seinem Kopf entwickelte sich ein mögliches Szenario.

***

Fast wie im Fieberwahn setzte sich Drosten in seinem Hotelzimmer an den kleinen Schreibtisch und zog die Schublade auf. Darin lagen unter anderem ein vom Hotel gestellter Block und ein Kugelschreiber. Er nahm beides heraus und notierte in großen Druckbuchstaben Theorien, die ihm im Licht der neuen Erkenntnisse logisch erschienen. Am liebsten hätte er die Zettel an die Wand geklebt, doch ihm fehlten die nötigen Klebestreifen. Also begnügte er sich damit, sie auf die Tagesdecke des Betts zu legen.

STELLVERTRETERLEICHE
UNFALL
RACHE
FAHRERFLUCHT
SCHULD
ERINNERUNGEN
GEWISSEN

Er betrachtete die Notizen. Ergab das einen Sinn? Er musste dringend mit jemandem sprechen. Drosten wählte Sommers Handynummer.

»Hi«, begrüßte der ihn. »Bist du vorwärtsgekommen?«

»Ich brauche einen cleveren Zuhörer«, sagte Drosten.

»Dann rufst du ausgerechnet mich an? Ich fühle mich geschmeichelt. Worum geht es?«

Drosten berichtete ihm, was er seit ihrem letzten Telefonat in Erfahrung gebracht hatte. »Ich glaube, dieser tödliche Unfall ist der Schlüssel zur Lösung unseres Falls. Ruppert muss irgendwie daran beteiligt gewesen sein. Denn das würde erklären, warum er so plötzlich die Wohnung gewechselt hat. Er wollte nicht mehr jeden Tag an der Unfallstelle vorbeifahren.«

»Können wir ausschließen, dass er mit im Wagen gesessen hat?«

»Ziemlich sicher«, sagte Drosten. »Laut Fabian Schüler ist Ruppert mit dem eigenen Wagen zur Discothek gekommen.«

»Vielleicht spielt der Alkoholkonsum eine wichtige Rolle.«

»Den Gedanken hatte ich auch schon.«

»Ruppert und Kneiff begegnen sich unterwegs. Aus irgendeinem Grund fühlt sich der eine vom anderen provoziert. Sie fahren ein Rennen, bei dem Kneiff die Kontrolle verliert und gegen den Baum prallt. Schuldbewusst begeht Ruppert Fahrerflucht. Aber Kneiff hat sich das Kennzeichen gemerkt und schwört Rache.«

»Zweiundzwanzig Jahre nach dem ersten Mord?«, brachte Sommer den entscheidenden Aspekt ins Spiel. »Wieso hat er so lange gewartet?«

»Genau darauf finde ich keine Antwort. Ich weiß es nicht.«

»Und warum tötet er Mädchen, statt einfach Ruppert zu beseitigen?«

»Das könnte ein Teil der perfiden Rache sein. Damals starb die Freundin des Fahrers. Die altersmäßig zu unseren Mordopfern passt.«

»Sie haben keine Verbindungen zu Ruppert«, gab Sommer zu bedenken. »Logischer wäre es, wenn sich der Täter Rupperts Tochter geschnappt hätte. Oder andere junge Frauen, die der Psychologe kennt.«

»Also hältst du nichts von meiner Theorie?«, fürchtete Drosten.

»Das habe ich nicht gesagt. Sie ist nicht ausgereift. Es fehlen Puzzlestücke.«

Drosten brummte zustimmend. »Du hast recht. Ich muss warten, was die Datenbanken des BKA auswerfen. Die ganzen Überlegungen sind wertlos, falls Kneiff tatsächlich Selbstmord begangen hat.«

»Du gibst zu schnell auf. Mir schwebt eine andere Möglichkeit vor.«

»Erzähl!«

»Direkte Konfrontation. Das Gespräch mit dem trauernden Vater Thomas hat es mir vor Augen geführt. Bis zum ersten Mord hat Ruppert ausnahmslos Angehörige von Unfallopfern betreut. Die standen in der Gruppe im Mittelpunkt und stärkten sich gegenseitig. Mit jedem neuen Opfer verlagert sich die Gewichtung. Warum war Ruppert früher so erpicht darauf, Hinterbliebenen von Unfallopfern zu helfen, während ihn jetzt stärker die Morde interessieren? Das meine ich mit Verlagerung der Gewichtung. Deine Erkenntnisse passen dazu.«

Drosten griff den Gedanken auf. »Er ist als Student in einen tödlichen Unfall verwickelt. Seine Buße besteht darin, dass er sich auf Trauerbewältigung spezialisiert. Dann passieren die Morde. Der Hausarzt, der Astrid Kleinschmidt behandelt, kennt Ruppert. So kommt es zu der Zusammenarbeit. Ein zweiter Mord, die Vorgehensweise ist dieselbe, und Ruppert findet heraus, wer Leonie Pulaskis Mutter ärztlich betreut. So wird er diesmal eingebunden. Bei den Fällen drei und vier kontaktiert er die trauernden Mütter ohne Zwischenschaltung eines Arztes. Warum engagiert er sich?«

»Wir sollten die beiden Ärzte noch einmal aufsuchen. Sie genau fragen, wie Ruppert ins Spiel kam. Machst du das? Oder übertragen wir das Hoch?«

»Das erledige ich. Allerdings hatte ich das nicht mit der direkten Konfrontation gemeint. Wieso nur Angehörige von Unfallopfern? Es gibt Jugendliche, die durch einen goldenen Schuss sterben. Manche trinken über ihr Limit Alkohol, übergeben sich im Schlaf und ersticken. Unfalltote scheinen Ruppert magisch anzuziehen. Möglicherweise wegen der Ereignisse in seiner Studienzeit. Wäre es nicht interessant, ihn direkt darauf anzusprechen? Am besten unter Zeugen bei der Selbsthilfegruppe?«

In Drostens Augen entwickelte die Idee Charme. Warum sollten sie ihn nicht in die Ecke drängen? Er war ihr Hauptverdächtiger und säße ohne die Alibis längst in Untersuchungshaft. »Gefällt mir. Außerdem gibt uns das noch ein bisschen Zeit, um weitere Hintergründe zu recherchieren. Wie ist dein Mittagessen gelaufen?«

»Der trauernde Vater hat versucht, mich schamlos auszufragen. Er hat sich vor allem nach meinem Beruf erkundigt. Ich habe seinen Namen schon zur Überprüfung weitergeleitet. Thomas Caldera. Er ist in keiner der Befragungen aufgetaucht. Ob er bei anderen polizeilichen Ermittlungen eine Rolle gespielt hat, prüfen wir gerade.«

Sommer berichtete ausführlich von dem Treffen, und Drosten teilte seine Meinung, dass die Soko den Mann durchleuchten sollte.

13

Am nächsten Tag empfing Doktor Mohr Lukas Sommer nach der Vormittagssprechstunde. Er führte ihn in einen Besprechungsraum, auf dessen Tür eine schwarze ›1‹ geklebt war, und schloss sie hinter ihnen. Das Zimmer war geschätzt zwanzig Quadratmeter groß und wirkte gemütlich. Medizinische Geräte suchte Sommer vergeblich. An der linken Wand und hinter dem Arzt standen überquellende Bücherregale mit Fachliteratur.

»Was hatte Ihr gestriger Anruf zu bedeuten?«, fragte der Hausarzt.

»Zunächst einmal muss ich Sie um Diskretion bitten. Das, was ich Ihnen sage, darf Ihre Praxis unter keinen Umständen verlassen.«

»Das klingt sehr geheimnisvoll. Aber als Arzt bin ich die Schweigepflicht gewöhnt. Insofern sage ich Ihnen das zu. Ich hoffe im Gegenzug, Sie respektieren ebenso meine Pflichten den Patienten gegenüber.«

»Selbstverständlich. Ich gehöre zu der Soko, die nach den Morden an Sina Kleinschmitt und Leonie Pulaski gegründet wurde.«

»Oh Gott! Diese schrecklichen Fälle. Inzwischen sind es vier Tote, oder? Astrid Kleinschmitt ist übrigens meine Patientin.«

»Deswegen bin ich hier. Professor Ruppert meinte, Sie hätten ihn letztes Jahr konsultiert und gebeten, Frau Kleinschmitt zu betreuen.«

»Moment!«, widersprach der Allgemeinmediziner. »So war das nicht!« Er griff zu einem halb vollen Wasserglas und trank einen Schluck. »Ich kenne und schätze Professor Ruppert. Trotzdem würde ich ihn niemals um einen solchen Gefallen bitten. Das stünde mir gar nicht zu. Ich habe einige Jahre als Notarzt für das St.-Marien-Hospital gearbeitet. Da war er bereits der aufgehende Stern am Psychiater-Himmel. Ehrlich gesagt kann ich mir kaum vorstellen, dass er mich angehört hätte. Er hatte ein eigenes Interesse an der Patientin.«

»Wie ist denn der Kontakt zustande gekommen?«

»Das ist jetzt ein Jahr her. Nageln Sie mich nicht auf den genauen Ablauf fest. Ich meine, es wäre der Tag nach der Beerdigung gewesen, als Professor Ruppert bei Frau Kleinschmitt auftauchte. Ich war zu Hausbesuch und ziemlich überrascht, ihn vor der Tür zu sehen. Er erzählte mir, dass seine Sekretärin von der Ermordung gelesen und ihn aus Mitgefühl gebeten hätte, sich der Hinterbliebenen anzunehmen. Natürlich fand das meine volle Zustimmung. Der Professor ist eine Koryphäe auf dem Gebiet der Trauerbewältigung. Eine solche Möglichkeit schlage ich im Sinne meiner Patientin garantiert nicht aus. Deshalb habe ich sie beim ersten Mal sogar zu der Gruppe begleitet. Ich wollte sicherstellen, dass sie keinen Rückzieher macht. Aber wie schon erwähnt: Ich war nicht der Initiator.«

Sommer fragte sich nachdenklich, warum der Verdächtige gelogen hatte. Mörder schlichen sich oft in die Ermittlungen ein. Das gehörte für jeden Polizisten zum Lehrbuchgrundwissen. Hatte Ruppert Kontakt zu der verwaisten Mutter aufgenommen, um hautnah an Informationen zu gelangen? Wie auskunftsfreudig Astrid Kleinschmitt wohl gewesen wäre, wenn der Psychologe sie im Rahmen der Gesprächsrunde nach Ermittlungsfortschritten fragte?

***

»Ich glaube, ich habe einen passenden Kandidaten gefunden«, erklärte Viola Leupel stolz am Telefon.

»In weniger als vierzig Stunden? Respekt!« Drosten griff zu Block und Kugelschreiber. Er schaltete die Freisprechfunktion des Handys ein. »Gibst du mir schon einmal die Eckdaten?«

»Leider trägt er einen Allerweltsnamen, was dir die weitere Recherche erschweren wird. Andreas Schneider.«

»Na super!«

»Ich wusste, dass dir das nicht gefällt. Zum Zeitpunkt seines Verschwindens war er arbeitslos und hatte Verbindlichkeiten in Höhe von zwanzigtausend D-Mark.«

»Wie alt war er?«

»Fünfundzwanzig. Angesammelt hat er die Schulden durch Spielsucht. Er konnte wohl nicht die Finger von Geldautomaten in Kneipen und Spielhöllen lassen.«

»Woher stammte das Geld?«

»Hauptsächlich von einem großzügigen Kreditkartenunternehmen. Zwei Jahre vor seinem Verschwinden hat er einen gut bezahlten Job gehabt, die Adresse des Arbeitgebers schicke ich dir per Mail. In der Zeit hat er zwei kleinere Kredite abgeschlossen und ein Kreditkartenkonto eröffnet. Anfangs mit einem Verfügungsrahmen über fünftausend Mark, das die Bank im Laufe der Zeit auf fünfzehntausend angehoben hat. Das letzte Mal lebendig gesehen wurde er am Maifeiertag siebenundneunzig.«

»Das würde passen!«

»Ich habe den Namen der Eltern herausgefunden. Sie leben zum Glück noch.«

»Viola, du bist eindeutig die Beste!«

»Als wenn ich das nicht wüsste!«

***

Am frühen Nachmittag klingelte Drosten bei den Eltern des Verschwundenen. Er hatte beschlossen, sich nicht anzumelden. Einundzwanzig Jahre nach dem Verschwinden dachten sie wahrscheinlich nicht mehr täglich an ihren Sohn – in genau dieser unvorbereiteten Stimmung wollte er sie antreffen.

Die Schneiders wohnten im Hochparterre eines Mehrfamilienhauses. Es vergingen nur wenige Sekunden, bis an der Gegensprechanlage ein Licht aufleuchtete.

»Hallo?«, erklang eine weibliche Stimme.

»Guten Tag, Frau Schneider. Ich bin Robert Drosten vom BKA. Machen Sie mir bitte auf?«

»BKA?«, fragte sie.

»Genau.«

»Wegen Andreas?«

»Können wir das in der Wohnung besprechen?«

Der Türsummer ertönte. Drosten betrat den Hausflur und entdeckte eine verunsichert wirkende Frau in den Siebzigern, die sich am Türrahmen abstützte. Sie trug über der Kleidung eine altmodische Kochschürze.

»Haben Sie ihn gefunden?«

Er zeigte ihr seinen Dienstausweis. »Weder tot noch lebendig. Ich gehe lediglich einer Spur nach.«

»Oh Gott«, stöhnte sie. Ihr traten Tränen in die Augen, die sie verschämt wegwischte. »Kommen Sie herein. Mein Mann hat sich zu einem Mittagsschlaf hingelegt. Ich wecke ihn.«

Helga Schneider servierte Kaffee und Waffeln, die noch in der Plastikverpackung steckten. Ihr Mann

Rüdiger musterte Drostens Ausweis misstrauisch.

»Warum interessiert sich eine Bundesbehörde für meinen Sohn? Vor einundzwanzig Jahren war er der Polizei völlig egal.«

»Ich habe nach Personen im Ruhrgebiet gesucht, die zur damaligen Zeit spurlos verschwanden. Männlich. Nicht zu alt, nicht zu jung. Ihr Sohn passt in das Raster. Können Sie mir sagen, wie Sie von seinem Verschwinden erfahren haben? Er hatte ja seine eigene Wohnung.«

»Das stimmt«, sagte der Mann. »Wir haben uns zuletzt am ersten Mai gesehen. Zur Maidemonstration am Rathaus. Das war in den Neunzigern noch ein wichtiges, gewerkschaftliches Ereignis. Zumindest im Ruhrgebiet. Ich war Mitglied in der IG Metall und hatte ihn gebeten, uns zu unterstützen.«

»Was er getan hat?«

»Genau. Nach der Demo redeten wir ein bisschen bei *frischen* Waffeln und Kaffee.«

Drosten bemerkte den vorwurfsvollen Blick, den Rüdiger Schneider seiner Frau zuwarf. War er kein Fan von gekauftem Gebäck? Sie ignorierte ihn gekonnt.

»Hat er betrübt gewirkt? Sich seltsam verhalten? Worte benutzt, die man hinterher als Abschiedsgruß hätte auffassen können?«

»Im Gegenteil. Er hat von einem gut verlaufenden Bewerbungsgespräch erzählt. Andreas war optimistisch, den Job zu erhalten.«

»Ein paar Tage später erfuhr mein Mann jedoch,

dass Andreas überhaupt nicht bei dem Gespräch aufgetaucht ist.«

»Wie haben Sie das herausbekommen?«

»Ich kannte jemanden aus der Personalabteilung der Firma und habe ihn in meiner Stammkneipe getroffen. Andreas hat seinen Termin einfach verstreichen lassen. Seine Lüge hat mich so geärgert, dass ich versucht habe, ihn am nächsten Tag zu erreichen. Erfolglos. Es verging eine Woche ohne Lebenszeichen von ihm, weshalb Helga begann, sich Sorgen zu machen. Wir fuhren zu ihm. Er hatte uns irgendwann einen Wohnungsschlüssel gegeben. Dort angekommen, reagierte er nicht auf unser Klingeln. Also betraten wir die Wohnung. Keine Spur von ihm. Helga fiel auf, dass im Schrank Kleidungsstücke fehlten. Er hatte ihn fast ganz leer geräumt. Ich entdeckte in seinen Unterlagen die Kreditkartenabrechnungen und bekam einen Riesenschreck. Wieso war Andreas so verschuldet? Ich verstand das alles nicht. Er hatte uns schließlich nie um finanzielle Hilfe gebeten.«

»Dafür war er zu stolz«, fügte die Mutter an.

»Was haben Sie getan, um ihn zu finden?«, erkundigte sich Drosten.

»Wir kontaktierten Freunde, Verwandte und alte Schulkameraden«, antwortete der Vater. »Niemand hatte etwas gehört. Wir gingen auch zur Polizei. Aber es lagen keine Hinweise auf ein Verbrechen vor. Der Polizeiwachtmeister nahm sich immerhin eine Stunde Zeit. Wir berichteten ihm von den Schulden. Als wir dann noch gestanden, dass Andreas immer von einem

Leben in der Sonne geträumt habe, war die Sache für die Polizei erledigt. Sie vermuteten, er sei vor den Verbindlichkeiten abgehauen. Entweder nach Südeuropa oder sogar Thailand. Ein Land, das damals bei Aussteigern hoch im Kurs stand.«

»Konnten Sie sich das vorstellen?«, fragte Drosten.

»Ich habe mich immer daran geklammert«, bekannte die Mutter. »Er hat in Thailand eine hübsche Asiatin gefunden und mit ihr eine neue Existenz aufgebaut. In meinen Träumen ist Andreas glücklich.«

»Sie klingen zweifelnd.«

»Warum hat er sich dann nie gemeldet? Wir hätten den Banken seinen Aufenthaltsort nicht verraten.«

»Sie haben ihn nie für tot erklären lassen?«

Die Frau sah ihn schockiert an. »Natürlich nicht! Er lebt. Er muss leben!«

»Ist das Kreditkartenunternehmen je auf Sie zugekommen? Oder die zwei Banken, bei denen er Kredite abgeschlossen hatte?«

»Nein«, antwortete Rüdiger Schneider.

***

In seinem Auto wählte Drosten die Nummer eines befreundeten Kommissars, der beim BKA für länderüberschreitende Wirtschaftsdelikte zuständig war. Sie unterhielten sich ein paar Minuten privat über die Änderungen in Drostens Aufgabengebiet, ehe der Hauptkommissar auf sein Anliegen zu sprechen kam.

»Klaus, ich recherchiere im Fall eines plötzlichen

Verschwindens. Der Mann hatte zwanzigtausend Mark Schulden. Hauptsächlich Kreditkarten, zudem Kleinkredite. Was wäre mit den Schulden passiert?«

»Ich vermute, die ausstehenden Raten beziehungsweise Rückzahlungen sind ausgeblieben?«

»Das weiß ich nicht. Die von den Eltern eingeschaltete Polizei hat vermutet, er sei aufgrund der Verbindlichkeiten abgehauen.«

»Nehmen wir an, die Tilgung bleibt aus. Dann läuft das früher oder später auf Einträge in Schuldnerdateien hinaus. Schufa und so weiter. Außerdem in eine Sperrung der Kreditkarten.«

»Könntest du herausfinden, ob der Mann irgendwann solche Einträge bekommen hat?«

»Du hast gerade *D-Mark* gesagt. Wann war das?«

»Siebenundneunzig.«

Der Kommissar stöhnte. »Lange her. Nenn mir bitte Namen des Schuldners, Geburtsdatum und Wohnort. Falls du Daten wie die damalige Bankverbindung oder die Kreditkartennummer hast, wäre das ideal. Ich melde mich in den nächsten Stunden.«

***

Zwei Stunden später erhielt Drosten den zugesagten Rückruf. Er saß in der Hotelbar und trank ein Glas Rotwein, um gegen die Melancholie der bevorstehenden einsamen Hotelnacht anzukämpfen.

»Hast du etwas herausgefunden?«

»Es gibt keine Einträge. Vielleicht sind sie wegen

Verjährung gelöscht worden, allerdings bezweifle ich das. Du kennst unsere Recherchemöglichkeiten. Irgendwo hätte ich auf Spuren stoßen müssen.«

»Was schließt du daraus?«, fragte Drosten.

»Ich vermute, jemand hat die Schulden getilgt.«

»Die Eltern waren es nicht.«

»Möglicherweise der Gesuchte selbst?«

»Das ergibt keinen Sinn.«

»Es sei denn, er hätte einen Wohltäter gefunden.«

Drosten hielt die Variante für ausgeschlossen. Warum sollte Schneider spurlos untertauchen, um anschließend brav die Raten zu bezahlen? Eher hätte jemand die Schulden beglichen, um zu verhindern, dass Schneiders Verschwinden untersucht wurde. Er weihte den Wirtschaftskommissar in seine Überlegung ein.

»Könnte sein«, erwiderte der. »Hast du Grund zur Annahme, dass dieser Schneider an einem Verbrechen beteiligt war?«

»Ich fürchte, er ist tot, und sein Mörder hat seine Identität angenommen.«

»Dann hat er in den Jahren seit dem Mord keine Konten auf Schneiders Namen eröffnet. Das habe ich überprüft.«

»Ich danke dir.«

Sie beendeten das Gespräch, und Drosten leerte das Glas. Da ihn der Barkeeper beim Telefonat unverhohlen gemustert hatte, beschloss Drosten, Sommer von seinem Zimmer aus zu kontaktieren. Wenn er die Möglichkeit in Betracht zog, dass Kneiff bereits in den

Neunzigern einen Mord begangen hatte, um sich an Ruppert zu rächen, blieben zahlreiche Fragen offen. Vielleicht würde der Gedankenaustausch mit Sommer wenigstens einige Antworten ergeben.

14

23 Jahre früher

Auf der Kinoleinwand in dem spärlich gefüllten Kino lief der schon Ende letzten Jahres angelaufene Film 00 Schneider. *Im Rahmen der Helge-Sondervorstellung standen zwei Filme auf dem Programm. Doch Frank und Nicole hatten nur Augen füreinander. Sie saßen allein in der hintersten Reihe und küssten sich leidenschaftlich. Seine Hände erkundeten ihren Körper und berührten ihre Brüste. An ihrem Atem merkte er, dass es ihr gefiel. Da die beiden Reihen vor ihnen frei geblieben waren, traute er sich, ihre Jeanshose zu öffnen, und ließ die Finger unter ihren Slip gleiten. Erregt spreizte sie die Beine ein wenig. Er berührte ihre empfindlichste Stelle, und sie dankte es ihm, indem sie die Fingernägel in seinen Arm krallte.*

»Lass uns gehen«, flüsterte sie, als der Abspann begann. »Ich bin so heiß auf dich und ertrage keinen zweiten Film.«

»Texas *ist der bessere Film«, sagte er.*

»Mir egal. Meine Eltern sind mittlerweile garantiert eingeschlafen, sodass wir uns gefahrlos nach oben schleichen können. Ist das verlockender als Helge?«

»Definitiv.«

Sie verließen das Kino und eilten zu Franks geparktem Auto. Auf den ersten Kilometern der Fahrt in der Innenstadt hielten sie lediglich Händchen. Kaum hatten sie die trotz später Stunde stark befahrenen Straßen hinter sich gelassen, legte sie ihm ungeniert die Hand auf den Schritt.

»Du freust dich«, sagte sie amüsiert.

»Wenn deine Eltern uns an der Haustür überraschen, platze ich.«

»Das wäre peinlich. Bei deiner Hose ist ein feuchter Fleck sicher nicht zu übersehen.« Aus der Sommerjacke zog sie eine Packung Taschentücher und entnahm ein Tuch.

»Was hast du vor?«

»Reine Vorsichtsmaßnahme. Konzentrier dich! Du musst uns sicher nach Hause bringen.«

Nicole löste den Gurt und wandte sich ihm zu. Geschickt knöpfte sie seine Hose auf und zog sie ein Stück herunter.

»So komme ich besser ran.«

»Oh, Nicole. Was du da machst, ist gefährlich.«

»Genieß es!«

Sie umfasste sein Glied und bewegte vorsichtig die Hand auf und ab. Frank schaltete in den vierten Gang und überprüfte seine Geschwindigkeit. Die neunzig Stundenkilometer konnte er jederzeit kontrollieren, und die Strecke, die vor ihnen lag, führte weitgehend geradeaus.

»Baby«, stöhnte er, als sie schneller wurde. »Ich kann mich gleich nicht zurückhalten.«

»Sollst du ja auch nicht. Warn mich rechtzeitig. Dann verhindere ich verräterische Spuren. Bis wir zu Hause sind, kannst du längst schon wieder.«

Seine Erregung – verstärkt durch die Situation, in der sie sich befanden –, wuchs ins Unermessliche. Sein Atem beschleunigte sich. Er schloss für einen Sekundenbruchteil die Augen, öffnete sie wieder.

»Oh Gott«, stöhnte er. »Ist das geil!«

Die schlecht beleuchtete Straße wurde aus unerklärlichen Gründen etwas heller.

»Ich bin fast so weit, Baby.«

»Entspann dich!«

Er spürte das Taschentuch an seiner Eichel. Erneut schloss er die Augen und drückte den Rücken durch. Explosionsartig erleichterte er sich und stöhnte laut auf. Das war definitiv der intensivste Orgasmus, den er je gehabt hatte.

»Geil! Geil! Geil!«

Er öffnete die Augen. Und erschrak!

Dicht vor ihm fuhr ein Auto. Sie würden kollidieren. Für einen Moment starrte er auf das Kennzeichen.

»Scheiße!«

Frank riss das Lenkrad nach rechts. Der Wagen schlitterte. Kam von der Straße ab.

»Nein!«, brüllte er verzweifelt und trat auf die Bremse.

Im nächsten Augenblick knallte es ohrenbetäubend. Frank verlor das Bewusstsein.

Stöhnend erwachte er. Sein Blick fiel nach rechts.

»Bitte nicht!«, wimmerte er. »Nicole!«

Ihr Kopf war durch die Windschutzscheibe geknallt. Blut lief daran herunter.

»Nicole!«

Er versuchte, sie zu erreichen, doch der Gurt und der aufgeplatzte Airbag behinderten ihn. Dann entdeckte er das Taschentuch in ihrer reglosen Hand.

Warum bewegte sie sich nicht?

»Nicole!«

Mühselig löste er den Sicherheitsgurt und beugte sich vor. Er wiederholte ihren Namen und berührte sie am Hals. Seine Finger glitschten durch Blut.

»Nicole?«

Panisch suchte er nach einem Puls. Doch es gab keine Lebenszeichen. Sie war tot.

Die Polizei würde ihm die Schuld geben. Sex während der Fahrt. Wieso waren sie so unvernünftig gewesen? Was bedeutete das für seine Zukunft?

Ohne darüber nachzudenken, zupfte er das feuchte Papiertuch aus ihren Fingern und stopfte es sich in die Tasche, ehe er die Hose hochzog. Die Polizei durfte nichts davon erfahren. Wie sollte er den Unfall er-

klären? Warum war so unerwartet ein Auto vor ihm aufgetaucht? Was hatte der Fahrer mit seiner Fahrweise bezweckt? Wo war der Typ überhaupt? Er musste den Unfall im Rückspiegel gesehen haben. Weshalb half er nicht? Hatte er Fahrerflucht begangen?

Frank schaute hinaus. Niemand näherte sich. Der Unfallverursacher war abgehauen. Zum Glück hatte sich Frank das Kennzeichen eingeprägt. Er würde es den Polizisten mitteilen und ihnen von der Fahrerflucht berichten. Der Schweinehund würde dafür hinter Gittern landen!

Als aus entgegengesetzter Fahrtrichtung ein Wagen auftauchte, dachte Frank an die Konsequenzen, die seine Aussage hätte. Die Polizisten würden ihn ausfragen. Wieso hatte er den Wagen erst so spät gesehen? War er abgelenkt gewesen? Unaufmerksam? Hatte er die Geschwindigkeit überschritten? Weshalb war die Beifahrerin nicht angeschnallt gewesen?

Nein! Er konnte ihnen unmöglich die Wahrheit erzählen. Wahrscheinlich war Sex am Steuer strafbar. Im schlimmsten Fall würde er wegen fahrlässiger Tötung ins Gefängnis kommen. Außerdem hätte niemand Mitleid mit ihm, weil er seine Freundin verloren hatte. Alle würden ihn anklagend anstarren. Vor allem Nicoles Eltern.

Er musste den Namen des Fahrers herausfinden und selbst für Gerechtigkeit sorgen.

Das entgegenkommende Auto hatte angehalten. Durch die zerbrochene Windschutzscheibe sah er einen Mann, der zur Unfallstelle lief.

Niemand würde die Hintergründe herausfinden! Bis Frank sich gerächt hätte! Dann würde er zur Polizei gehen und sich verhaften lassen.

»Hallo? Geht es Ihnen gut?«

»Meine Freundin ist tot!«, schrie er verzweifelt. Im nächsten Moment überwältigten ihn die Tränen.

15

Er startete zum wiederholten Male die Tondatei, auf der die letzte Sitzung der Selbsthilfegruppe gespeichert war. In aller Ruhe analysierte er die Aussagen der einzelnen Mitglieder. Der Neue machte ihm Sorgen. War sein Auftauchen Zufall?

Während der Rächer den unterschiedlichen Stimmen im Kopfhörer lauschte, schritt er mit dem MP3-Player in der Hand durch seinen Unterschlupf.

Lucky behauptete, Beamter zu sein. Warum so unpräzise? Wieso sagte er nicht: ›Ich bin Sachbearbeiter beim Finanzamt‹? Oder was auch immer? Das weckte sein Misstrauen.

Seine Geschichte von der getöteten 14-jährigen Tochter war allerdings durch ein paar Fakten im Internet gedeckt. Es gab eine Facebook-Seite, auf der Freunde und Verwandte kondoliert hatten. Relativ wenige für ein so junges Mädchen, was ihm sofort aufgefallen war. Trotzdem hatte er keine Anzeichen für ein gefälschtes Profil entdeckt. Außerdem hatte er in den Online-Portalen zweier Lokalzeitungen Meldungen über den tödlichen Blitzeisunfall gefunden.

Stellte sich bloß die Frage, ob der Neuling wirklich der Vater des Mädchens war oder nur zum Schein die Identität angenommen hatte.

Wie konnte er das herausfinden?

Er kehrte an den Anfang der Datei zurück. Zu den Minuten, als noch nicht alle Teilnehmer erschienen waren.

»Hallo. Bin ich hier richtig? Nadine hat mit Ihnen gesprochen und mein Kommen angekündigt?«

»Sie sind Luke Hertz?«

»Ja.«

Wer war diese Nadine, die angeblich den Kontakt hergestellt hatte? Da er jeden Medienbericht über den Fall verfolgte, wusste er, dass eine der leitenden Kommissarinnen Nadine Werner hieß.

Hatte Ruppert gegen eine klare Anweisung verstoßen? Kooperierte er mit den Bullen?

»Warst du so dumm, Gero? Ist dir die Unversehrtheit deiner Tochter nichts wert?«

Der Rächer setzte sich an seinen PC. In zwei Textdateien hatte er die Angewohnheiten der beiden auserwählten Mädchen eingetragen. Einerseits die 17-jährige Marie. Er hatte sich tagelang nicht mit ihr beschäftigt, denn das Aufeinandertreffen mit der Mutter hatte ihn abgeschreckt. Nur zu gern würde er ihren vom Reiten durchtrainierten Körper betrachten. Mittlerweile waren einige Tage vergangen. Hoffentlich erinnerte sich Maries Mutter nicht mehr an die Begegnung oder hatte sich wenigstens einen falschen Fahrzeugtyp gemerkt. Außerdem war ihm eingefallen, wie er Marie fangen könnte. Abseits ihres Zuhauses, wodurch es keinen Hinweis auf den Mann gäbe, der dort verzweifelt seine Katze gesucht hatte.

Marie war nach wie vor die heißeste Kandidatin für ihn.

Falls Ruppert jedoch seine Pflichten verletzt hatte, wäre die süße 16-jährige Alina an der Reihe. Ebenfalls keine schlechte Wahl.

Der Rächer starrte aus dem Fenster. Die Todestherapie war im vollen Gange. Ob sie ihm eines Tages Heilung verschaffte? Vielleicht würde er mit alldem, was in den letzten dreiundzwanzig Jahren passiert war, irgendwann besser klarkommen. Ruppert und alle übrigen Schuldigen sollten ihren Sünden in die Augen sehen und zu ihren Vergehen stehen. Darum ging es. Der Rest waren schöne Nebeneffekte.

***

Alina liebte Sonntage, an denen sie nichts zu tun hatte. Momentan standen keine Klausuren an, und die Lehrer waren bei den Hausaufgaben gnädig gewesen. So hatte sie alles bereits am Freitag erledigt, um ein komplett freies Wochenende zu genießen. Den Samstag hatte sie zunächst mit Freundinnen verbracht, ehe sie abends mit ihrem Vater zu einer gelungenen Ballettaufführung gegangen war. Die Nacht hatte sie jedoch im eigenen Bett zu Hause bei der Mutter verbracht – wie sie es seit einem Vierteljahr regelmäßig praktizierte. In wenigen Wochen würde sie den siebzehnten Geburtstag feiern. Sie war zu alt, um weiterhin jedes zweite Wochenende beim Vater zu verbringen. Zumal der sich im letzten Jahr verändert hatte. Er wirkte viel besorgter als früher und erkundigte sich ständig, ob ihr etwas Unangenehmes widerfahren sei. Wenn sie dann nachfragte, was er konkret meinte, wich er stets aus. Sie hielt ihren Vater für einen Spießer, der es nicht zu akzeptieren schien, dass Jungs in Alinas Leben eine immer wichtigere Rolle spielten.

Zum Glück wusste er nicht, wie leicht es in der heutigen Zeit war, Bekanntschaften zu schließen.

Sie dachte an den Jungen, den sie auf einer Internetplattform kennengelernt hatte. Pascal. Ein Medizinstudent. Zwanzig. Auf den Fotos, die er ins Internet stellte oder ihr zugeschickt hatte, sah er einerseits jungenhaft, andererseits tiefgründig-ernsthaft aus. Es gehörte nicht viel Fantasie dazu, sich vorzustellen, wie ihm nach dem Studium reihenweise die Krankenschwestern nachlaufen würden.

Alina öffnete die Schublade, in der sie ihren Süßigkeitenvorrat sammelte. Sie entschied sich für einen fruchtigen Schokoriegel, packte ihn aus und biss mehrere Male genüsslich ab. Nachdem sie dieses Ritual hinter sich gebracht hatte, startete sie den Laptop und loggte sich in die Flirtplattform ein.

Fast schon enttäuscht nahm sie zur Kenntnis, dass Pascal ihr keine Nachricht geschickt hatte. Wenigstens war er den ganzen Tag über nicht eingeloggt gewesen. Ein gutes Zeichen, denn das hieß, dass er aktuell mit keiner anderen Frau flirtete.

Hi, Pascal!

Wie verbringst du diesen schönen Sonntag? Ich fürchte, du musst fürs Studium arbeiten? Ich bin heute extrem faul. Höre Musik und werde gleich einen neuen Roman lesen. Schade, dass du keine Urban Fantasy magst, sonst hätte ich jede Menge gute Tipps für dich.

Das Ballett gestern Abend war großartig. Mein Vater liebt klassische Musik, und mir gefällt die Anmut der Tänzer.

Sie hielt inne und überlegte, was sie ihm noch erzählen könnte.

***

Das Handy signalisierte ihm eine eingegangene Nachricht auf der Flirtplattform.

Er lächelte zufrieden. Es zahlte sich immer aus, Geduld zu zeigen. Im Gegensatz zu den bislang entführten Mädchen hatte er Alina vorab kontaktiert, nachdem er herausgefunden hatte, welche Online-Plattform sie nutzte. Sollte es nötig werden, sie zu verschleppen und zu töten, könnte er sich einfach mit ihr verabreden. Alina wäre der Auftakt zum Schlussakkord.

Da er Texte nicht gern auf dem Smartphone las, legte er das Messer beiseite, mit dem er gerade Zucchinihälften aushöhlte, trocknete sich die Hände an der Kochschürze und ging zum Schreibtisch. Sie hatte ihm eine erstaunlich lange Nachricht geschickt und bestätigte das Klischee, dass Frauen besonders mitteilungsbedürftig waren.

Nichts von dem, was sie ihm schrieb, interessierte ihn nachhaltig. Aber es half, das Vertrauensverhältnis zu vertiefen. Je nachdem, wie die nächste Sitzung verliefe, wäre es vorteilhaft, wenn sie schon bald neugierig genug auf ihn wäre, um sich mit ihm zu verabreden.

Hallo, Alina!

Du rettest mir den Tag. Ich habe bisher über medizinischen Fachbüchern gehangen und merke an meinem Nacken, dass ich dringend eine Pause brauche. In einigen Wochen beginnt die halbjährliche Klausurphase. Damit ich dann nicht komplett mein soziales Leben über Bord werfen muss, arbeite ich momentan ein bisschen vor.

Er schaute aus dem Fenster und überlegte, wie er die nächsten Sätze formulieren sollte. Sein Instinkt sagte ihm, dass Ruppert die Abmachung gebrochen hatte. Wofür er bezahlen würde. Also musste der vermeintliche Student Pascal andeuten, sich gern mit Alina treffen zu wollen. Er hatte einen konkreten Plan. Wenn sie zusagte, würde er ihr anbieten, sie abzuholen. Kurz vor dem Treffen bekäme sie eine Textnachricht, in der er behauptete, in der Nähe ihres Hauses geparkt zu haben. Sie würde draußen nach dem Wagen Ausschau halten. Sobald sie an ihm vorbeiliefe, würde er sie betäuben und zu seinem Versteck bringen.

Und dann würde Ruppert erfahren, was Trauer und Verzweiflung wirklich bedeuteten. Bislang hatte er bloß eine akademische Ahnung davon.

16

Gero Ruppert schloss die Tür zum Seminarraum. Die Teilnehmer der Gesprächsrunde saßen auf ihren Plätzen. Niemand fehlte – nicht einmal der Polizist Luke Hertz.

»Willkommen«, begrüßte er sie.

Einige Anwesende murmelten ›Hallo‹, andere lächelten ihm lediglich zu.

»Ich vermute, viele von euch haben Freitagabend die Nachrichten verfolgt?«, erkundigte sich Ruppert. Er sprach eine Tragödie an, die sich in den Schweizer Alpen zugetragen hatte. Ein Reisebus, in dem zahlreiche Schüler und ein paar Lehrkräfte gesessen hatten, war wegen eines technischen Defekts einen Abhang hinuntergestürzt. Keiner der achtundzwanzig Passagiere hatte überlebt.

»Wie ergeht es euch, wenn ihr unvorbereitet von einem solch schrecklichen Unglück hört?«

Maria war die Erste, die sich traute, und ihre Hand

hob. Aufmunternd nickte er ihr zu.

»Die trauernden Angehörigen tun mir zuerst immer furchtbar leid, denn ich weiß ja genau, was sie durchmachen. Aber als ich Samstagmorgen in der Zeitung davon las, dachte ich, wie ungerecht das ist. Milas Tod hat es nur in die Lokalnachrichten geschafft. Über die toten Schweizer hingegen wird auf der ersten Seite berichtet. Ist ein Tod wertvoller, bloß weil viele Menschen gleichzeitig gestorben sind? Kaum habe ich so etwas zu Ende gedacht, schäme ich mich. Die Hinterbliebenen haben ja nicht darum gebeten, Teil dieser Schlagzeile zu werden.«

Maria verzog den Mund und schaute zu Boden.

»Sind solche Gedanken wirklich ein Grund, sich zu schämen?«, fragte Ruppert.

»Ich finde sie völlig normal«, sprang Thomas Maria zur Seite. »Wir haben alle einen schlimmen Verlust erlitten. Deshalb müssen wir uns nicht rechtfertigen. Ich zumindest tue das nicht. Manche meiner Gedanken sind politisch nicht korrekt. Scheiß drauf!«

Fast alle Gruppenmitglieder äußerten sich zustimmend. Ruppert hielt das für ein gutes Zeichen. Es war das Recht eines jeden Trauernden, wütend oder *politisch unkorrekt* zu sein. Solche Gefühlslagen halfen, den Verlust zu verarbeiten.

Luke Hertz hob den Arm.

»Ja, Lucky?«

»Ich habe eine Frage, die nicht provozierend gemeint ist.«

Die Formulierung wunderte Ruppert und deutete

darauf hin, dass die nächsten Sätze sehr wohl jemanden herausfordern würden. Wen würde es treffen? »Wir sind gespannt!«

»Es gibt so viele Möglichkeiten, Kinder zu verlieren. Unfall, Mord, Drogen, Krankheit. Schicksal. Hier sind nur Eltern vertreten, deren Kinder bei einem Verkehrsunfall starben oder ermordet wurden. Wieso?« Er betrachtete Ruppert wie ein lauerndes Raubtier.

»Warum spielt das eine Rolle?«

»Ich kann mich nicht öffnen, wenn ich die Hintergründe nicht verstehe.«

»Dann musst du dir mehr Zeit geben. Es ist erst deine zweite Sitzung.«

»Warum so ausweichend?«, mischte sich Thomas ein. »Lucky hat eine einfache Frage gestellt. Er hat eine Antwort verdient.«

Kannten die beiden sich? Hatten sie sich gegen Ruppert verschworen? »Leute, bitte. Unsere montägliche Sitzungszeit ist zu kostbar, um solche Details zu erörtern. Astrid? Wie ist es dir ergangen?«

»Ich weiß von Thomas, dass hier früher bloß Angehörige von Verkehrstoten behandelt wurden. Warum?«, hakte Lukas nach.

»Herr Hertz!«, siezte Ruppert ihn plötzlich in der Aufregung. »Könnten Sie damit aufhören? Das tut nichts zur Sache!«

»Waren Sie in Ihrer Vergangenheit in einen schlimmen Unfall verwickelt?«

Fassungslos starrte Ruppert den Polizisten an. Was hatte er angerichtet? »Ist *das* Ihre Aufgabe? Mich zu diffamieren? Sind Sie deshalb hergekommen?«

»Antworten Sie!«

»Ich hatte Mitgefühl mit Ihnen! Aber ich schätze, Sie trauern gar nicht! Sie sind ein Lügner!«

»Was ist hier los?«, fragte Astrid Kleinschmitt. »Ich versteh gar nichts mehr.«

»Waren Sie früher in einen Unfall verwickelt?« Hertz gab nicht auf.

Aller Augen richteten sich auf ihn. Unbewusst wischte er sich die Hände an den Hosenbeinen ab.

»Stimmt das?«, hakte Astrid Kleinschmitt nach.

»Das ist eine Lüge!«, schrie Ruppert. »Sie erzählen Lügen!«

»Ihre Reaktion lässt einen anderen Schluss zu!«, widersprach Hertz.

Ruckartig sprang Ruppert auf. Sein Stuhl kippte polternd zu Boden.

»Diese Art von Angriffen dulde ich nicht in meiner Gruppe. Die Sitzung ist beendet.«

Da er keine persönlichen Unterlagen mit in die Sitzung gebracht hatte, eilte er auf die Tür zu. Eine Hand streckte sich ihm entgegen, die er rücksichtslos wegschlug. Er riss die Tür auf und betrat den Flur des Krankenhausanbaus. Nach den ersten zögerlichen Schritten rannte er los.

***

Wollte er diese Reaktion provozieren?, fragte sich Sommer.

Ruppert hatte panikartig den Gesprächskreis verlassen. Wohin lief er? Direkt zu seinem Auto?

Sommer wollte ihm hinterher, doch Thomas hielt ihn am Arm fest.

»Was hatte das zu bedeuten? Wer bist du?«

»Ich kann euch das heute nicht erklären.«

»Du weichst genauso aus wie der Professor«, kritisierte ihn Thomas.

Sommer starrte den trauernden Vater an. Die Soko hatte Thomas in den letzten Tagen durchleuchtet und nichts Verdächtiges gefunden. Er schien sauber zu sein.

»Sobald ich es erläutern kann, werde ich es tun«, versprach Sommer. »Aber erst muss ich mit Ruppert sprechen. Im Idealfall sind wir gleich beide zurück.«

Thomas' Hand glitt von seinem Arm. Endlich nahm Sommer die Verfolgung auf. Er hechtete in den Flur, dessen große Fenster einen Ausblick auf den Parkplatz boten. Keine Spur von Ruppert. Doch Sommer hatte eine Idee, wo er ihn suchen könnte.

***

Hektisch schaute sich Ruppert im Büro um. Hatte er nicht vor Kurzem eine Papiertüte mitgebracht? Wo war das verdammte Ding? Es lag weder offen herum noch in einem der Schränke. Hatte Magdalena die Tüte entsorgt? Er ging in das Vorzimmer und öffnete die Schreibtischschubladen seiner Sekretärin. In einer Schublade fand er einen leeren Jutebeutel mit einem Aufdruck der Krankenhausgesellschaft. Das war sogar besser!

Was würde er dringend in den nächsten Wochen benötigen? Zuallererst steckte er seinen Kalender ein, in dem er neben Hunderten Adressen und Telefonnummern die wichtigsten Termine handschriftlich eintrug. Magdalena führte zwar seinen elektronischen Kalender, auf den die Krankenhausverwaltung zugriff, dennoch hatte er die altmodische Gewohnheit beibehalten. Computer konnten abstürzen, von Viren verseucht oder manipuliert werden. Seine Handschrift würde er jederzeit erkennen.

Da Ruppert die Tür zum Büro nicht geschlossen hatte, hörte er die nahenden Schritte. Instinktiv griff er nach dem Brieföffner und hielt ihn wie ein Messer vor sich.

Luke Hertz betrat den Raum und bemerkte sofort die provisorische Waffe. »Was haben Sie vor?«

»Wer sind Sie?«, wollte Ruppert wissen.

Hertz schloss die Tür. An seiner Körpersprache erkannte Ruppert, dass er ihm nun die Wahrheit gestehen würde.

»Ich bin Hauptkommissar Lukas Sommer.«

Obwohl er mit einer solchen Enthüllung gerechnet hatte, schüttelte der Psychologe den Kopf. »Schämen Sie sich gar nicht? Die Menschen, die Sie letzte Woche in ihren Kreis aufgenommen haben, sind teilweise noch immer traumatisiert. Sie haben schreckliche Verluste erlitten. Und dann kommen Sie und erzählen eine zu Tränen rührende Geschichte, die komplett erlogen war? Wie fühlt man sich dabei?«

»Nicht gut«, gestand der Hauptkommissar zu Rupperts Überraschung. Er senkte sogar kurz den Blick – ein Ausdruck der Scham. »Aber das ist der Preis, um den Mädchenmörder zu stoppen.«

»Wie wollen Sie ihn denn so stoppen? Ich bin es nicht, verdammt! Ich! Bin! Es! Nicht!« Mit jedem Wort klang er wütender. »Wann glauben Sie mir endlich? Ahnen Sie, was Sie gerade angerichtet haben?«

»Ich glaube Ihnen«, behauptete der Polizist. »Sie sollten aufhören, Geheimnisse vor uns zu haben! Helfen Sie uns, ihn zu identifizieren.«

»Wie soll ich ihn identifizieren?«, fragte Ruppert.

»Indem Sie uns die Wahrheit sagen.«

»Worüber?« Rupperts Puls raste. Vermutlich hatte die Polizei in seiner Vergangenheit herumgeschnüffelt. Wie waren sie dahintergekommen?

»Der 11. Mai 1995.«

Wortlos wartete Ruppert ab, ob der Kommissar mehr preisgab. Stocherte er bloß im Nebel herum?

Sommer indes verstand sich ebenfalls auf das Niederstarren seines Gesprächspartners.

»Was soll da gewesen sein?«

»Legen Sie den Brieföffner hin, setzen Sie sich und wir reden offen miteinander.«

Verlor er wertvolle Zeit, wenn er sich anhörte, was die Soko herausgefunden hatte? Oder brachte ihm das einen Vorteil? Zögerlich legte er den Öffner weg und nahm auf seinem bequemen Ledersessel Platz.

Der Polizist nickte zufrieden. »Die Morde *müssen*

etwas mit Ihnen zu tun haben«, begann er. »Ich zweifle nicht an Ihren Alibis. Allerdings ist es sehr ungewöhnlich, dass Sie sich in die Ermittlungen eingeschlichen haben.«

»Das habe ich nicht!«, widersprach Ruppert.

»Sie sind nach der Beerdigung bei Astrid Kleinschmitt aufgetaucht. Ohne dass man Sie zuvor konsultiert hätte, so wie Sie es behauptet haben.«

»Wer sagt das?«

»Doktor Mohr.«

Ihm entfuhr ein verächtliches Schnauben. »Vielleicht sollten Sie Mohr unter die Lupe nehmen. Wer weiß schon, warum er lügt?«

Für einen Moment wirkte der Kriminalkommissar überrumpelt. »Der Mörder kennt offenbar Ihre Termine«, fuhr er schließlich fort. »Es ist ihm wichtig, dass Sie für jede Entführung ein Alibi haben. Er beobachtet Sie! Macht Ihnen das keine Angst?«

Ruppert zuckte lediglich die Achseln. Er unterdrückte den Drang preiszugeben, was er tatsächlich befürchtete. Doch eine innere Stimme warnte ihn. Die Soko würde sein Schweigen als Behinderung der Ermittlungen darstellen und ihn möglicherweise inhaftieren. Wer würde anschließend Alina beschützen? Nähme die Polizei die Bedrohung ernst genug?

»Auf der Suche nach einem Motiv sind wir in Ihrer Vergangenheit auf den 11. Mai 95 gestoßen.«

»Jetzt erwähnen Sie das Datum schon zum zweiten Mal. Ich weiß nicht mehr, was damals war.«

»Sie waren in einen Autounfall verwickelt. Ich vermute, Sie haben ihn verursacht, verschuldet, was auch immer. Ihretwegen ist die junge Beifahrerin gestorben, während der Fahrer halbwegs unverletzt überlebt hat. Und jetzt rächt sich der Mann!«

Ruppert lachte schallend und hoffte, dass es überzeugend klang. »Nach dreiundzwanzig Jahren? Ist das Ihr Ernst?«

»Sind Sie deswegen jemals kontaktiert oder bedroht worden? Hat Ihnen ein Mann Rache angedroht?«

Ruppert erkannte, wie sehr die Soko im Trüben fischte. Sie hatten keinen konkreten Verdächtigen zur Hand. Höchstens den Mann, der am Steuer gesessen hatte.

»Wenn Sie so von dem Zusammenhang überzeugt sind, wieso verhaften Sie den Unfallfahrer nicht einfach?«

Der Polizist verschränkte die Arme. »So weit sind wir noch nicht. Wir brauchen mehr Hintergrundwissen, das Sie uns liefern können.«

»Sie stochern im Dunkeln. Werfen wilde Theorien wie einen Rettungsanker ins aufgewühlte Meer und hoffen, dass er sich irgendwo verhakt. Ist das alles, was Sie nach einem Jahr Ermittlungen herausgefunden haben? Erbärmlich!«

»Ich finde es erstaunlich, dass Sie Ihre Verwicklung in den Unfall nicht abstreiten.«

»Weil es so absurd ist!«

»Wie hat er sich zugetragen?«

»Für Sie zum Mitschreiben: Ich war vor dreiundzwanzig Jahren in keinen Verkehrsunfall verstrickt!«

»Auch nicht in der Nacht, als Sie vor den homosexuellen Avancen Ihres damaligen Kommilitonen Fabian Schüler geflohen sind? Ihr überstürzter Wohnungswechsel Ende Mai 1995 hat nichts mit der Strecke zwischen Uni und Wohnort zu tun, die Sie damals fast täglich gefahren sind? Alles Zufall?«

»Blödsinn!« Er erhob sich ruckartig, um nicht länger zum Kommissar aufschauen zu müssen, der nach wie vor stand. »Ich bin aus einem verschimmelten Drecksloch ausgezogen, nachdem ich eine bessere Wohnung gefunden hatte. Deswegen bin ich übrigens den Vermietern am Ende Miete schuldig geblieben. Falls die noch leben, werden sie das bestimmt bestätigen.«

Ruppert packte den Jutebeutel.

»Wohin wollen Sie?«

»Nach Hause! Oder haben Sie einen Haftbefehl?«

»Wieso haben Sie vorhin die Gruppe so fluchtartig verlassen?«

»Weil Sie meine Autorität untergraben haben. Darauf können Sie stolz sein. Sie haben eben den Mitgliedern der Selbsthilfegruppe die Möglichkeit genommen, ihre Trauer in meinen Sitzungen zu verarbeiten. Patienten müssen ihrem Therapeuten bedingungslos vertrauen, um sich zu öffnen. Dieses Vertrauen haben Sie mit Ihren haltlosen Anschuldigungen zerstört.«

Die beiden Männer starrten sich in die Augen.

Beichten oder fliehen? Ruppert traute es eher sich selbst statt der Polizei zu, für den Schutz seiner Tochter zu sorgen. Die Soko hatte einen konkreten Verdacht und war trotzdem nicht in der Lage, den Fahrer zu verhaften? Damit gab sie ein erbärmliches Bild ab.

»Gehen Sie mir aus dem Weg!«

Ruppert zwängte sich an Sommer vorbei.

17

Auf dem zwanzigminütigen Heimweg analysierte Ruppert die Informationen, die ihm der Polizist bewusst oder unbewusst mitgeteilt hatte.

Der Mörder hatte sich hinterhältig in Rupperts Leben geschlichen. Er wusste über seine Termine Bescheid und hatte die Entführungen vermutlich minutiös vorbereitet.

Steckte wirklich der Fahrer des Unfallwagens dahinter? Ihre Bahnen hatten sich für wenige schicksalshafte Sekunden gekreuzt. Liefen die danach eingeschlagenen Lebenswege tatsächlich erst dreiundzwanzig Jahre später zusammen?

Seit die Albträume zurückgekehrt waren, hielt er einen Zusammenhang zu den damaligen Ereignissen für plausibel. Die Theorie aus dem Mund eines Polizisten zu hören, ließ ihn jedoch daran zweifeln. So viel Zeit war vergangen. Warum rächte sich der Kerl erst jetzt? Ergab das irgendeinen Sinn?

Es musste einen Auslöser gegeben haben. In psychologischen Fachzeitschriften hatte Ruppert noch von keinem Täter gelesen, der je so lange gewartet hatte. Der Spruch von der Rache, die man am besten kalt servierte, hatte zwar seine Berechtigung, aber von ›verstaubt‹ war in dem Sprichwort nicht die Rede.

Waren sich die Bullen darüber nicht im Klaren? Sie hatten Details zu dem Unfall herausbekommen. Folglich kannten sie den Namen des Fahrers. Verfolgten sie diese Spur? Oder müsste er sie in die richtige Richtung lenken?

Kurz bevor er sein unbeleuchtetes Haus erreichte, betätigte er die Fernbedienung für die Garage. Das Tor fuhr gemächlich hoch.

Noch in der Auffahrt griff er zum Handy in der Freisprecheinrichtung und öffnete ein Chatprogramm.

Hallo, mein Schatz. Bist du zu Hause?

Er schickte die Nachricht an seine Tochter und steuerte dann den Wagen vorsichtig in die Garage. Die Tendenz der Autobauer, die modernen Fahrzeuge immer breiter zu gestalten, bereitete ihm bei den Ausmaßen seines Stellplatzes regelmäßig Schweißausbrüche. Mehrere Kratzer hatte der Lack schon abbekommen. Doch trotz des emotionalen Drucks, unter dem er stand, klappte das Einparken diesmal reibungslos.

Ein Piepton signalisierte ihm den Eingang einer Mitteilung.

Ja, Papa. Ich bin zu Hause. Willst du telefonieren oder wieso fragst du?

Ist Mama auch da?, antwortete er.

Langsam drückte er die Wagentür auf, bis sie sacht an die Wand stieß. Umständlich kletterte er hinaus. In dieser Sekunde traf Alinas nächste Nachricht ein.

Ja, Mama ist auch da. Du klingst geheimnisvoll. Alles klar bei dir?

Ruppert verließ die Garage, schloss die Haustür auf und blickte links und rechts die Straße entlang, ehe er den Flur betrat. Anscheinend war ihm niemand gefolgt.

Ich habe mir morgen freigenommen. Fühle mich ein bisschen überarbeitet. Zeit mit meiner Tochter zu verbringen wäre die richtige Therapie. Hast du Lust, dich von deinem alten Herrn zur Schule chauffieren zu lassen? Ich würde dich selbstverständlich nach dem Unterricht abholen. Voller Papa-Service sozusagen.

Er ging ins Schlafzimmer. Im Kleiderschrank bewahrte er Koffer und Reisetaschen auf. Wäre es besser, die

Flucht mit leichtem Gepäck anzutreten, oder sollte er verschiedene Eventualitäten einplanen? Nachdem er darüber gegrübelt hatte, holte er einen Flugreisekoffer heraus und klappte ihn auf dem Bett auseinander.

Süße Idee von dir, Papa. Aber das muss nicht sein. Für morgen wird tolles Wetter angesagt, und ich fahre doch so gerne Rad. Nicht böse sein, okay?

Verärgert verzog er die Lippen.

Ich bin nicht böse. Dein sportlicher Ehrgeiz gefällt mir. Ich melde mich nachmittags, einverstanden? Vielleicht gehen wir ein Eis essen. Schlaf gut!

Alina antwortete lediglich mit einem Kuss-Emoji. Ob er sie nervte? Seit dem ersten Drohbrief gab er ihr viel häufiger als früher Ratschläge. Von einem einfachen ›Pass auf dich auf‹ bis hin zum Apell, misstrauisch zu sein, falls neben ihr Autos am Straßenrand anhielten.

Da er die Erpresserbriefe nie erwähnt hatte, ahnte sie nicht, wie gefährdet ihr Leben derzeit war. Bald müsste er sie einweihen, damit sie jeden seiner Schritte verstände.

Als Erstes packte er Unterwäsche in den Koffer. Fünfzehn Boxershorts und dieselbe Anzahl Sockenpaare. Danach T-Shirts, Oberhemden, Hosen. Er plante, mindestens drei Wochen unterzutauchen. Es sei denn, die Soko fasste den Täter endlich. Er verstaute ein zusätzliches Paar Schuhe, bevor er ins Badezimmer ging und Kosmetika in die Kulturtasche packte. Anschließend betrat er das Arbeitszimmer. Er zog die vier Todesanzeigen mit den zugehörigen Anweisungen hervor, die er in einem Stapel psychologischer Fachliteratur versteckt hatte. Er wollte diese Beweise jederzeit vorzeigen können – falls jemand seine Darstellung oder Motive anzweifelte. Außerdem nahm er seinen Laptop und einige Unterlagen mit, deren Bearbeitung er seit Wochen aufschob. Anfragen von Fakultäten, Konzepterarbeitung für ein Buchprojekt und solche Sachen. Ob er dazu käme? Er wusste es nicht. Ohnehin musste er befürchten, dass sich jedes noch anstehende Projekt erledigt hätte, sobald seine Reputation zerstört wäre.

Ruppert hatte Hauptkommissar Sommer im Büro stehen gelassen, um Zeit zu gewinnen. Er musste Alinas Wohlergehen sicherstellen. Das war er seiner Tochter schuldig. Sobald sie in Sicherheit war, würde er die Soko kontaktieren und alle Details über den Unfall preisgeben. Er würde zu seiner unter Alkoholeinfluss angetretenen Fahrt stehen. Den Beamten jede Einzelheit berichten, an die er sich erinnerte. Die geschlossenen Augen des Fahrers, die teilweise heruntergezogene Hose, das erschlaffte Geschlechtsteil. Ruppert fürchtete keine juristischen Konsequenzen. Die Fahrerflucht war längst verjährt, und er bezweifelte ohnehin, die damals erlaubte Promillegrenze überschritten zu haben. Trotzdem hatte er das dem Kommissar nicht erzählen können. Denn das hätte stundenlange Verhöre bei der Polizei bedeutet. Erst musste Alina das ganze Ausmaß der Bedrohung kennen, ehe er sich der Gunst der Soko ausliefern könnte. Sonst wäre seine Handlungsfreiheit stark eingeschränkt.

Von einem geheimen Rückzugsort aus konnte er den Kommissaren unbehelligt erzählen, was sie wissen wollten. Anschließend würden sie sich hoffentlich auf die Verhaftung des Todesfahrers konzentrieren.

Ruppert verschloss den Koffer und schleppte ihn bis in den Hausflur. Der Unfall und seine damalige Reaktion würden ihm strafrechtlich keine Nachteile bringen – daran zweifelte er nicht. Anders sah es dagegen bei seiner beruflichen Reputation aus. Er hatte immense Fachkenntnisse in der Trauertherapie erworben. Bücher darüber geschrieben, die inzwischen zur Standardliteratur zählten. Außerdem hatte er sich stets ehrenamtlich auf seinem Gebiet engagiert und vor allem deshalb letztes Jahr die soziale Auszeichnung erhalten. Erführe die Fachwelt von seiner Vergangenheit, kämen Zweifel an seinen Beweggründen auf. Dann würde er nicht länger als Menschenfreund betrachtet, sondern als Egomane, der für die eigene Schuld büßen wollte. So würden die Fachleute es sehen – und hätten zumindest teilweise recht. Man würde ihn wie einen Aussätzigen behandeln. Ihn nicht weiter zu Diskussionsveranstaltungen einladen und seine Werke im Laufe der Zeit durch schlechtere Literatur ersetzen. Wegen eines einzigen Fehlers in der Vergangenheit. Sollte zusätzlich herauskommen, dass er bisexuell war, wäre er beruflich endgültig zerstört. Egal, wie tolerant sich Wissenschaftler nach außen gaben, sie vertraten stellenweise konservative bis reaktionäre Ansichten. Besonders jene Personen, die Gremien vorstanden und über die Vergabe von Fördergeldern oder Lehrämtern entschieden. Homosexualität tolerierten die meisten Menschen, Bisexualität hingegen galt als Charakterschwäche: eine Art Unfähigkeit, sich für eine Vorliebe zu entscheiden.

Ruppert kannte den Wissenschaftsbetrieb gut genug, um die Konsequenzen zu erahnen. Trotzdem würde er nicht davor zurückschrecken, seine Verwicklung in die Todesfälle zuzugeben. Die Ermittlungen der Polizei waren zu weit fortgeschritten, als dass er so wie anfangs darauf hätte hoffen können, heil aus der Sache herauszukommen.

Er lief im Haus umher und überprüfte in jedem Zimmer, ob er etwas Wichtiges vergessen hatte. Dann verstaute er den Koffer im Wagen und setzte sich hinters Steuer. Er würde die Nacht in einem Hotel verbringen, ein paar Stunden schlafen und dann Alinas unsichtbaren Bodyguard spielen. So wie er es sich ausmalte, würde sie gar nicht mitbekommen, dass er sie vom Wagen aus im Auge behielt. Nach Schulschluss würde er sie in Sicherheit bringen. Dass er die Nacht nicht im eigenen Bett verbringen wollte, hatte zwei Gründe. Er fürchtete, die Soko würde irgendwann beschließen, ihn zu beschatten. Noch stärker allerdings war seine Angst vor der Rache des Mörders. Falls der Schuldige seine Gruppe infiltriert oder sonst wie vom Verlauf der Therapiesitzung erfahren hatte, war ein Anschlag auf Ruppert nicht auszuschließen. Und sei es bloß als Ablenkungsmanöver. Deshalb schaute er während der Fahrt übertrieben oft in den Rückspiegel. Zu seiner Erleichterung entdeckte er keinen Verfolger.

18

Robert Drosten betrat als Letzter den Besprechungsraum. Er war am Vortag spät aus dem Ruhrgebiet zurückgekehrt, um an diesem Morgen pünktlich um neun an der Besprechung der fünf hauptverantwortlichen Ermittler teilzunehmen.

Hauptkommissarin Anna Hoch stand am Kopfende des Tisches.

»Lukas, die kurze Zusammenfassung, die du gestern gegen Mitternacht geschickt hast, klingt hochinteressant. Kannst du noch ein bisschen lebendiger nacherzählen, wieso die Therapiesitzung so abrupt endete?«

»Ich habe sogar ganz aktuelle Neuigkeiten.« Sommer lächelte.

»Was ist passiert?«, fragte Sebastian Kaufmann. »Du wirkst so, als wolltest du eine Bombe platzen lassen.«

»Vielleicht hat es nichts zu bedeuten, aber ich fürchte, Ruppert ist verschwunden.«

»Wie kommst du darauf?«, erkundigte sich Hoch alarmiert.

»Die Konfrontation mit ihm hat mich aufgewühlt«, bekannte Sommer. »Ich wusste nicht genau, ob ich zu weit gegangen bin. Er warf mir vor, seine Autorität untergraben zu haben, wodurch ich den Gruppenmitgliedern die Möglichkeit zur Trauerbewältigung genommen habe. Ich hab das nagende Gefühl, er könnte recht haben.«

Hoch verdrehte die Augen. »Kürzt du das psychologische Vorgeplänkel bitte ab?«

Sommer schluckte eine bissige Bemerkung hinunter. »Ich bin für meine Verhältnisse sehr früh wach gewesen. Deshalb habe ich spontan beschlossen, zu ihm zu fahren.«

»Heute Morgen?«, wunderte sich Nadine Werner.

»Ein Friedensangebot«, bestätigte Sommer. »Ich hatte gehofft, ihm in entspannter Atmosphäre Informationen entlocken zu können, nachdem er eine Nacht darüber geschlafen hat. Glaubt es oder nicht, ich hatte sogar ein paar frische Brötchen dabei.«

»Er war nicht da«, vermutete Hoch.

»Ich war um halb sieben bei ihm. Die Rollläden an den Fenstern waren nicht heruntergelassen. Es brannte nirgendwo Licht. Ich habe mehrfach geklingelt – aber keine Reaktion.«

»Hat er dich gesehen, durchs Fenster oder so?«, fragte Drosten.

»Keine Ahnung«, gestand Sommer. »Ich hab seine Handynummer gewählt und wurde direkt zur Mailbox umgeleitet. Ans Festnetztelefon ging niemand. Mein Bauchgefühl sagte mir, da steckt mehr dahinter. Also bin ich ins Büro. Sein Handy ist derzeit nicht zu orten. Zuletzt war es gegen Mitternacht im Netz registriert. Um Viertel nach acht habe ich seine Sekretärin erreicht, die mir mitteilte, dass ihr Chef nicht anwesend sei. Für heute hat er allerdings außer der morgendlichen Visite bei seinen stationären Patienten keine weiteren Termine im Kalender. Sie hat mir versprochen, dass er mich anruft, sobald er im Krankenhaus eintrifft. Darauf warte ich noch immer.«

»Scheiße«, murmelte Drosten. »Du könntest recht haben.«

»Vor allem angesichts dessen, was gestern Abend vorgefallen ist.« Sommer berichtete den Kollegen ausführlich von der Konfrontation zwischen ihm und dem Psychologen.

»Nehmen wir an, Lukas' Vermutung trifft ins Schwarze. Wieso ist Ruppert dann ausgerechnet jetzt abgehauen?« Anna Hoch blickte die Sokomitglieder nacheinander an.

»Er ahnt, dass wir ihm auf der Spur sind«, begann Werner.

»Aber er hat für die Entführungen ein Alibi«, wandte Hoch ein, die offenbar beschlossen hatte, den Advokat des Teufels zu spielen.

»Dadurch, dass wir nicht die genauen Todeszeitpunkte der Mädchen kennen, hat er nur für die Entführungen Alibis«, erwiderte Werner. »Nicht für die Morde. Wir sollten über die Partner-Theorie nachdenken. Jemand, der bei den Ermittlungen noch keine Rolle spielt, entführt die Mädchen ...«

»Nein«, unterbrach Drosten sie. »Ich schätze eher, es handelt sich um einen Racheakt. Ruppert verursacht als Student einen tödlichen Unfall. Der Fahrer nimmt zwei Jahre später eine neue Identität an ...«

»... und bleibt zwanzig Jahre untätig?«, warf Kaufmann skeptisch ein.

»Es muss einen auslösenden Faktor geben. Wenn wir den kennen, wissen wir, wieso der Täter so lange gewartet hat.«

Drosten hob die Augenbrauen. Vielleicht schafften sie es, im gemeinsamen Gespräch eine vernünftige Lösung zu finden. Er hatte sich das ganze Wochenende den Kopf zermartert, ohne auf einen denkbaren Ansatz zu stoßen.

***

Die Versuchung, sein Handy einzuschalten, war übermächtig. Trotzdem widerstand Ruppert dem Drang. In der modernen Welt hinterließ man ständig digitale Fingerabdrücke. Doch er wollte momentan niemandem die Chance auf dem Silbertablett servieren, seinen Aufenthaltsort zu bestimmen. Weder der Polizei, noch dem Unbekannten, vor dem er sich wegen seiner Tochter viel mehr fürchtete.

Eine halbe Stunde vor Alinas vermuteter Abfahrtszeit parkte er unauffällig in der Straße. Als sie ihr Fahrrad aus der Garage schob und losfuhr, folgte er ihr mit gebührendem Abstand. Sollte jemand seine Tochter entführen, würde er einschreiten und Schlimmeres verhindern. In einer schlaflosen Nacht hatte er sich mit der Frage auseinandergesetzt, wann er am besten die Polizei kontaktierte. Die Angst, dass sie die Drohbriefe nicht ernst nähmen oder im ungünstigsten Szenario für eine falsche Spur hielten, hatte ihn abgeschreckt. Er würde Alina in Sicherheit bringen. Erst danach wäre die Soko an der Reihe.

Die Fahrt zur Schule dauerte glücklicherweise nur zehn Minuten und führte durch Straßenviertel, in denen ausschließlich Tempo 30 erlaubt war. So fiel der langsam fahrende Wagen vermutlich keinem aufmerksamen Nachbarn auf, der anschließend die Notrufzentrale anwählte.

Alina erreichte das Schulgelände. Sie kettete ihr Rad an einen der Unterstände und wurde im nächsten Moment von einem anderen Mädchen begrüßt. Die beiden betraten das Gebäude durch die offenstehenden Glastüren. Vorläufig war seine Tochter in Sicherheit. Falls der Täter keine besonders perfiden Tricks anwandte, könnte Ruppert bis zum Mittag durchatmen.

***

Kaufmann wies die Soko auf die Möglichkeit hin, dass Ruppert einer Entführung zum Opfer gefallen sein könnte – was sein Verschwinden ebenfalls erklären würde.

»Was unternehmen wir, wenn er sich in den nächsten Stunden nicht meldet und verschwunden bleibt?«, fragte Hoch.

»Wir könnten ihn zur Fahndung ausschreiben«, schlug Sommer vor.

»Sollten wir nicht zuerst die Orte abklappern, an denen wir ihn eventuell antreffen? Das Krankenhaus? Sein Zuhause? Andere Ideen?«, fragte Werner.

»Er hat eine Tochter, die bei ihrer Mutter lebt«, erinnerte sich Drosten. »Ich habe die Frau befragt, als Ruppert immer stärker in den Fokus geriet. Sie haben kaum Kontakt zueinander, die Tochter verbringt aber regelmäßig Zeit bei ihrem Vater.«

»War das nicht nur wochenends?«, hakte Sommer nach, der sich an den Teil der Vernehmung erinnerte. »Heute ist Dienstag.«

»Wir sollten sie trotzdem aufsuchen. Vielleicht hat er sich gemeldet.« Drosten schaute auf seine Armbanduhr. »Nachmittags. Vorher werden wir sie wohl nicht erreichen. Alina ist in der Schule, und ihre Mutter arbeitet normalerweise.«

***

Als Alina zu Hause angekommen vom Rad abstieg, hupte Ruppert hinter ihr. Neugierig drehte sie sich um und bemerkte ihren Vater, der seinen Wagen vor der Garagenzufahrt parkte.

»Überraschung!«, rief er.

»Papa, was machst du denn hier?«, sagte sie im Tonfall einer Teenagerin, die am liebsten auch gleich die Augen verdreht hätte.

»Ich wollte dich kurz sprechen und dir etwas vorschlagen.«

»Jetzt bin ich gespannt! Worum geht es?«

»Reden wir drinnen, okay?«

Er verstand sich mit Alinas Mutter gut genug, dass die Bitte nicht seltsam wirkte. Als Alina jünger gewesen war, hatte er mehr Zeit im Haus seiner Ex verbracht – zum Beispiel um gemeinsam Familienfeste zu begehen. Geburtstage, Weihnachten, Ostern.

»Mein Zimmer ist nicht aufgeräumt!«, warnte sie ihn vor.

Ruppert lachte. »Wie schlimm ist es? Sollen wir uns lieber gleich ins Wohnzimmer setzen?« Da seine Tochter kein unordentlicher Mensch war, vermutete er andere Gründe für ihren Wunsch, ihn nicht in ihr Heiligtum zu lassen.

»Kann nicht schaden.«

Sie schloss die Haustür auf und ließ im Flur achtlos den Schulrucksack fallen. Eine Unsitte, die ihn normalerweise ärgerte. Heute jedoch unterband er jedes kritische Wort darüber.

»Willst du etwas trinken?«

»Apfelsaft«, antwortete er.

»Setz dich!«

Trotz ihres jungen Alters war sie bereits eine gute Gastgeberin – was an dem Vorbild ihrer Mutter lag, die gern Partys veranstaltete.

Ruppert zog sein ausgeschaltetes Handy aus dem Jackett und legte es auf den Tisch. Das Gerät war ein entscheidender Punkt seines Schlachtplans. Alina kehrte mit zwei gefüllten Gläsern zurück ins Wohnzimmer. Sie hatte sich für Orangensaft entschieden. Die beiden stießen an, und Ruppert trank einen langen Schluck.

»Was willst du besprechen?«, fragte sie.

Er fuhr sich durchs Haar und lächelte verkniffen. »Ich bin überarbeitet«, gestand er leise.

»Das hast du gestern schon erwähnt. Ist es so krass?«

»Ich habe Warnsignale meines Körpers überhört. Das hätte einem Psychologen nicht passieren dürfen. Aber wie heißt es so schön: Ärzte sind die schlimmsten Patienten.« Er übertrieb absichtlich ein wenig. Seine Tochter sollte sich um ihn sorgen.

Der Plan schien aufzugehen. Sie berührte ihn an der Hand. »Papa!«, sagte sie besorgt. »Musst du dich behandeln lassen?«

»Ich hoffe nicht. Zunächst einmal gönne ich mir zwei Wochen ungeplanten Urlaub.«

»Das klingt nicht schlecht. Und jetzt willst du unsere Verabredung übernächstes Wochenende canceln?«, vermutete sie. »Das ist kein Problem! Fahr in den Süden und genieß es.«

»Ich hatte an etwas Anderes gedacht und gehofft, du könntest mitkommen. Eine Auszeit vom Beruf für mich und der Schule für dich.«

Sie lachte unsicher. »Papa, ich habe Schule!«

»Du bist so eine gute Schülerin! Das holst du spielend auf.«

»Du meinst das wirklich ernst? Sorry. Übernächste Woche stehen drei Klausuren in meinen Hauptfächern an.«

»Ich schreibe dich krank. Es muss doch auch Vorteile haben, wenn der eigene Vater Arzt ist.«

»Ich will gar nicht schwänzen! Momentan läuft es richtig rund, und die Fächer fließen ins Abizeugnis ein.«

»Bitte, Alina!«

»Hast du mit Mama darüber gesprochen?«

»Die würde das nicht erlauben! Es wäre unser Vater-Tochter-Abenteuer.«

»Das ist eine echt süße Idee, aber es geht nicht. Lass uns zusehen, dass wir in den Sommerferien ein Wochenende wegkommen«, schlug sie stattdessen vor. »Wird wahrscheinlich ein bisschen knapp, weil Julia und ich drei Wochen nach Griechenland fliegen. Trotzdem schaffen wir das.« Sie lächelte aufmunternd.

So ist das, wenn sich die Rollen vertauschen, dachte er. *Früher hat sie alles versucht, um mehr gemeinsame Zeit herauszuschlagen, heute scheitere ich daran.*

Er trank sein Glas leer und stellte es auf den Tisch. »Danke für die Erfrischung.«

Ruppert erhob sich. Wie erhofft folgte sie ihm nach draußen. Da ihre Mutter pingelig war, würde Alina später ins Wohnzimmer zurückkehren, um die Gläser in die Spülmaschine zu stellen. Hoffentlich sah sie dabei das Handy.

»Mach's gut, mein Schatz.« Er hauchte ihr einen Kuss auf die Wange.

»Tschüss, Papa!«

Ruppert verließ das Haus und hörte, wie Alina hinter ihm die Tür schloss.

In der linken Jacketttasche steckte die Spritze mit dem Betäubungsmittel. Er hatte die Dosis so gewählt, dass sie seiner Tochter unter keinen Umständen schaden würde. An der Gebäudeecke wartete er ab, ob sie ihm nacheilen würde, und bereitete die Injektion vor.

***

Was für ein seltsamer Auftritt, dachte Alina. *Ob Papa vor einem Burnout steht?*

Im Wohnzimmer bemerkte sie ein Handy, das ihr Vater offenbar auf dem Esstisch vergessen hatte. »Oh nein!«

Sie griff danach und eilte in den Hausflur. Als sie die Tür aufriss, rief sie bereits: »Du hast dein Handy liegen lassen!«

Zu ihrer Überraschung war er noch gar nicht eingestiegen, sondern stand ein paar Meter vom Wagen entfernt.

»Nicht, dass du Alzheimer bekommst.« Lachend ging sie zu ihm.

»Gut, dass du es gesehen hast. Sonst wäre ich aufgeschmissen.«

Sie hielt ihm das Telefon entgegen. Unvermittelt packte er ihr Handgelenk. Im nächsten Moment spürte sie einen schmerzhaften Stich.

»Au!«, stöhnte sie. Überrascht sah sie ihren Vater an. Ihre Beine wurden schwer, und binnen Sekunden verlor sie das Bewusstsein. Das Smartphone fiel zu Boden.

***

»Es tut mir leid«, flüsterte Ruppert, als er seine Tochter auffing. »Ich musste das tun.«

Er legte den Arm um ihre Hüfte und zog sie zum Auto. Umständlich verfrachtete er sie auf den Sitz. Er schnallte sie an und verstellte die Sitzfläche nach hinten.

Dann lief er zu seinem Handy, hob es auf und musterte es. Das Display schien den Sturz dank der Schutzhülle überstanden zu haben. Er steckte es ein, rannte um das Heck herum, sprang hinters Steuer und startete den Motor.

19

Obwohl sie bereits um vierzehn Uhr Feierabend gemacht hatte, fühlte sich Veronika Bühler total erschöpft. Die letzten Wochen hatten sie geschlaucht. Die Einführung einer neuen Software für die komplette Kundenbetreuung forderte von allen Führungskräften ihren Tribut. Deswegen begann derzeit jeder Arbeitstag um sechs Uhr morgens und endete normalerweise zehn bis elf Stunden später. Heute jedoch hatte sie das Büro schon nach einer normalen Acht-Stunden-Schicht verlassen können – eine seltene Gelegenheit.

Veronika überlegte, ob sie sich einen Wellnessnachmittag gönnen sollte. Fünfundzwanzig Autominuten entfernt befand sich ein riesiger Spaßbadkomplex, in dem auch einige Masseure und Kosmetikerinnen arbeiteten. Außerdem war die Saunalandschaft sehr abwechslungsreich. Vielleicht hätte Alina Lust mitzukommen, und sie würden einen entspannten Mutter-Tochter-Nachmittag verbringen.

Je näher sie ihrem Zuhause kam, desto verlockender wurde die Vorstellung, selbst wenn sie dafür zweihundert Euro auf den Kassentresen legen müsste. Wer fleißig war, sollte zwischendurch dem Luxus frönen – das war schon immer ihre Einstellung gewesen. Da sie ein gutes Gehalt bezog und Gero für sein Kind anständig Unterhalt bezahlte, hatten finanzielle Probleme nach der Trennung nie eine Rolle gespielt.

Statt den Wagen in die Garage zu fahren, parkte Veronika in der Zufahrt. Sie war fest entschlossen, die Seele in dem Wellnesstempel baumeln zu lassen. Wenn ihr Auto erst in der Garage stünde, würde ihr Entschluss aus purer Bequemlichkeit ins Wanken geraten. Sie hasste das Ein- und Ausparken.

Leise stöhnend stieg sie aus dem SUV. Im nächsten Moment lächelte sie über ihre eigene Wehleidigkeit. Eigentlich mochte sie Herausforderungen im Job. War ihre Erschöpfung ein Hinweis darauf, dass die Wechseljahre bevorstanden? Sie war erst einundvierzig. Deshalb hoffte sie auf andere Ursachen für die Mattigkeit. Eine Partnerschaft würde ihr guttun. Ihr letzter Freund Florian hatte ihr vor knapp einem Jahr den Laufpass gegeben, weil er *sich eingeschränkt gefühlt hatte*. Nach achtzehn Monaten Beziehung. Männer! Kaum moserte sie wegen seines übertriebenen Pornokonsums, fühlte er sich gleich gemaßregelt.

Veronika öffnete die unverschlossene Haustür. »Alina, ich bin wieder da!«, rief sie laut. Sie betrat den

Flur und bemerkte sofort den gedankenlos fallengelassenen Rucksack ihrer Tochter. »Super«, murmelte sie. »Alina? Wieso liegt dein Rucksack hier rum? Du weißt, ich hasse das!«

Keine Antwort. Veronika schloss die Tür. War das Mädchen in seinem Zimmer und chattete mit einem Jungen? Sie lief die Treppe hoch und klopfte an die Zimmertür. Als keine Reaktion erfolgte, drückte sie leise die Türklinke hinunter. Schlief ihre Tochter vielleicht?

Sie lag weder im Bett, noch hockte sie mit Kopfhörern am Laptop.

»Alina?«

Ein ungutes Gefühl erwachte in Veronika. Ihr kam in den Sinn, dass im Laufe des letzten Jahres vier Mädchen in Alinas Alter ermordet worden waren – ein alarmierender Gedanke.

Das Bild, das sich Veronika im Wohnzimmer bot, verstärkte ihre Sorge. Warum standen auf dem Esstisch zwei benutzte Gläser?

Sie holte das Handy aus der Handtasche und wählte Alinas Nummer. Dumpf drang ein Klingelton an ihr Ohr. Veronika ging in die Diele und überprüfte ihre Befürchtung: Das Smartphone ihrer Tochter klingelte im Schulrucksack.

Was hatte das zu bedeuten? Hatte sie nach der Schule Besuch mitgebracht und etwas zu trinken serviert? Oder war sie heute Morgen überhaupt nicht zum Unterricht gefahren? Gegen die zweite Theorie sprach das in die Spülmaschine geräumte Frühstücksgeschirr.

Veronika öffnete das vordere Fach des Rucksacks, wo Alina ihr Telefon immer verstaute. Zum Glück kannte sie das Muster zum Entsperren des Handys. Obwohl es ihr ein schlechtes Gewissen bereitete, sichtete sie die Chatnachrichten. Heute hatte Alina noch keine Nachricht verfasst; dafür hatte sie am Vortag gechattet – unter anderem spätabends mit ihrem Vater. Veronika betrachtete den merkwürdigen Chatverlauf der beiden. Anstatt gleich Gero zu kontaktieren, beschloss Veronika, zunächst Alinas beste Freundin anzurufen.

»Hi, Süße!«, meldete sich Josefine in der Annahme, Alina wäre am anderen Ende.

»Hallo, Josefine. Ich bin's. Alinas Mutter Veronika«, klärte sie den Irrtum auf.

»Hallo, Frau Bühler«, sagte das Mädchen brav. »Wie geht es Ihnen?«

»Ich bin ein bisschen besorgt. Wahrscheinlich nichts Schlimmes, aber Alinas Tasche liegt hier rum, ihr Handy steckte darin, nur von meiner Tochter fehlt jede Spur. Hat sie die Schule geschwänzt?«

»Quatsch! Das macht Alina nie. Sie war bis zum Ende da!«

»Hat sie über Unwohlsein geklagt?«

»Sie war gut drauf.«

Das Mädchen klang absolut glaubwürdig.

»Okay. Danke! Dann versuche ich es woanders. Irgendwo muss sie ja sein!«

»Sagen Sie ihr, dass sie mich bitte anrufen soll, wenn sie zurück ist.«

»Das mache ich.«

***

Gero Ruppert tippte nervös auf dem Lenkrad herum. Er stand an einer roten Ampel. Über das Multimediasystem ertönte ein Freizeichen. Er war das Risiko eingegangen, sein Handy wieder einzuschalten und Michael anzurufen. Dummerweise schien der nicht annehmen zu wollen.

Als Ruppert schon befürchtete, auf der Mailbox zu landen, erklang endlich die Stimme seines Partners.

»Was für eine Überraschung. Hallo, Gero.«

»Hi, Michael. Kannst du die Garage freiräumen? Ich bin in fünf Minuten bei dir.«

»Jetzt? Zur Mittagszeit?«

Normalerweise trafen sie sich immer abends, daher war seine Verwunderung nicht ungewöhnlich.

»Ich hoffe, ich störe dich nicht.«

»Ganz im Gegenteil. Ich freue mich riesig. Bis gleich!«

Ruppert drückte einen Knopf am Sportlenkrad und trennte die Verbindung. Gut, dass Michael ebenfalls ein Haus bewohnte. Er hatte sich als Übersetzer anspruchsvoller Sci-Fi-Literatur einen Namen gemacht. Verlage buchten ihn meistens ein bis zwei Jahre im Voraus. Michaels Auftragsbücher waren voll.

Seit die Polizei Ruppert verdächtigte, hatten sie vereinbart, dass er den Wagen bei seinen Besuchen in der Garage parkte, die einen direkten Zugang zum Haus besaß.

Als Ruppert das Telefon ausschalten wollte, ertönte zu seinem Erschrecken der vom Autohersteller voreingestellte Klingelton des Multimediasystems. Doch das Display zeigte weder eine fremde Nummer noch die des Krankenhauses, sondern den Namen Veronika.

»Scheiße!«

Sollte er den Anruf ignorieren? Oder wirkte das zu auffällig? Kurz entschlossen hielt er den Wagen am Straßenrand an, damit seine Ex-Frau keine Fahrgeräusche hörte.

»Hallo, Veronika.«

»Hi, Gero! Ist Alina zufällig bei dir?«

»Alina? Wie kommst du darauf?«

Veronika erklärte ihm, was sie zu Hause vorgefunden hatte. »Ich habe in ihrem Telefon euren gestrigen Chatverlauf gesehen. Da dachte ich ...«

»Nein«, unterbrach er sie. »Sie hatte ja kein Interesse an einem Vater-Tochter-Tag.«

»Wo bist du jetzt?«

»Ich hab gerade in einem Wellness-Hotel außerhalb der Stadt eingecheckt. Den Rest der Woche hab ich mir freigenommen.«

»Du Glücklicher!«

»Bin völlig überlastet. Mach dir keine Sorgen! Ihr wird schon nichts passiert sein. Sagst du mir Bescheid, wenn du sie gefunden hast? Quatsch mir einfach auf die Mailbox, falls ich in einer Anwendung bin.«

»Mache ich!«

Sie beendeten das Gespräch. Mit zittrigen Fingern holte er sein Telefon aus der Jacketttasche und schaltete es ab. Früher war es ihm deutlich schwerer gefallen, überzeugend zu lügen. Langsam schien er darin Übung zu haben. Veronika tat ihm leid, doch ihm war keine Alternative geblieben. Sie würde ihn wegen der Sorgen hassen, die sie nun durchlitt, und vermutlich ewig nicht verzeihen. Während das Smartphone herunterfuhr, zweifelte er daran, dass diese Vorsichtsmaßnahme ausreichte. Hatte er nicht mal irgendwann im Fernsehen gesehen, dass die Polizei sogar ausgeschaltete Handys orten konnte? Oder steigerte er sich in eine Paranoia hinein?

Aus einem Impuls heraus traf er eine Entscheidung. Er löste die Schutzhülle und entnahm dem Gerät sowohl die SIM- als auch die Speicherkarte. Dann legte er das Handy dicht hinter den Hinterreifen auf die Straße. Ehe er die Fahrt fortsetzte, überrollte er das Telefon mehrmals mit dem Wagen.

***

Nach fünf weiteren Versuchen war Veronika total verunsichert. Keine von Alinas Freundinnen hatte nach der Schule etwas von ihrer Tochter gehört. Niemand hatte sich mit ihr verabredet – die zwei Gläser auf dem Esstisch blieben rätselhaft.

Verzweifelt lief sie in ihr kleines Arbeitszimmer, das sie für Homeoffice-Tage nutzte. Vor einigen Monaten hatte sie überraschend Besuch eines BKA-Beamten erhalten, der sie aufgrund einer schlagzeilenträchtigen Mordserie an jungen Frauen befragen wollte. Schnell hatte sie verstanden, dass der Mann sie wegen Gero interviewte. Tatsächlich bekannte er sich im Lauf des Gesprächs dazu. Seine Beweggründe, warum ausgerechnet der Vater ihres Kindes in den Fokus der Ermittlungen gerückt war, waren nachvollziehbar gewesen, nicht beunruhigend. Gero war nie ein Traumpartner gewesen und hatte auch als Vater eklatante Schwächen. Doch seinen Beruf beherrschte er perfekt. Es war unvorstellbar, in dem einfühlsamen Psychologen einen Mordverdächtigen zu sehen.

In der dritten Schublade des Rollcontainers fand sie die Visitenkarte, die ihr der Mann damals dagelassen hatte. Sie wählte seine Rufnummer.

»Robert Drosten, guten Tag!«, meldete er sich unverzüglich.

»Hallo, Herr Hauptkommissar Drosten. Hier spricht Veronika Bühler. Wahrscheinlich erinnern Sie sich nicht mehr, aber wir hatten vor einigen Monaten ...«

»Ich erinnere mich«, unterbrach er sie. »Sie und Gero Ruppert haben eine gemeinsame Tochter. Alina, richtig? Worum geht es?«

Wieso erinnerte sich der Polizist an diese Details?

»Ich fürchte, meine Tochter ist verschwunden.«

»Wann?« Der Polizist klang alarmiert.

»Heute nach der Schule. Sie hatte bis ein Uhr Unterricht und muss anschließend zu Hause gewesen sein. Ich bin um zwanzig nach zwei von der Arbeit gekommen, da war sie nicht mehr da.«

»Haben Sie schon bei ihren Freundinnen nachgefragt?«

»Bei ihren sechs engsten Freundinnen und ihrem Vater. Niemand hatte nach der Schule Kontakt zu Alina.«

»Haben Sie Professor Ruppert erreicht?«

»Natürlich.«

»Wissen Sie, wo er ist?«

»Er nimmt sich ein paar Tage frei. Warum?«

»Wir versuchen ebenfalls, ihn ans Telefon zu bekommen. Leider erfolglos. Gestern ist während seiner Selbsthilfegruppe etwas ... na ja, nicht so wichtig. Sind Sie zu Hause?«

»Ja.«

»Ich schaue mit einem Kollegen bei Ihnen vorbei. Rechnen Sie in ungefähr vierzig Minuten mit uns.«

»Okay, ich warte hier und telefoniere noch ein wenig rum.«

Sie beendete das Gespräch und dachte nach. Gestern Abend der seltsame Chatverlauf zwischen Gero und Alina. Heute erfuhr sie von einem Zwischenfall bei der Selbsthilfegruppe, die vor dem Chat stattgefunden hatte. Und nun war Alina nicht aufzufinden. Noch einmal wählte sie Geros Nummer, landete aber direkt auf der Mailbox.

»Rufst du mich bitte an, sobald du das abhörst? Danke!«

***

Das Garagentor stand offen, Michaels Auto parkte am Bürgersteig. Ruppert steuerte den Wagen hinein. Kaum verstummte sein Motor, öffnete sich die Durchgangstür. Gleichzeitig senkte sich das Tor, und die Deckenlampe sprang an.

Michael blieb auf der Türschwelle stehen und musterte irritiert den Gast, den sein Freund mitgebracht hatte. Noch wirkte die Betäubung.

Ruppert stieg aus, lief um den Wagen herum und gab Michael einen Begrüßungskuss.

»Wer ist das?«, fragte der verwirrt.

»Meine Tochter.«

»Ist sie unterwegs eingeschlafen?«

»Ich hab sie betäubt.«

»Verarschst du mich? Soll das witzig sein?«

»Ich erzähle dir das in Ruhe. Können wir sie in dein Gästebett legen?«

»Hast du sie entführt?«

»Im Gegenteil. Ich bringe sie in Sicherheit.«

»Sorry, ich versteh gar nichts. Vor wem?«

»Hilf mir!«

»Gero! Machst du gerade etwas Illegales?«

»Nein! Es ist kompliziert! Alina und ich werden bedroht! Du erinnerst dich an die Briefe? Hilf mir!«, wiederholte Ruppert eindringlich. »Wenn du mir jetzt beweist, dass ich auch in einer schlimmen Phase auf dich zählen kann, werde ich öffentlich zu dir stehen.« Durch die Vorkommnisse bei der Selbsthilfegruppe war seine Reputation ohnehin zerstört; sein Outing würde die Situation kaum verschlimmern.

Ein Lächeln erhellte Michaels Gesichtszüge. »Ehrlich?«

»Versprochen.«

Energisch trat sein Freund zur Beifahrertür und öffnete sie. Ruppert beugte sich ins Fahrzeug. Er löste den Gurt und hob Alina sanft heraus.

»Geh du vor!«, bat Ruppert ihn.

Vorsichtig trug er seine Tochter ins Gästezimmer. Er legte sie ins Bett und zog ihr die Schuhe aus. Dann schaute er sich um. »Wir müssen den Rollladen herunterlassen. Außerdem brauche ich eine Schere und einen Schraubenzieher.«

»Wofür?«, fragte Michael.

»Ich muss den Gurt des Rollladens durchschneiden und den Fenstergriff abmontieren.«

»Spinnst du?«

»Ich bezahle die Reparatur.«

»Bist du verrückt?«

»Holst du mir bitte Werkzeug? Und am besten auch den Koffer aus meinem Kofferraum.«

Verwirrt verließ Michael das Zimmer. Ruppert beäugte das Türschloss, in dem ein Schlüssel steckte. Dann ließ er den Rollladen herunter.

Nach einer Weile kehrte sein Freund mit Werkzeug und Koffer zurück. Alina stöhnte. Wahrscheinlich dauerte es nicht mehr lange, bis sie erwachte.

»Was hast du vor?«, fragte Michael.

»Ich bleibe hier sitzen, bis sie aus der Betäubung aufwacht. Erkläre ihr die Situation. Ich baue darauf, dass sie versteht, warum ich das tun musste. Dafür brauche ich die Briefe aus dem Seitenfach des Koffers. Bringst du uns eine Flasche Wasser? Aber kein Glas. Danach schließt du uns von außen ein. Du machst erst auf, wenn ich dich darum bitte.«

»Mit oder ohne Kohlensäure?«

»Ohne. Und am besten noch einen leeren Eimer. Falls sie die Narkose nicht vertragen hat und sich übergeben muss.«

»Ich hoffe, du weißt, was du tust.«

Ruppert schaute ihm nach. *Nein!*, dachte er. *Allerdings habe ich vorläufig keine andere Wahl.*

20

Auf der Fahrt zu Veronika Bühler unterhielten sich Drosten und Sommer über die möglichen Konsequenzen der neuen Erkenntnisse. Alina war verschwunden, ihr Vater nicht erreichbar. Drosten hatte gleich nach dem Telefonat mit der besorgten Mutter Ruppert angerufen und war bloß auf der Mailbox gelandet.

»Er wird kaum sein eigenes Kind töten«, vermutete Sommer. »Außerdem scheint er zum ersten Mal kein Alibi zu haben, falls Alina nicht wiederauftaucht. Das passt nicht zu den bisherigen Entführungen.«

»Sollte sie vom Täter entführt worden sein, spricht das für unsere Rachetheorie«, sagte Drosten.

Sommer nickte. »Ob Ruppert wirklich in ein Wellness-Hotel geflohen ist?«

»Vielleicht hat ihm eure Konfrontation so zugesetzt, dass er eine Auszeit braucht. Er steht seit einem

Jahr unter Druck. Wenn er unschuldig ist, könnten ihn die gestrigen Ereignisse überfordert haben.«

»Bin ich zu weit gegangen?«

»*Wir*«, korrigierte Drosten. »Ich habe unser Vorgehen unterstützt.«

»Sind wir zu weit gegangen?«

»Nein«, antwortete Drosten nach ein paar Sekunden Stille. »Er verschweigt uns wichtige Details. Ich habe keinen Zweifel daran, dass er in diesen Unfall verwickelt war. Wahrscheinlich liegt darin der Schlüssel zur Ergreifung des Täters. Ruppert kooperiert nicht mit uns. Ich würde dir jederzeit wieder raten, die Gruppe zu infiltrieren.«

Die beiden schwiegen eine Weile, bevor Sommer den nächsten naheliegenden Gedanken ansprach. »Ausgehend von der Rachetheorie: Was, wenn der Mörder Alina und ihren Vater verschleppt hat?«

»Das wäre eine Eskalation. Und möglicherweise wären es seine letzten Morde – falls wir ihn nicht aufhalten können.«

»Eine Eskalation so kurz nach meinem Streit mit Ruppert? Den wir vor Zeugen ausgetragen haben?«

An einer roten Ampel blickte Drosten seinen Kollegen an. »Wir haben die Männer der Selbsthilfegruppe überprüft. Keiner von ihnen wirkte verdächtig.«

»Haben wir sie intensiv genug durchleuchtet? Der Täter muss nicht zwangsläufig in der Gruppe sein, aber vielleicht steckt ihm ein Teilnehmer Informationen zu. Oder eine *Teilnehmerin*.«

»Scheiße! Dem Ansatz sollten wir nachgehen. Die Möglichkeit haben wir außer Acht gelassen.«

Das Navigationsgerät wies Drosten darauf hin, in hundert Metern links abzubiegen. Danach läge das Ziel auf der rechten Seite.

Veronika Bühler riss die Haustür auf. Im ersten Moment wirkte sie enttäuscht, dann rang sie sich ein gequältes Lächeln ab.

»Hallo«, begrüßte sie die beiden Hauptkommissare.

»Tag, Frau Bühler.« Drosten reichte ihr die Hand. Die Frage, ob Alina zurückgekehrt war oder sich wenigstens gemeldet hatte, erübrigte sich offenbar.

»Gehen wir ins Wohnzimmer«, schlug die besorgte Mutter vor. »Ich habe weder ihren Rucksack weggeräumt, noch die Gläser, die sie benutzt hat.« Sie deutete mit einem Kopfnicken zu dem Schulrucksack auf dem Flurboden.

»Haben Sie die Gläser angefasst?«, fragte Sommer.

»Nein.«

»Wir brauchen zwei Gefrierbeutel. Wenn wir Fingerabdrücke sicherstellen können, hilft uns das vielleicht, den Besucher Ihrer Tochter zu identifizieren.«

»Hole ich Ihnen sofort.«

***

Gero Ruppert saß in dem abgedunkelten Zimmer, in dem seine Tochter vorübergehend untergebracht war. Eine kleine Nachttischlampe erhellte ihr Gesicht. Wie lange dieses ›vorübergehend‹ andauern würde, stand in den Sternen. Er musste Alina begreiflich machen, warum sie sich hier versteckten. Danach könnte er die Soko informieren, allerdings ohne ihren Standort preiszugeben.

Sein Mädchen stöhnte zum wiederholten Male auf. Ihre Augenlider flatterten, und im nächsten Moment kam sie zu sich.

»Hallo, mein Schatz«, flüsterte er. Ruppert setzte sich an den Rand der Matratze und streichelte ihr übers Haar. Unauffällig berührte er ihre Stirn. Fieber hatte sie nicht.

»Papa?«

»Ich bin hier.«

»Was ist passiert? Ich fühle mich ... komisch«, sagte sie undeutlich. Ihr Körper hatte das Narkosemittel noch nicht ganz abgebaut.

»Ich habe dich in Sicherheit gebracht.«

»In Sicherheit?«

Plötzlich sah sie ihn verängstigt an. Kehrte ihre Erinnerung zurück?

»Trink etwas. Kleine Schlucke.«

Er reichte ihr die Flasche. Sie richtete sich auf und lehnte sich an das Kopfteil des Betts.

»Du hattest dein Handy vergessen. Ich habe es dir nach draußen gebracht.« Ihr Blick fiel auf ihr Handgelenk. »Was hast du getan?«

»Es tut mir leid, Liebling. Jemand bedroht dein Leben.«

»Wer?«

»Ich weiß nicht, wer es ist. Aber er hat schon vier junge Frauen getötet. Alle in deinem Alter.«

»Hast du mir ein Narkosemittel gespritzt?« Ihre Aussprache wurde mit jedem Satz klarer.

»Ich hatte Angst, du würdest nicht freiwillig mitkommen.«

Alina schaute sich in dem Zimmer um. »Wo bin ich?«

»Bei einem guten Freund. Er gewährt uns Unterschlupf, bis die Polizei den Täter gefasst hat.«

»*Ein guter Freund*?« Die Skepsis in ihrer Stimme war unüberhörbar. »Wo ist Mama?«

»Zu Hause. Ich hab mit ihr telefoniert.«

»Sie weiß Bescheid?«

»Natürlich. Mama ist genauso besorgt wie ich.«

»Ich will mit ihr sprechen. Gib mir mein Handy.«

»Später. Erst muss ich dir etwas zu lesen geben. Damit du verstehst, wie ernst es ist.«

Ruppert trat an den Tisch, auf dem er die vier Umschläge deponiert hatte. Er hielt ihr die Briefe hin, doch Alina machte keine Anstalten, sie entgegenzunehmen.

»Was ist das?«, fragte sie.

»Diese Erpresserbriefe habe ich anonym erhalten. Sobald du sie gelesen hast, kapierst du es.«

Er legte die Briefe auf die Bettdecke und wich ein paar Schritte zurück. Ihr Blick huschte zwischen den Umschlägen und ihm hin und her. Schließlich seufzte sie und griff nach dem ersten Brief.

In den folgenden Minuten musterte Ruppert ihre Miene – soweit die Lichtverhältnisse es zuließen.

Alina wirkte verunsichert. »Bist du zur Polizei gegangen?«

»Das hat der Mörder ausdrücklich verboten.«

»Du hättest sie unter dem Mantel der Verschwiegenheit ... Moment!«

Plötzlich starrte sie ihn angriffslustig an. »Wenn das alles stimmt, schwebe ich seit einem Jahr in Gefahr.«

»Ich habe die Anweisungen nur deshalb befolgt, damit dir nichts zustößt.«

»Wieso entführst du mich ausgerechnet jetzt?«

Die Kombinationsgabe seiner Tochter erfüllte Ruppert mit unangebrachtem Stolz. Bestimmt würde sie eine gute Psychologin abgeben.

»Gestern Abend ist ein Streit eskaliert. Ich erklär dir das später. Danach war ich überzeugt, dass dein Leben gefährdet ist.«

»Entweder verrätst du mir jetzt alles oder lässt mich zurück zu Mama.«

»Hab Geduld«, bat er sie. Die fordernde Art seiner Tochter strapazierte seine Nerven. Warum vertraute sie ihm nicht blind?

»Jetzt!«, maulte sie.

»Es gab eine lautstarke Diskussion zwischen mir und einem Polizisten. Ich fürchte, der Mörder könnte davon erfahren.«

»Wieso streitest du dich mit Polizisten?«

»Das ist völlig nebensächlich.«

»Für mich nicht.«

»Er hat mir Sachen vorgeworfen, die nicht stimmen. Ruh dich aus!«

Ruppert trat an die Tür und klopfte energisch. »Michael, lass mich raus!«

»Papa! Ich will zu Mama!«

»Michael!«

Weshalb öffnete er nicht?

»Papa!«, schrie Alina hysterisch. War sie den Tränen nahe?

Trotz ihres Geschreis hörte er, wie Michael den Schlüssel umdrehte. Er stieß die Tür auf.

»Hi«, begrüßte er das Mädchen.

»Wer ist das?«

»Michael«, erklärte Ruppert.

»Woher kennt ihr euch? Ich hab ihn noch nie gesehen.«

Ruppert schluckte hart. Die folgenden Worte fielen ihm in Gegenwart seiner Tochter äußerst schwer, doch er hatte es Michael versprochen. »Er ist mein Freund. Mein Partner.« Ruppert streckte die Hand aus, die sein Geliebter gleich ergriff.

Alina stand der Mund offen. »Nicht dein Ernst«, flüsterte sie. »Wie eklig! Mein Vater ist schwul! Peinlich! In der Schule werden sie mich auslachen!«, brüllte sie.

»Beruhige dich!«

Sie schwang die Beine aus dem Bett.

»Wir gehen, Michael.« Ruppert dirigierte ihn hastig nach draußen, und sein Freund sperrte die Tür wieder ab. Im nächsten Moment hämmerte Alina dagegen.

»Es tut mir leid«, entschuldigte sich Ruppert. »Ich habe sie immer gelehrt, tolerant zu sein. So kenne ich sie gar nicht.«

»Nicht deine Schuld«, sagte Michael verständnisvoll. »Danke, dass du dich zu mir bekannt hast. Darauf habe ich so lange gewartet.«

Er küsste Ruppert – was der jedoch nur halbherzig erwiderte. Das Gehämmer und Geschrei seiner Tochter wühlte ihn auf.

***

Robert Drosten betrachtete das einseitige Fax. Das BKA hatte ein Ortungsprofil von Rupperts Handy erstellt. Nachdem der Psychologe gestern Abend vom Krankenhaus nach Hause zurückgekehrt war, hatte er das Gerät zwar ausgeschaltet, allerdings nicht den Akku entfernt. Dadurch hatte die Polizeibehörde das Gerät nach wie vor orten können. Gegen elf Uhr hatte der Verdächtige sich in Bewegung gesetzt und war eine Viertelstunde unterwegs gewesen. Die Ortung ergab anschließend keine genaue Adresse, doch die Analytiker hatten auf zwei Hotels hingewiesen, die in dem fraglichen Gebiet lagen. Frühmorgens war Ruppert wieder aufgebrochen und hatte seine Tochter von deren Haus bis zur Schule verfolgt. Dann war er anscheinend ein paar Stunden herumgefahren, bis er Alina erneut beschattet und schließlich entführt hatte

– das legte zumindest die Auswertung der Positionsdaten nahe. Am Schluss hatte Ruppert das Handy sogar eingeschaltet, aber kurz darauf war es nicht mehr zu orten gewesen.

Das BKA hatte mit richterlicher Anordnung eine vollständige Liste der geführten Telefonate beantragt. Innerhalb der nächsten vierundzwanzig Stunden würde der Netzbetreiber die Daten liefern. Hoffentlich ergab sich dann ein Anhaltspunkt, wo Ruppert seine Tochter versteckt hielt. Dass er das tat, bezweifelte Drosten nicht mehr. Die Schnellanalyse der Fingerabdrücke war aufschlussreich gewesen. Die Abdrücke auf dem Glas, aus dem jemand Orangensaft getrunken hatte, stammten eindeutig von Gero Ruppert. Der hatte im Laufe der Ermittlungen seine Fingerabdrücke freiwillig abgegeben – weshalb sie im System gespeichert waren.

Aber wieso hatte er sich dazu durchgerungen, seine Tochter zu entführen?

Die Soko würde morgen früh einen Durchsuchungsbeschluss für Rupperts Haus beantragen. Bis dahin stand es unter Beobachtung. Außerdem wollten sie die Krankenhausverwaltung darum bitten, sich den Dienstcomputer des Professors ansehen zu dürfen. Für die Arbeitsräume würden sie wahrscheinlich wegen der sensiblen Patientendaten keine richterliche Genehmigung bekommen. Zumindest nicht, solange sie keine Hinweise darauf fänden, dass ein Patient Rupperts hinter der Mordserie steckte. Doch

Drosten hoffte, dass die Verwaltung alles tun würde, um ihnen weiterzuhelfen.

»Wo steckst du?«, murmelte er. Unbewusst rieb er sich wieder einmal das schmerzende Knie.

***

Michael lag neben dem sich unruhig hin- und her wälzenden Gero und gab vor zu schlafen. Er atmete gleichmäßig, was ihm dabei half, seine Gedanken zu ordnen.

Alina hatte mehrere Stunden getobt – ein vernünftiges Gespräch mit ihr war unmöglich gewesen. Sie hatte abwechselnd die beiden Männer wegen ihrer Gefühle füreinander beschimpft oder gefleht, zurück nach Hause zu dürfen.

Gero glaubte, sie würde sich nach einer Nacht beruhigen. Michael zweifelte daran. Widersprochen hatte er ihm jedoch nicht.

Um die Polizei zu verwirren, hatten sie beschlossen, Geros Wagen in einem öffentlichen Parkhaus unterzustellen, das fünf Kilometer entfernt war. Michael hatte das am frühen Abend erledigt. Sollten die Bullen von dem Telefonat zur Mittagszeit erfahren, würden sie über kurz oder lang hier auftauchen. Daher wäre es besser, wenn Michaels Auto in der Garage parkte und er so tun könnte, als sei außer ihm niemand im Haus.

Außerdem hatte das Ganze für ihn einen weiteren Vorteil. Gero war ihm nun völlig ausgeliefert. Er konnte nicht einfach in den Wagen steigen und verschwinden. Nach dem Versteckspiel des letzten Jahres genoss Michael die veränderte Ausgangslage.

»Bist du wach?«, erklang Geros flüsternde Stimme. Michael antwortete nicht.

21

Lukas Sommer übernahm die Aufgabe, den Verwaltungschef des Krankenhauses aufzusuchen. Er sollte ihn dazu überreden, der Soko Spielraum zu verschaffen.

Um Viertel nach acht saß er im Büro des dunkelhaarigen, beleibten Mannes, der ihn kritisch musterte. »Die Staatsanwaltschaft beantragt in diesem Moment einen Durchsuchungsbeschluss für Professor Rupperts Haus«, erklärte Sommer.

Der knapp 60-Jährige schüttelte den Kopf. »Ich verstehe das nicht. Wieso sollte Gero seine eigene Tochter entführen? Das passt nicht zu ihm.«

»Genau das versuchen wir herauszufinden. Vielleicht hat er gute Gründe.«

»Bestimmt!«, sprang der Verwaltungschef für seinen renommierten Mitarbeiter in die Bresche.

»Der Staatsanwalt verzichtet darauf, den Durchsuchungsbeschluss auf Professor Rupperts Büro auszudehnen«, fuhr Sommer fort. »Wir sind uns der sensiblen Patientenakten und Dokumente durchaus bewusst. Zudem wollen wir Ihrer Gesellschaft keine Schwierigkeiten bereiten.«

»Das ist sehr rücksichtsvoll von Ihnen.«

»Allerdings habe ich im Gegenzug für diese Rücksichtnahme eine Bitte.«

»Welche?«

»Ich möchte mich in seinem Büro umsehen. Mich interessieren hauptsächlich Dateien aus dem PC. Das wäre eine rein freiwillige Angelegenheit. Professor Ruppert ist verschwunden, wir können sein Einverständnis nicht einholen. Sie als Verwaltungschef der Krankenhausgesellschaft könnten mir die Erlaubnis erteilen.«

Der Mann verschränkte die Finger und ließ die Daumen umeinander kreisen. »Was erhoffen Sie sich davon?«

»Hinweise, wo Professor Ruppert steckt. Wir schließen nicht aus, dass er entführt oder zumindest zu diesem radikalen Schritt gezwungen wurde.«

»Sie verstehen, dass wir die Schweigepflicht über die Patienten sehr ernst nehmen?«

»Selbstverständlich.«

Der Mann griff zum Telefon und wählte eine vierstellige Nummer.

»Hallo, Herr Filipo. Fleischer hier. Kommen Sie bitte unverzüglich in mein Büro.« Er lauschte kurz. »Nein, ich habe kein Computerproblem, aber eine heikle Anfrage, die keinen Aufschub duldet.« Wieder hielt er inne. »Ich danke Ihnen.« Er legte den Hörer auf.

»Wen haben Sie kontaktiert?«, fragte Sommer.

»Martin Filipo. Er ist unser IT-Leiter. Ein kompetenter und verschwiegener Mitarbeiter. Unter seiner Aufsicht gestatte ich Ihnen den Zugriff. Seine Anwesenheit hat für Sie verschiedene Vorteile. Beispielsweise kann er helfen, falls Sie bei der Bedienung der Krankenhaussoftware Schwierigkeiten haben.«

»Das klingt gut.«

»Außerdem kann Herr Filipo Ihnen mit seinen Masterpasswörtern Zugang zu den meisten geschützten Dateien verschaffen.«

»Wunderbar!«

»Ich zähle auf Ihre Diskretion!«

***

Im Büro des Verwaltungschefs ließ Sommer hauptsächlich Fleischer reden und erklärte dem IT-Leiter nur grob, worum es ihm ging. Er ahnte, dass er Rupperts Sekretärin ebenfalls einweihen musste, um sich ihre Kooperation zu sichern. Deshalb hatte er Martin Filipo angekündigt, ihn in Rupperts Büro ausführlich zu informieren.

Die Sekretärin, die Magdalena Bosz hieß, arbeitete bei offener Tür. Sommer und Filipo traten ein und begrüßten sie, dann schloss der Hauptkommissar die Bürotür, damit weder Patienten noch Krankenhauspersonal Gesprächsfetzen aufschnappen und Gerüchte in die Welt setzen konnten.

»Alles, was ich Ihnen jetzt mitteile, muss mit absoluter Verschwiegenheit behandelt werden«, begann Sommer.

Die beiden nickten – Bosz deutlich zurückhaltender als Filipo.

»Was ist denn überhaupt los?«, fragte die Sekretärin.

»Professor Ruppert und seine Tochter Alina sind verschwunden.«

»Oh nein!«, stöhnte Bosz.

»Wir erhoffen uns im Lauf des Tages Hinweise auf ihren Aufenthaltsort, da wir Telefondaten und diverse Informationen auswerten. Leider können wir nicht ausschließen, dass Professor Ruppert etwas zugestoßen ist. Oder dass er sich dazu gezwungen sah, seine Tochter zu entführen.«

»Gezwungen?«, hakte Filipo nach.

»Vielleicht wird er erpresst oder bedroht. Aus diesem Grund habe ich Herrn Fleischer kontaktiert und um seine Kooperation gebeten. Er hat die Situation verstanden und mir folgerichtig die Erlaubnis erteilt, Professor Rupperts PC zu überprüfen.«

»Stimmt das?«, wunderte sich Magdalena Bosz. »Die ganzen sensiblen Patientendaten!«

»Ich war dabei«, bestätigte Filipo. »Herr Fleischer hat unmissverständlich sein Einverständnis erteilt.«

»Außerdem interessieren mich Patientenakten nur dann, falls sie in Zusammenhang zu der Mordserie stehen«, versprach Sommer. »Sollten solche Hinweise auftauchen, benötigen wir wahrscheinlich Ihre Hilfe.«

»Mir ist nicht wohl dabei«, bekannte die Sekretärin. »Ich hoffe bloß, Professor Ruppert ist nichts passiert. Ich kann mir keinen besseren Chef wünschen.«

»Das hoffen wir alle«, sagte Sommer. »Herr Filipo und ich machen uns jetzt an die Arbeit. Wir rufen Sie, sobald wir Ihr Wissen brauchen.«

Gemeinsam mit Filipo betrat er das Chefbüro und schloss auch hier die Tür. Der ITler setzte sich auf den Sessel und drückte den Startknopf des Computers.

»Was genau suchen wir eigentlich?«

»Anhaltspunkte, wohin es ihn verschlagen hat. Zum Beispiel die Buchung eines Hotelzimmers oder eines Ferienhauses. Zudem regelmäßigen Kontaktaustausch zu einer Person.«

»Haben Sie einen Namen für mich?«

»Leider nicht. Aber Sie finden sicher leicht heraus, ob er regen Mailkontakt zu einzelnen Personen hat, stimmt's?«

»Sicher«, antwortete Filipo.

»Ach ja, sein Terminkalender interessiert mich auch. Zumindest die letzten dreizehn Monate.«

»Ich werfe zuerst einen Blick in seine E-Mails, ehe wir den Kalender auseinandernehmen.«

***

Ohne den kleinen Radiowecker hätte Alina jegliches Zeitgefühl verloren. Bei geschlossener Tür verdunkelte der heruntergelassene Rollladen das Zimmer komplett. Sie hatte keine Möglichkeit, für natürliches Licht zu sorgen, denn der Gurt war durchtrennt. Also blieb ihr nur die Nachttischlampe.

Wie hatte sie sich in ihrem Vater so täuschen können? Er führte eine heimliche, homosexuelle Beziehung. Gewaltsam hatte er sie verschleppt und zeigte keinerlei Mitleid. Noch unheimlicher war dieser Michael. Wie er sie angestarrt hatte. Als wäre sie ein Stück Vieh, das er zur Schlachtbank führen würde.

Gestern hatte sie getobt und Lärm gemacht, bis sie erschöpft in einen unruhigen Schlaf gefallen war. Ihr Vater hatte sie am Nachmittag und am Abend zur Toilette geführt, die direkt neben dem Kerkerzimmer lag. Danach hatte er sie rücksichtslos zurück in ihr Gefängnis gesperrt. Nun war es halb neun morgens. Noch konnte sie den Drang kontrollieren, die Blase zu entleeren. Leise schlug sie die Decke beiseite. Im Zimmer stand außer dem Bett, einem Tisch und einem Nachttisch nur noch ein Kleiderschrank. Ob sich darin etwas befand, das sie zur Flucht nutzen konnte? Sie würde nicht davor zurückschrecken, ihren Vater zu bedrohen.

Sie nahm die Lampe von Nachttisch und leuchtete damit unters Bett. Leider hatte dieser Michael nichts darunter verstaut.

Alina stellte die Lampe zurück, ging zum Schrank und öffnete die Doppeltür. Das matte Licht der Glühbirne reichte nicht aus, um die Schrankfächer zu erhellen. Sie musste die Lampe herholen, doch dazu war das Kabel zu kurz. Sie schaute sich um und entdeckte neben dem Kleiderschrank eine Steckdose. Alina zählte die Schritte zwischen Bett und Wand ab. Im Dunkeln würde sie die Orientierung verlieren – das passierte ihr sogar zu Hause im eigenen Zimmer. Als sie sicher war, den Weg zur Steckdose auch im Finsteren zu finden, ohne sich wehzutun, stöpselte sie die Nachttischlampe aus. Sofort zerrte die Dunkelheit an ihren Nerven.

»Beruhige dich«, flüsterte sie. »Fünf normale Schritte, dann bist du an der Wand.«

***

Sommer hatte versucht, sich nicht zu viel Hoffnung zu machen. Trotzdem enttäuschte ihn das Ergebnis. Verdächtigen E-Mail-Verkehr hatte Filipo ebenso wenig gefunden wie Notizen, welche die Soko weitergebracht hätten.

Einzig der Blick in Rupperts Terminkalender war interessant. An den Alibis für die vier Entführungen gab es keinen Zweifel. Es waren offizielle Termine gewesen, teilweise viele Wochen zuvor eingetragen. Nach jeder der vier Entführungen wies Rupperts Kalender allerdings zahlreiche Lücken auf.

Sprach das für die Partnertheorie? Arbeitete der Psychologe mit jemandem zusammen, der die Mädchen verschleppte? Vergingen sie sich beide in den Tagen danach an den Opfern?

»Haben Sie noch eine andere Idee, wo wir suchen können?«, fragte Sommer.

Filipo schüttelte nachdenklich den Kopf. Er hatte sich sogar heimlich Zugang zum Computer der Sekretärin verschafft.

»Mist! Aber es war den Versuch wert. Ich danke Ihnen.«

»Gern geschehen«, antwortete Filipo. »Sie finden mich in meinem Büro, falls Ihnen noch etwas einfällt. Vierte Etage, Zimmer vierhundertsiebzehn.«

Sommer wartete, bis der IT-Leiter das Chefbüro verlassen hatte. Dann wählte er Drostens Nummer, um ihn über die dünnen Neuigkeiten zu informieren. Außerdem interessierte es ihn, ob sie in Rupperts Haus besser vorankamen.

***

Alina atmete erleichtert durch, als das Licht wieder brannte. In der Dunkelheit hatte sie sich nie wohl gefühlt. Sie erinnerte sich an die Diskussionen mit ihrer Mutter über die Abschaffung des Nachtlichts. Damals war sie schon sieben oder acht Jahre alt gewesen. Trotzdem hatte sie sich vehement dagegen gewehrt.

Sie verdrängte den Gedanken. Dort, wo die Lampe jetzt stand, könnte sie vorläufig stehen bleiben. Alina betrachtete die rechte Schrankhälfte. Darin lagerten Winterkleidungsstücke, dicke Pullover, eine Schneehose, Schals, Handschuhe und Mützen. Weil sie nur einen Meter zweiundsechzig groß war, konnte sie keinen Blick in das oberste Fach erhaschen.

In der linken Hälfte entdeckte sie ebenfalls nichts, was ihr geholfen hätte, sich zur Wehr zu setzen. Lediglich Winterbettdecken, eine geschlossene Sporttasche und Hallensportschuhe.

Vielleicht hatte sie ja Glück. Ob der Kerl einen Squashschläger oder etwas Ähnliches in der Tasche hatte? Alina zog sie heraus und öffnete den Reißverschluss.

»Oh nein. Scheiße ...«

Angst drohte sie zu überwältigen. Alina griff nach dem Kleidungsstück, das obenauf lag. Ein pinkfarbenes Mädchenoberteil. Sie breitete es aus. Ihr wäre es zu groß, offenbar war es in XL geschnitten. Alina roch daran. Der Parfümduft war unverkennbar.

Im Inneren der Tasche befanden sich noch mehr Kleidungsstücke. Ein Rock, Damenunterwäsche, Kniestrümpfe der Größe neununddreißig bis zweiundvierzig. Dann bemerkte sie auf einem zweiten Pullover einen weißen Fleck. Angeekelt ließ sie das Kleidungsstück fallen.

Wusste ihr Vater davon? Arbeiteten die beiden zusammen? Hatten sie die Mädchen entführt und befürchteten, Alina hätte sie enttarnt?

Je länger sie darüber nachdachte, desto unwahrscheinlicher erschien ihr das. Ihr Vater hatte ihr die Drohbriefe gezeigt. War er einem Serienmörder auf den Leim gegangen, der sich hinter einer homosexuellen Fassade versteckt hielt?

Sie musste mit ihm sprechen. Allein. Hastig räumte sie die Sachen in die Sporttasche zurück. Dieser Michael durfte nicht sehen, was sie entdeckt hatte.

22

Filipo hatte die Bürotür entgegen seiner Gewohnheit abgeschlossen. Normalerweise machte er das nur, wenn er sich während der Arbeitszeit aus Langeweile Pornos ansah. Dank seiner Zugriffsrechte auf das Netzwerk konnte er solche Arbeitszeitaktivitäten wunderbar verschleiern. Heute jedoch hatte er die Tür aus einem anderen Grund versperrt. Nachdenklich starrte er ins Leere. Gero Ruppert war mit seiner Tochter abgehauen. Die Polizei suchte ihn und hatte für das Haus des Psychologen einen Durchsuchungsbeschluss erwirkt.

Filipo hatte so getan, als würde er den Hauptkommissar bedingungslos unterstützen. Aber der Mann hatte ihm zu blind vertraut und deswegen ein paar relevante Details nicht registriert.

Zum Beispiel die Tatsache, dass Ruppert von außerhalb auf seine dienstlichen E-Mails zugegriffen hatte.

Das letzte Mal vor einer halben Stunde. Offenbar erwartete er wichtige Nachrichten.

Filipo war der Polizei nicht zur Loyalität verpflichtet. Warum hätte er dem Hauptkommissar über Gebühr helfen sollen? Nachdem ihm Rupperts Mailabruf aufgefallen war, hatte er beschlossen, ihn heimlich zu kontaktieren.

Er öffnete sein E-Mail-Programm und gab Rupperts Mailadresse ein. Falls Magdalena den Account ihres Chefs im Blick behielt, würde sie diese Mail trotzdem nicht zu Gesicht bekommen. Der Server des Krankenhauses bot eine spezielle Dienstleistung. Man konnte Nachrichten so klassifizieren, dass sie ausschließlich der Empfänger abrufen konnte. In diesem Fall bekamen selbst die Sekretärinnen die Mails nicht angezeigt; lediglich derjenige, der sie nach Eingabe seines Passwortes öffnete. Die Chefs waren angewiesen, die Zugangsdaten nicht ihren Assistentinnen zur Verfügung zu stellen. Begründet wurde die zusätzliche Datenschutzmaßnahme damit, dass Ärzte manchmal hochsensible Akten oder Diagnosen austauschten. Ob Ruppert sich an die Dienstvorschrift gehalten hatte?

Hallo, Professor Ruppert,

ich muss Sie über einen unerhörten Vorfall in Kenntnis setzen. Ein Hauptkommissar war heute im Krankenhaus und hat sich Zugang zu Ihrem Arbeits-PC verschafft. Herr Fleischer hat die behördliche Maß-

nahme leider unterstützt und mich hinzugezogen. Deswegen bin ich im Bilde.

Grundsätzlich halte ich ein solches Vorgehen aus Datenschutzgründen ohne richterliche Genehmigung für absolut falsch. Herr Fleischer hätte sich zwar weigern können, aber wie hätte das gewirkt? Daher kann ich seine Zustimmung verstehen und mache ihm keinen Vorwurf.

Ich habe Hauptkommissar Sommer das Notwendigste gezeigt, unter anderem Ihren Terminkalender und Ihre E-Mails. Dabei ist mir aufgefallen, wann Sie Ihre Nachrichten das letzte Mal abgerufen haben. Seien Sie unbesorgt, dem Polizisten habe ich das nicht verraten. Ich finde, es geht ihn nichts an. Nur deshalb schreibe ich Sie jetzt überhaupt an, denn ich hoffe, Sie lesen das hier bald. Nachdem der Polizist verschwunden war, habe ich mir den Raum angesehen, in dem Sie die Selbsthilfegruppe leiten. Sie werden es nicht glauben, aber unter einem der Tische war eine Wanze angebracht, die Daten an eine IP-Adresse funkt.

Haben Sie dafür eine Erklärung? Soll ich das der Soko melden?

Ich bitte um Ihre Einschätzung. Ohne Rücksprache mit Ihnen unternehme ich nichts.

Mit freundlichen Grüßen
Martin Filipo

***

Die beiden Männer saßen am Küchentisch und tranken bereits ihren dritten Kaffee. Die Nervosität zwischen ihnen war greifbar. Alinas Verhalten nach dem Aufstehen würde das weitere Vorgehen bestimmen. Falls sie sich zugänglich zeigte, könnten sie vielleicht sogar zu dritt die nächsten Schritte planen.

»Ist es nicht seltsam, dass sich Alina gar nicht regt?«, fragte Michael.

Gero schaute auf die Armbanduhr. Mittlerweile war es zwanzig vor zehn. »Ihre Mutter erzählt immer wieder, dass Alina in den Ferien gern mal bis zum Mittag schläft.«

»Muss sie nicht aufs Klo?«

»In dem Alter gibt es wohl noch keine Blasenschwäche.«

Michael schob den Stuhl zurück und erhob sich. »Ich trinke keinen Kaffee mehr, sonst pinkle *ich* die nächsten Stunden ununterbrochen. Ich geh mich mal eben rasieren und duschen.«

»Viel Spaß!«

Michael ging in die Küche. Ruppert wandte sich dem Laptop zu. Er hatte Minuten zuvor eine als dringlich und vertraulich eingestufte E-Mail erhalten. Er gab sein Passwort ein und las die Nachricht. Beiläufig bekam er mit, wie sein Partner ins Badezimmer schlurfte.

»Scheiße«, flüsterte er, nachdem er den Inhalt das zweite Mal gelesen hatte. Eilig verfasste er eine Antwort.

Guten Tag, Herr Filipo,

das sind erschreckende Neuigkeiten. Das Vorgehen der Polizei wundert mich nicht. Obwohl es juristisch heikel ist. Ich danke Ihnen für Ihre Unterstützung.

Ihr Fund im Besprechungsraum schockiert mich. Eine Wanze unter dem Tisch, die eine IP-Adresse anfunkt? Können Sie mir das näher erklären? Oder vielleicht sogar herausfinden, wo dieses Signal aufgefangen wird (ich hoffe, das ist die richtige Bezeichnung)?

Mit freundlichen Grüßen
Gero Ruppert

Ungeduldig wartete Ruppert auf eine Antwort. Die E-Mail hatte seine schlimmsten Befürchtungen geweckt. Umso besser war die Entscheidung gewesen, gestern Abend die Flucht zu ergreifen.

Glücklicherweise benötigte Filipo nicht lang.

Die Wanze scheint sich ab einem bestimmten Schallpegel zu aktivieren. Sie zeichnet also immer dann auf, wenn in dem Raum Gespräche stattfinden. Oder ungewöhnliche Geräusche ertönen. Sobald sie aufzeichnet, sendet sie einen Live-Stream (Sie wissen, was das ist?). Die Aufzeichnung geht an die in der Wanze hinterlegte IP.

Wer hat Zugriff auf das Besprechungszimmer? Bloß Krankenhausmitarbeiter? Oder könnte es sein, dass ein Patient sie an die Tischunterseite geklebt hat?

»Oh Gott!«, stöhnte Ruppert.

Das ist möglich. In meiner Gruppe stelle ich Getränke auf die Tische. Manchmal Süßigkeiten. Ein Teilnehmer, der sich Wasser einschüttet, könnte die Gelegenheit nutzen.

Er schickte die Nachricht ab. Nervös betrat er die Küche. Im Gegensatz zu seinem Freund brauchte er mehr Koffein. Eine halbe Tasse war noch in der Kanne übriggeblieben.

Als er wieder am Tisch saß, hatte er die nächste Mail erhalten. Der Inhalt überraschte ihn.

Haben Sie auch privaten Besuch im Besprechungsraum empfangen?

Ruppert dachte darüber nach. Vor einem Dreivierteljahr war Michael völlig überraschend nach einer Therapiestunde dort aufgekreuzt. Damals hatte er stark unter dem Versteckspiel gelitten. Doch Ruppert hatte es geschafft, ihn zu überzeugen, dass er das nie wieder tun dürfte.

Ein guter Freund hat mich einmal abgeholt, als mein Wagen in der Werkstatt war.

Das war zwar eine Lüge, klang aber nachvollziehbar. Aus dem Badezimmer drang unterdessen immer wieder kurzes Wasserrauschen. Michael gehörte zu den

Menschen, die sich nass rasierten und dabei das Wasser nicht permanent laufen ließen.

Sind Sie jetzt bei diesem Freund?

Fassungslos starrte Ruppert auf den Bildschirm. Was hatte die Nachfrage zu bedeuten? Er ahnte Schreckliches.

Ja. Weshalb fragen Sie? Hat das etwas mit der IP-Adresse zu tun?

»Ich muss mich einfach irren«, flüsterte Ruppert. Krampfhaft versuchte er sich daran zu erinnern, ob Michael an einem der Tische gestanden hatte. Doch er entsann sich nur noch verschwommen an den Tag.

Es ist die gleiche IP-Adresse. Ich fürchte, Sie schweben in Lebensgefahr!

Da sich die Leitungsgeräusche verändert hatten, wusste Ruppert, dass Michael inzwischen unter der Dusche stand. Was bei ihm oft eine Viertelstunde dauerte.

War das möglich? Zeichnete Michael heimlich die Sitzungen auf?

Falls das stimmte, würde es nur eine logische Schlussfolgerung geben.

Filipo schickte eine weitere Nachricht hinterher.

Wo sind Sie? Ich könnte Sie abholen. Ist Ihre Tochter bei Ihnen, wie es die Polizei behauptet?

Mit zittrigen Fingern tippte Ruppert die Adresse ein und bestätigte Alinas Anwesenheit. Filipos Antwort ließ nicht lange auf sich warten.

Ich bin in ungefähr einer halben Stunde bei Ihnen.

23

Gero Ruppert bedankte sich und klappte den Laptop zu, ohne das System herunterzufahren. Noch immer rauschte die Wasserleitung. Er musste sich schnell entscheiden.

War Michael in die Sache verwickelt? Hatte er eine Mordserie inszeniert, um sich zu rächen?

Aber wofür? War Michael der Autofahrer, der vor dreiundzwanzig Jahren seine Freundin bei einem Verkehrsunfall verloren hatte? Sie hatten gelegentlich über ihre früheren Beziehungen und sexuellen Vorlieben gesprochen. Angeblich hatte Michael keine einzige heterosexuelle Erfahrung gemacht.

Aus der eigenen Vergangenheit wusste Ruppert jedoch, wie oft man diesbezüglich log. Keine seiner Frauen hatte je von den Männergeschichten gehört.

Hatte Michael vielleicht andere Gründe? Rächte er sich dafür, dass Ruppert die Beziehung geheim hielt? Doch irgendwie erschien das keinen Sinn zu ergeben, denn Ruppert war überzeugt, dass sein Erpresser etwas mit dem Unfall zu tun hatte.

Trotzdem musste er die Infos berücksichtigen, die ihm Filipo gegeben hatte. Wie gut, dass er in den letzten Jahren ein höfliches Verhältnis zu dem IT-Leiter gepflegt hatte. Im Gegensatz zu einigen anderen Ärzten, die rasch aus der Haut fuhren, wenn ihr Computersystem nicht stabil lief.

Zögerlich stand Ruppert auf. Der Polizei nicht zu vertrauen war ein Fehler gewesen. Den würde er jetzt korrigieren. Allerdings nicht, indem er hier im Haus verharrte und den Notruf wählte. Zunächst wollte er Alina in Sicherheit bringen.

Obwohl Michael ihn unter der Dusche nicht hören konnte, schlich sich Ruppert leise in die Diele. Zu seiner Erleichterung steckte der Schlüssel im Schloss.

Sanft klopfte er an die Gästezimmertür.

»Schatz, ich komme jetzt rein zu dir. Du musst leise sein, das ist wichtig.«

Verstand sie ihn überhaupt? Er traute sich nicht, lauter zu sprechen. Dass sie nicht reagierte, beunruhigte ihn. Ruppert drehte den Schlüssel herum und öffnete vorsichtig die Tür. Seine Tochter saß auf dem Bett und wirkte aufgelöst. Sie hatte eindeutig geweint.

»Schatz?«

Er betrat den Raum und zog den Zimmerschlüssel ab, damit Michael keine Chance hatte, sie hinterrücks einzusperren.

Alina schaute ihn mit verquollenen Augen an. Erst jetzt bemerkte Ruppert, dass die einzige Lampe nicht mehr am Bett eingestöpselt war, sondern neben dem Schrank stand.

»Bist du ein Mörder, Papa?«, fragte sie kaum vernehmbar.

»Was?«

»Sag die Wahrheit! Bitte!«

»Wie kommst du auf so eine abstruse Idee?«

Sie sah an ihm vorbei zum Schrank. Mit ungutem Gefühl folgte er ihrem Blick. Sein Herz raste. Vertraute er seit über einem Jahr der falschen Person?

»Da drin ist eine Tasche. Links unten.«

Ruppert schluckte schwer und trat an den Schrank. Er zog die doppelflügelige Tür auf und entdeckte die besagte Sporttasche sofort. »Was ist da drin?«

»Guck rein!«

Ruppert holte die Tasche heraus und öffnete mit zittrigen Fingern den Reißverschluss. »Oh nein!«, entfuhr es ihm stöhnend.

»Das sind Mädchensachen. Auf einem ist ein ... weißer Fleck.«

»Scheiße!« Er entnahm dem großen Fach einige Kleidungsstücke. Seine Tochter hatte recht. Angewidert warf er die Sachen zu Boden. »Wir müssen verschwinden!«, flüsterte er und drehte sich zu ihr um.

»Du hast damit nichts zu tun?«, vergewisserte sich Alina.

»Ich schwöre es! Oh Gott, ich habe dich in Gefahr gebracht. Es tut mir leid! Ich bin so dumm gewesen. Aber ich bringe das in Ordnung.«

»Wo ist dein Handy? Wir müssen die Polizei rufen.«

»Ich habe es nicht mitgenommen. Es liegt irgendwo kaputt am Straßenrand.«

»Dann musst du dir ein Telefon von ihm schnappen. Schnell!«

»Nein. Wir machen das anders. Ich hatte eben Kontakt zu einem Arbeitskollegen. Der holt uns hier ab. Schon in ungefähr zwanzig Minuten. Wir lassen uns von ihm zur Polizei fahren.«

»Hast du das gewusst?« Sie deutete zur Tasche.

Ruppert schüttelte den Kopf. »Ich habe vorhin andere Informationen erhalten, die mich beunruhigt haben. Das hier ist das I-Tüpfelchen.«

»Welche Informationen?«

»Erzähle ich dir später. Zieh deine Schuhe an. Wir hauen ab, solange Michael duscht. Anschließend föhnt er sich immer die Haare. Er bekommt unser Verschwinden gar nicht mit.« Ruppert lauschte. Die Geräusche im Haus hatten sich nicht verändert.

Seine Tochter griff zu den Sportschuhen neben dem Bett, schlüpfte hinein und band sich die Schnürsenkel zu.

»Was wird das?«, fragte plötzlich eine wütende Stimme.

Vor Schreck zuckte Ruppert zusammen. Alina schrie panisch auf.

Wie konnte das sein? Wieso stand Michael im Flur, obwohl noch das Wasser durch die Leitungen rauschte? Er war komplett bekleidet. Hatte er sie in die Irre geführt?

»Warum bist du nicht mehr unter der Dusche?«, fragte Ruppert.

»Weil ich fertig bin.«

»Das Wasser läuft.«

»Ich lasse deiner Tochter ein Bad ein. Ein Friedensangebot.«

»Um mich nackt zu sehen?«, brüllte sie zornig.

»Spinnst du?«

»Erklär mir das!« Ruppert zeigte auf die Kleidungsstücke, die Michael bislang nicht bemerkt hatte. Er trat einen Schritt vor. »Oh.«

»Hast du die Mädchen umgebracht? Rächst du dich an mir? Wofür? Warst du der Fahrer?«

Verständnislos sah Michael ihn an. »Wovon redest du?«

»Weshalb tötest du die Mädchen? Wieso hast du mich hineingezogen?«

»Du bist verrückt!«

»Antworte mir!« Inzwischen schrie Ruppert ebenfalls.

Verschämt blickte Michael zu Boden. »Ich kaufe die Sachen im Internet.«

Ruppert schnaubte ungläubig. »Das ist Schwachsinn!«

»Nein. Das ist mein geheimer Fetisch. Über den ich nicht spreche. So wie du der Welt deine Bisexualität verschweigst.«

»Ich glaube dir kein Wort.«

»Mir egal.« Er trat über die Türschwelle. »Du schämst dich für deine homosexuellen Vorlieben. Ich habe mir als Jugendlicher gewünscht, ich könnte Frauen lieben. Du weißt, wie es in den Neunzigern war. Diese Angst vor AIDS. Jeder Schwule war stigmatisiert. Ich habe heimlich Sachen aus dem Kleiderschrank meiner Schwester genommen, sie auf meinem Bett ausgebreitet. Sie gestreichelt. Mich dabei befriedigt. Es hat mich erregt. Irgendwann habe ich begonnen, sie zu tragen.«

»Du bist keine Tunte!«, widersprach Ruppert.

Michael schaute ihn verletzt an. »Ein solch abfälliger Begriff aus dem Munde eines angesehenen Therapeuten? Das ist schäbig!«

»Wortklauberei«, entgegnete Ruppert.

»Jede deiner früheren Frauen würde zu dir sagen: ›Du bist keine Schwuchtel‹. Inklusive deiner Tochter. Manchmal behält man Sehnsüchte für sich.«

»Was machst du damit?«, fragte Ruppert.

»Auf einem Pullover ist Sperma!«, mischte sich Alina ein.

»Ich ziehe sie an, lege mich hin und befriedige mich.«

»Das kann nicht sein!«, meinte Alina. »Die Sachen hat vorher jemand getragen. Sie riechen nach Parfüm.«

Ruppert griff zu einem Pullover und roch daran. »Alina hat recht!«

»Ich habe nicht behauptet, sie neu zu erwerben. Es gibt junge Frauen, die so etwas gebraucht verkaufen. Dadurch ein bisschen Geld nebenher verdienen.«

»Das sollen wir dir abnehmen?«

»Es ist die Wahrheit!« Wieder trat er einen Schritt vor. »Guck dir die Größen an. XL. Das passt mir. Nicht dem normal gewachsenen weiblichen Teenager. Waren die getöteten Mädchen nicht schlank und zierlich?«

»Papa!«, rief Alina warnend. »Der plant etwas!«

»Gib mir den zurück!« Michael streckte die Hand nach dem Pullover aus.

Ruppert interpretierte die Geste als Angriffsversuch und stieß ihm beide Hände vor die Brust.

Überrascht stöhnte Michael auf und rang um sein Gleichgewicht. Er unternahm einen Ausgleichsschritt nach hinten, trat auf die am Boden stehende Lampe, knickte um und stürzte zur Seite. Mit der Schläfe knallte er voller Wucht gegen die Schrankwand. Ihm entfuhr ein Schmerzenslaut, dann blieb er reglos liegen.

»Scheiße!«, fluchte Ruppert.

»Das könnte ein Trick sein«, sagte Alina. »Lass uns verschwinden.« Sie trat zu ihm und umklammerte seine Hand. »Ich hab Angst.«

Zwei Gefühle rangen in Rupperts Innerem miteinander. Er hatte ebenfalls Angst vor einem perfiden

Trick. Andererseits lag dort sein Lebensgefährte. Möglicherweise schwer verletzt.

»Bitte!«, drängte Alina.

Ihre Stimme gab den Ausschlag. Mit möglichst viel Abstand gingen sie an ihm vorbei. Ruppert behielt Michaels Füße im Blick, um reagieren zu können, falls der nach ihnen trat. Aber nichts passierte.

Vom Flur aus rannten sie gleich ins Freie und warfen die Haustür hinter sich zu.

24

Der Netzbetreiber hatte der Soko die angeforderten Daten zur Verfügung gestellt. Robert Drosten schaute auf die Nummer, die Gero Ruppert gestern angerufen hatte. Der Professor rief den Anschluss regelmäßig an – zu den unterschiedlichsten Zeiten. Frühmorgens, zur Mittagspause, spätabends. Anschlussinhaber war ein gewisser Michael Thies. Ein Name, der in den Ermittlungen bislang keine Rolle gespielt hatte.

Drosten dachte an das Gespräch mit Fabian Schüler. Die Zeitpunkte der Telefonate und ihre Länge von oftmals über einer Stunde ergaben ein Muster.

Offiziell war Gero Ruppert Single. Zumindest hatte er das immer behauptet. Stimmte das? Oder führte der Professor eine Beziehung, die er geheim hielt?

Die Hausdurchsuchung hatte auf den ersten Blick nicht viel Neues ergeben. Relevant erschien der Soko die fehlende Kleidung aus dem Schrank. Zahlreiche Bügel hatten leer darin gehangen. Entweder war der

Psychologe kein Mann, der Wert auf eine abwechslungsreiche Garderobe legte, oder er hatte einen Teil davon eingepackt und mitgenommen. Die Entführungstheorie war in den Hintergrund getreten. Die Polizisten vermuteten, dass er freiwillig geflohen war.

Zu diesem Thies?

Sie hatten den Namen und die zugehörige Adresse mit einer einfachen, sogenannten inversen Suchanfrage ermittelt. Drosten gab die Anschrift in Google Maps ein und verglich sie mit dem Standort der Basisstation, in die sich Rupperts Handy zuletzt eingebucht hatte. Die Adresse passte.

»Lukas, lass uns diesem Thies einen Besuch abstatten«, schlug er vor.

Sommer schaute von den Unterlagen auf, in die er sich vertieft hatte. Dann warf er einen Blick zur Uhr. »Du willst das nicht telefonisch klären?«

»Falls der Mann lügt, soll er mir dabei in die Augen schauen.«

***

Auf der Straße blickte Gero Ruppert hektisch in beide Richtungen. Nirgends eine Spur von Filipo.

»Wo bleibt der bloß?«

»Ich denke, wir werden abgeholt!«, schrie Alina.

»Es kann nicht mehr lange dauern.«

»Bist du sicher, Papa?«

Ruppert zuckte lediglich die Achseln. »Hier kann uns nichts passieren. Selbst wenn Michael wieder zu sich kommt. In aller Öffentlichkeit greift er uns bestimmt nicht an.«

»Woher willst du das wissen?«

»Ich kenne ...« Er hielt mitten im Satz inne. »Habe ich zumindest geglaubt.«

»Lass uns an einem Nachbarhaus klingeln. Von dort die Polizei rufen.«

Ruppert sah zu dem gegenüberliegenden Haus. Darin wohnte ein altes Ehepaar. Manchmal hatten sie in ihrem Vorgarten gearbeitet, wenn er abends zu Michael gekommen war. Statt ihn zu grüßen, hatten sie ihn eher abfällig gemustert, falls er ihre Reaktionen nicht falsch bewertet hatte. Er glaubte, hinter der Küchengardine eine Bewegung auszumachen. Beobachtete ihn die Frau?

»Papa! Gehen wir rüber!«

»Ich weiß nicht! Vielleicht helfen sie uns nicht!«

»Das erfahren wir, indem wir klingeln. Schließlich wollen wir nur telefonieren.«

»Alina, das ist keine ...«

»Doch! Ist es! Dann mache ich das allein!«

Sie rannte los. In diesem Moment bemerkte Ruppert einen sich nähernden Wagen, an dem das Fernlicht aufleuchtete.

War das Filipo?

»Alina!«, rief er laut. »Mein Arbeitskollege! Komm zurück!«

***

Gerlinde Spellhaus blickte durch die Gardine nach draußen, während sie Eier, Hackfleisch und Zwiebeln fürs Mittagessen vermengte. Johann verlangte pünktlich um zwölf seine warme Mahlzeit. Der Auflauf, den sie heute ausgesucht hatte, nahm Vorbereitungszeit in Anspruch, weswegen sie so früh an der Arbeitsplatte stand.

Aus dem Haus des seltsamen Nachbarn stürmten plötzlich zwei Personen. Ein Mann, dem sie seit über einem Jahr immer wieder begegnete, und eine junge Frau. Wieso wirkten die so panisch? Oder täuschte das? Immerhin lagen die Häuser fünfzig Meter auseinander, und ihre Augen waren trotz Brille nicht so gut wie früher, als sie noch Bogenschützin gewesen war und bei Meisterschaften mitgeschossen hatte.

Gerlinde hielt inne, trat zur Spüle und hielt die Hände unter fließendes Wasser. Ihre Neugier siegte. Sie wollte wissen, was da geschah. Rasch trocknete sie die Hände ab und schob die Gardine ein Stück zur Seite, um besser sehen zu können.

Der Mann blickte sich hektisch um, als suche er jemanden. Das Mädchen redete auf ihn ein.

Wer war sie?

Gerlinde und ihr Johann zweifelten nicht daran, was hinter der verschlossenen Tür des Nachbarn vor sich ging. Sie hatten dort nie eine Frau gesehen. Obwohl es ein so schönes Haus war, das Platz genug für eine ganze Familie bot. Doch Gerlinde gehörte im Gegensatz zu ihrem Ehemann nicht zu den Menschen, die das verurteilte. Sie stammte gebürtig aus dem

Rheinland und mochte den Spruch, dass jeder Jeck anders sei. Mit Johann darüber zu diskutieren war sinnlos, weshalb sie ihm halbherzig zustimmte, sobald er über die kranken Angewohnheiten des Nachbarn lästerte.

Das Mädchen rannte über die Straße. Wollte sie zu ihnen? Dann rief der Mann ihr etwas zu, woraufhin sie sich umdrehte und zu ihm zurückkehrte.

***

Der Wagen bremste ein paar Meter entfernt. Am Steuer saß tatsächlich Filipo. Erleichtert schnaufte Ruppert durch.

Der IT-Leiter stellte den Motor ab und öffnete die Fahrertür.

»Herr Filipo, ich danke Ihnen vielmals. Alina, komm zu mir.«

»Hi«, begrüßte der Krankenhausmitarbeiter die beiden. »Er hat euch gehen lassen?«

»Eine verzwickte Geschichte«, murmelte Ruppert.

»Wir sollten bei den Nachbarn klingeln«, beharrte Alina nach wie vor.

»Wieso? Ich bin doch jetzt hier. Bis die Polizei einen Streifenwagen schickt, habe ich euch längst zur nächsten Wache gebracht. Außerdem kann ich den Polizisten erklären, was geschehen ist. Ich habe meinen Laptop im Kofferraum. Damit beweise ich alles.«

»Hörst du, Alina. Steig bitte ein!«

Das Mädchen zögerte.

Filipo wirkte überrascht. »Mir ist es egal. Ich kann auch wieder fahren. Du bist fast erwachsen. Entscheide selbst.« Er löste den Sicherheitsgurt und stieg aus.

»Alina!«, entfuhr es Ruppert schärfer als beabsichtigt. »Je länger du herumstehst, desto später sind wir in Sicherheit.«

Sie näherte sich dem Wagen.

»Wollen Sie beide hinten sitzen?«, fragte Filipo.

»Das wäre nicht schlecht«, antwortete Ruppert.

»Kein Problem. Allerdings muss ich Ihnen dann helfen. Manchmal klemmt die hintere Tür.«

Der ITler trat um das Auto herum, öffnete die Beifahrertür und streckte die Hand hinein. »Die Kindersicherung ist defekt. Aber die Reparatur ist mir zu teuer.«

Es klickte, und die Hintertür sprang auf.

»Klettern Sie hinein!«

»Geh du zuerst, mein Schatz«, bat Ruppert seine Tochter.

Er sah ihr dabei zu, wie sie zögerlich einen Fuß in das Fahrzeug setzte. Filipo lächelte ihm aufmunternd zu. Seine rechte Hand hatte er in die Jackentasche gesteckt. »Da haben Sie sich ja ganz schön was eingebrockt.«

Alina rutschte auf der Rückbank durch, damit ihr Vater Platz zum Einsteigen hatte.

»Ich bin froh, wenn dieser Albtraum vorbei ist.«

»Bald kommt das böse Erwachen«, entgegnete Filipo. Jede Wärme war aus seiner Stimme gewichen. Irritiert schaute Ruppert ihm in die Augen.

Der Mann warf die Autotür zu und zog die Hand aus der Tasche. Ruppert erkannte noch, dass er eine kleine Sprühdose hielt, dann traf ihn eine beißende Flüssigkeit ins Gesicht. Unter Schmerzensschreien wandte er sich ab.

Filipo stieß ihn grob zu Boden und beugte sich über ihn. »Du hättest das alles verhindern können.«

Etwas bohrte sich in Rupperts Hals. Es knisterte. Sengender Schmerz raubte ihm das Bewusstsein.

***

Fassungslos verfolgte Alina, was geschah. Sie versuchte, die linke Tür aufzustoßen, doch offenbar war die Kindersicherung aktiviert. Dann stieg der Mann in den Wagen ein.

»Wir werden viel Spaß haben«, zischte er.

»Hilfe!«, schrie sie.

Er sprühte ihr eine Salve Pfefferspray ins Gesicht.

***

»Johann!«, rief Gerlinde entsetzt. »Johann!«

Was passierte bloß auf der anderen Straßenseite? Warum hatte der hinzugekommene Autofahrer den Mann angegriffen?

»Was willst du?«, fragte Johann, der die Küche betrat.

»Du musst die Polizei rufen.«

»Wirst du hysterisch?«

»Sofort!« Sie schob die Gardine beiseite, damit ihr Ehemann mitbekam, wie das Auto davonraste. »Merk dir das Kennzeichen!«

»Weib, wovon redest du?«

25

Drosten und Sommer waren laut Navi weniger als einen Kilometer von der Zieladresse entfernt, als im Rückspiegel ein mit Blaulicht fahrender Streifenwagen auftauchte. Das Martinshorn schwoll an. Drosten fuhr ein Stück weiter nach rechts und bremste ab.

»Wohin die wohl unterwegs sind?«, fragte Sommer.

Offenbar beschäftigte ihn derselbe Gedanke wie Drosten. Er erhöhte die Geschwindigkeit und folgte dem Polizeiauto.

»Scheiße«, fluchte er einige hundert Meter später.

Ihnen präsentierte sich ein chaotisches Bild. Die Streifenwagenbesatzung kümmerte sich um einen am Boden liegenden Mann. Ihr Wagen blockierte die Straße. Ein altes Ehepaar näherte sich Arm in Arm langsam den Polizisten.

Drosten hielt an.

»Ist das Ruppert?«, fragte Sommer.

Einer der Schutzpolizisten schaute zu ihnen herüber und schüttelte den Kopf. Offenbar hielt er sie für Gaffer.

Sommer zückte seinen Dienstausweis. »BKA«, rief er. Das war leichter, als die Bezeichnung der neuen Behörde zu nennen. »Was ist passiert?«

Sie traten näher.

»Das ist Ruppert!«, entfuhr es Drosten.

»Sie kennen den Mann?«, wunderte sich der Polizist.

»Er spielt in unserer Ermittlung eine tragende Rolle. Haben Sie Einzelheiten für uns?«

»In der Notrufzentrale ist ein Anruf eingegangen. Ich vermute von den Herrschaften, die sich uns gerade nähern. Wir brauchen einen Krankenwagen. Aufgrund der Rötung im Gesicht und der auffälligen Stelle am Hals schätze ich, dass der Mann erst mit Pfefferspray und dann durch einen Stromschlag mit einer Taser-Waffe außer Gefecht gesetzt wurde.«

»Wie ist sein Puls?«, fragte Sommer.

»Schwach.«

Drosten wandte sich dem Ehepaar zu. »Haben Sie den Notruf gewählt?«

»Das war Johann«, antwortete die Frau. »Aber ich habe alles vom Küchenfenster aus verfolgt.« Sie drehte sich um und deutete auf das entsprechende Fenster. »Das war schrecklich.«

»Erzählen Sie mir alles!«, bat Drosten.

***

Der Krankenwagen war angefordert und Ruppert noch besinnungslos, als Drosten und Sommer bei Michael Thies klingelten.

Schon nach wenigen Sekunden öffnete ihnen ein gehetzt wirkender Mann. Drosten fiel zweierlei auf. Zum einen die Beule und die gerötete Schläfe. Zum anderen die nassen Füße des Hausbewohners, dessen Hosenbeine hochgekrempelt waren.

»Herr Thies?«

»Kommen Sie rein! Sie finden mich im Bad.« Er rannte vor.

Die Polizisten schauten sich überrascht an. Was hatte das zu bedeuten? Langsam folgten sie ihm.

Thies hatte im Badezimmer zahllose Handtücher ausgebreitet, kniete sich hin und wischte den Boden. Die Badewanne war zur Hälfte gefüllt, das Wasser floss allerdings ab.

»Hatten Sie einen Rohrbruch?«, erkundigte sich Sommer.

»Nein.« Er schnaubte. »Ich war bewusstlos. Mein Freund, sorry, Ex-Freund, hat mich gegen den Schrank geschleudert. Leider hatte ich kurz vorher die Badewanne einlaufen lassen.«

»Sprechen Sie von Professor Gero Ruppert?«

Durch die offenstehende Haustür drang Sirenengeheul hinein.

Thies runzelte die Stirn. »Was ist passiert?«

»Heißt Ihr Ex-Freund Gero Ruppert?«, wiederholte Drosten.

»Ja«, lautete die kaum vernehmliche Antwort. »Er und seine Tochter Alina waren seit gestern meine *Gäste*. Scheiße!« Tränen traten ihm in die Augen. »Oh scheiße!« Er schluchzte hemmungslos.

»Ich gebe dem Notarzt Bescheid«, sagte Sommer. »Er soll versuchen, Ruppert wieder so weit zu stabilisieren, dass wir ihn gleich noch befragen können.«

Thies erschrak. »Ist Gero etwas zugestoßen?«

»Ein Angreifer hat ihn schachmatt gesetzt und ist mit seiner Tochter verschwunden.«

»Oh mein Gott!«

***

Während der Notarzt den Patienten vor Ort versorgte, berichtete Michael Thies, was sich seit Rupperts Auftauchen am Vortag zugetragen hatte. Dabei schien er nichts zurückzuhalten und zeigte den Beamten auch die Drohbriefe, die Rupperts Beweggründe verdeutlichten.

»Habe ich mich der Freiheitsberaubung schuldig gemacht?«, fragte er schließlich mit schwacher Stimme.

»Durchaus«, gab Sommer zu bedenken. »Hängt davon ab, wie Alina das beurteilt. Ich will Ihnen nicht versprechen, dass Sie keine Konsequenzen tragen müssen, doch Ihre Aussage hilft uns definitiv weiter und wirkt strafmildernd.«

»Ich liebe ihn«, flüsterte Thies. »Nur seinetwegen habe ich mich darauf eingelassen. Er hat versprochen, sich öffentlich zu mir zu bekennen.«

»Trotzdem haben Sie gewusst, dass es falsch war«, beharrte Sommer.

»Ja«, gestand er.

Der Notarzt, der Ruppert im Schlafzimmer behandelt hatte, trat zu ihnen.

»Er ist vor wenigen Augenblicken aus der Bewusstlosigkeit erwacht und jetzt vernehmungsfähig. Ich habe Augen und Nase ausgespült und ihm ein kreislaufstärkendes Mittel injiziert. Er muss zur Beobachtung ins Krankenhaus. Sie können ihn befragen, allerdings bleibe ich dabei. Professor Ruppert ist ein angesehener Mediziner. Ich werde mir nicht vorwerfen lassen, ihn nicht angemessen betreut zu haben.«

Ruppert lag im Bett und hob den Kopf. »Haben Sie Alina?«

»Kennen Sie die Identität des Entführers?«, erkundigte sich Drosten. Das alte Ehepaar hatte ihnen zwar den Wagentyp verraten können, sich jedoch nicht das Kennzeichen gemerkt.

Mühevoll richtete sich Ruppert auf. »Natürlich. Es ist Martin Filipo!«

»Der IT-Leiter?«, hakte Sommer ungläubig nach. »Aus dem Krankenhaus?«

»Genau der. Bringen Sie mir meinen Laptop. Ich kann es beweisen.«

»Wo steht der Rechner?«, fragte Sommer.

»Ich habe ihn zuletzt im Wohnzimmer benutzt.«

Sommer holte das Gerät und gab es dem Professor. Der tippte sein Kennwort ein und rief die E-Mails auf, die er mit Filipo ausgetauscht hatte.

»Das war eine Falle«, stellte Sommer fest. »Ich habe ihn befragt. Der Rest ist wahrscheinlich erfunden. Ich zweifle daran, dass es eine solche Wanze überhaupt gibt.«

»Ich bin so dumm. Wo ist Alina? Was macht er mit ihr?« Rupperts Stimme brach.

Drosten und Sommer wechselten einen Blick.

»Ich schreibe ihn zur Fahndung aus«, erklärte Sommer. »Anhand des Namens finden wir das Kennzeichen heraus.«

»Er nutzt einen Krankenhausstellplatz«, mischte sich Ruppert ein. »Die Verwaltung hat sein Autokennzeichen.«

»Noch besser. Ich leite alles in die Wege.«

Erneut wandte sich Sommer ab. Unterdessen hob Drosten anklagend die Drohbriefe.

»Sie sind seit dem zweiten Mord in unserem Fokus. Warum haben Sie das verschwiegen?«

»Ich hatte Angst«, erwiderte er kleinlaut. »Er hat gedroht, mir Alina ...« Er schluchzte. Nach einer Weile hatte sich Ruppert wieder im Griff. »Es tut mir leid.«

»Was wissen Sie über Filipo? Kennen Sie sich von früher? Ist er der Fahrer des Unfallwagens gewesen?«

»Das weiß ich nicht. Ich habe den Fahrer damals nicht richtig erkennen können. Das ist dreiundzwanzig Jahre her. Menschen verändern sich.«

»Erzählen Sie mir von dem Unfall. Ich habe Fabian Schüler kennengelernt. Er hat Sie bei einer Studentenparty angemacht. Sie sind panisch davongelaufen. Was ist dann passiert?«

»Ich bin vor meinen homosexuellen Neigungen schon immer geflüchtet. Aus Sorge, was die Leute denken. So war es, so ist es.« Plötzlich hielt er erschrocken inne. »Oh Gott! Michael! Ich habe mich noch gar nicht nach ihm erkundigt. Ist er tot?«

»Tot?«

»Der Sturz. Hat er sich das Genick ...«

»Bloß eine kleine Beule.«

»Ich habe nicht an ihn gedacht. Nur an Alina. Ich bin so ein mieses Schwein.«

»Sparen Sie sich Ihre Selbstkasteiung für später auf. Ich will alle Einzelheiten über den Unfall hören.«

Ruppert seufzte und badete weiter im Selbstmitleid. »Meine Reputation! Niemand wird mich ...«

»Das reicht!«, fuhr Drosten ihn an. »Ihre Eitelkeit hat die Morde ermöglicht. Oder zumindest die Ermittlungen behindert. Ihre Tochter ist in der Hand eines fünffachen Mörders. Reden Sie!«

»Fünffach?«

»Er hat wahrscheinlich vor einundzwanzig Jahren seinen ersten Mord begangen, um eine neue Identität anzunehmen. Jede Sekunde, in der Sie bejammern, wie schlecht es Ihnen geht, nutzt er, um Ihrer Tochter die schlimmstmöglichen Dinge anzutun. Kapieren Sie das?«

Der Notarzt, der sich bislang im Hintergrund aufgehalten hatte, räusperte sich. »Müssen Sie ihn so hart anfassen?«

»Ja, das muss ich!«

»Er hat recht«, murmelte Ruppert. »Ich habe viel zu lange geschwiegen.«

Stockend berichtete er, was geschehen war. Beginnend mit dem Moment, als er sich unter Alkoholeinfluss ans Steuer gesetzt hatte.

»Haben Sie in den Monaten oder Jahren danach Drohungen erhalten?«, fragte Drosten eine Viertelstunde später. »Oder Nachrichten, in denen irgendjemand anonym Bezug auf den Verkehrsunfall genommen hat?«

»Niemals«, versicherte er. »Das schwöre ich.«

»Sie haben den Wohnort gewechselt, um nicht mehr täglich an der Unfallstelle vorbeifahren zu müssen.«

»Ich wollte nicht daran erinnert werden«, gestand Ruppert.

»Was ist mit Ihrem Fahrzeug passiert?«

»Ich verstehe die Frage nicht.«

»Haben Sie es verkauft? Sich ein anderes Auto zugelegt? Dadurch das Kennzeichen gewechselt?«

»Nein. Ehrlich gesagt bin ich nie auf den Gedanken gekommen.«

»Sie haben Fahrerflucht begangen«, erklärte Drosten. »Der Unfallfahrer Frank Kneiff kann Sie nur über Ihr Fahrzeug gefunden haben, da Ihr Name sonst nirgendwo auftaucht. Es sei denn, es wäre ein riesiger Zufall im Spiel. Wenn Sie den Pkw noch lange nach dem Unfall besessen haben, begreife ich umso weniger, wieso er zweiundzwanzig Jahre gewartet hat, um sich zu rächen. Das will nicht in meinen Kopf!«

»Und warum tötet er Minderjährige? Haben Sie dafür eine Erklärung?«

26

Filipo stellte den Wagen in dem Carport seines Verstecks ab. Er atmete tief durch. Im Vergleich zu den früheren Entführungen hatte diese unter komplett anderen Umständen stattgefunden. Trotzdem war er bisher unbehelligt davongekommen.

Er warf einen Blick in den Rückspiegel. Alina regte sich noch nicht; ihm bliebe vermutlich noch eine Viertelstunde, um sie zu entkleiden und an die Heizung zu fesseln.

Er würde es ganz besonders genießen, sie zu missbrauchen. Vielleicht sollte er den Akt mit dem Handy aufzeichnen und Ruppert schicken.

Voller Hass dachte Filipo an den angesehenen Psychologen. Die Welt sah in ihm einen Menschenfreund. Er erhielt Auszeichnungen für sein soziales Engagement und sonnte sich in dem damit einhergehenden Ruhm. Niemand erkannte den Feigling hinter der Fassade. Jetzt führte Filipo wenigstens das zu Ende, was vor dreiundzwanzig Jahren begonnen hatte.

Er stieg aus und musterte das kleine Ferienhaus, das er gemeinsam mit seiner Ex-Frau erworben hatte. Es stand am Rande der Stadt unweit eines Naherholungsgebiets. Sie hatten fünfzigtausend Euro bezahlt, um die Wochenenden abseits des Stadtlärms verbringen zu können. Auf einem mehrere tausend Quadratmeter großen Areal standen zehn solche Häuser – ursprünglich waren deutlich mehr geplant gewesen. Doch der Bauträger war mitten in der ersten Bauphase pleitegegangen und hatte nicht einmal die zehn angefangenen Objekte fertiggestellt. Filipo hatte das Haus auf eigene Kosten zu Ende bauen lassen.

Nachdem sich kein anderer Interessent für das Immobilienprojekt gefunden hatte, war es bei den Städteplanern in Vergessenheit geraten. Daher hatte er die jungen Frauen unbesorgt hierher verschleppen können. Ihre Schreie hatte niemand gehört, zumal der Raum, in dem er sie gefangen hielt, schalldicht isoliert war.

Dennoch schaute er sich misstrauisch um, ob nicht ausgerechnet jetzt einer der übrigen Eigentümer oder ein Hundebesitzer an dem Grundstück vorbeilief. Dann öffnete er die hintere Wagentür und zog Alina heraus. Zunächst an den Beinen, bis er sie packen und herausheben konnte. Sie wog maximal fünfzig Kilo. Es war leicht, das Mädchen in den Raum zu tragen, in dem sie sterben würde.

Sanft legte er sie auf die Matratze. Danach zog er ihr die Sportschuhe aus und entkleidete sie, bis sie in weißem Slip und rosafarbenem BH vor ihm lag.

Er liebte den Anblick der wehrlosen Opfer. Die meisten von ihnen hatten nichts anderes verdient. Er hatte sie sorgfältig ausgewählt, um nicht versehentlich eine der wenigen Unschuldigen zu erwischen. Alina wäre unter normalen Umständen nicht hier gelandet – das verdankte sie ausschließlich ihrem Erzeuger.

An der Heizung neben der Matratze war noch immer eine Handschelle angebracht. Er nahm ihren linken Arm und kettete ihn fest. Sie brauchte nur eine freie Hand, um ihn zu befriedigen.

Filipo bereitete in dem nahtlos anschließenden Badezimmer zwei Schüsseln vor. In eine schüttete er hochprozentigen Alkohol, in der anderen mischte er Flüssigseife mit Wasser. Er griff zu der Packung Wattepads, bevor er zu seiner Gefangenen zurückkehrte. Filipo setzte sich zu ihr und tunkte den ersten Pad in den Alkohol. Während er sie behandelte, stöhnte Alina.

Zehn Minuten später sah sie ihn mit zusammengekniffenen Augen an. »Das tut so weh«, flüsterte sie.

»Meinst du die Augen oder den Schmerz am Hals?«

»Beides.«

»Das wird vergehen. Neben deiner Matratze steht eine Schüssel mit Seifenwasser und Watte. Du kannst dich selbst behandeln, bis ich in ein paar Augenblicken wiederkomme.«

Er verließ den Raum und betrat das Zimmer, in dem er schlief, wenn er eines der Mädchen im Haus hatte. Auf dem Nachtschränkchen stand eine Fotografie, die er liebevoll betrachtete. »Mein Engel«, sagte er. »Ich wünschte, das wäre alles nicht passiert.«

Er zog Hemd, Schuhe, Jeans und Socken aus. Seine Erregung war unübersehbar. Ihm gefiel der Gedanke, wie sehr das Alina erschrecken würde. Vielleicht würde Ruppert etwas von der Angst in seinem Inneren spüren.

In der Nacht, als sein Schatz gestorben war, hatte er von ihr geträumt. Es war fast so gewesen, als hätten sie sich voneinander verabschiedet.

»Lassen Sie mich bitte frei«, flehte Alina. »Ich habe Ihnen nichts getan.«

Amüsiert registrierte er, wie sie sich zwang, ihm in die Augen zu sehen, um den Rest auszublenden.

»Das stimmt sogar«, bekannte er. »Du bist unschuldig. Ich habe deine Internetprofile überprüft. Nichts deutet darauf hin, dass du ein Miststück bist. Du hast einfach Pech.«

»Warum machen Sie das?«

Er setzte sich zu ihr, packte ihre freie Hand und legte sie auf seinen Oberschenkel. Sie versuchte, den Arm zurückzuziehen, kam jedoch nicht gegen seine körperliche Überlegenheit an.

»Willst du das wirklich wissen?« Sie nickte. Obwohl er den Drang verspürte, seinen aufgestauten Druck abzulassen, beschloss er, dass sie eine Antwort verdiente. »Es liegt an deinem Vater.«

»Was hat er Ihnen angetan?«

»Er ist ein Feigling. Ich bestrafe ihn dafür. Hat er je mit dir über seine Fahrerflucht vor dreiundzwanzig Jahren gesprochen?«

Verständnislos schüttelte sie den Kopf.

Filipo schmunzelte. »Wieso wundert mich das nicht? Er hat meine Freundin in den Tod geschickt. Sie ist gestorben, weil er rücksichtslos gefahren ist und mich von der Straße gedrängelt hat.«

»Mein Vater? Das kann nicht sein«, widersprach sie. »Er ist der vorsichtigste Autofahrer, den ich kenne.«

»Damals definitiv nicht.«

Er erzählte ihr, was passiert war. Dabei ließ er kein Detail aus. Auch nicht, wie Nicole ihn abgelenkt hatte.

»Es war Ihre Schuld!«, urteilte Alina. »Nicht die meines Vaters.«

»Das sehe ich anders. Über ein Jahr habe ich probiert, die Ereignisse zu verarbeiten. Ich war jeden Tag an ihrem Grab. Jede Nacht quälten mich Albträume. Ich konnte weder vergeben noch vergessen. Das Kennzeichen des Unfallverursachers gehörte zu diesen Träumen.«

»Warum haben Sie ihn nicht angezeigt?«

Er lächelte freudlos. »Direkt nach dem Unfall aus Angst, dass die Bullen es einschätzen wie du jetzt. Ich hätte Nicoles Mutter nie wieder treffen können. Sie war alleinerziehend, hatte alles Lebenswerte verloren. Ich wollte nicht von ihr gehasst werden.«

»Und Sie bezeichnen meinen Vater als Feigling? Lächerlich!«

Ohne Vorwarnung gab er ihr eine harte Ohrfeige. Sie stöhnte vor Schmerz. »Pass auf, was du sagst. Hinterher konnte ich es den Bullen nicht mehr beichten, weil ich den Wunsch nach Rache verspürte. Aber ich hatte bloß sein Kennzeichen. Wochenlang hoffte ich erfolglos auf einen Zufallstreffer. Ich kontrollierte Parkhäuser, Straßen, Parkflächen. Dein Vater hatte vorläufig Glück. Bis ich einen Privatdetektiv beauftragte. Er verlangte dreihundert Mark und brachte mir die gewünschte Auskunft innerhalb eines Tages. Von da an wusste ich, wer für Nicoles Tod verantwortlich ist.«

»Sie!«

Er bewunderte ihre Kampfeslust. Deshalb verzichtete er darauf, sie erneut zu bestrafen. »Ich schmiedete einen Plan und verschaffte mir eine neue Identität«, fuhr er fort. »Hätte ich ihn durchgezogen, wäre dein Vater schon lange tot und du gar nicht erst geboren. Insofern waren deine Lebensjahre geschenkte Zeit. Ich hoffe, das tröstet dich.«

Alina schluchzte hemmungslos. »Sie töten mich.«

»Natürlich«, erwiderte er mitleidlos. »Es wird schmerzlos für dich, wenn du kooperierst. Oder sehr schmerzhaft. Das liegt in deiner Hand.«

Damit sie begriff, was er später von ihr erwartete, drückte er kurz ihre Finger an seinen Slip. Sie zuckte zusammen. Als sie zurückzuweichen versuchte, gestattete er es ihr.

»Ich folgte deinem Vater. Und während er der Schwelle des Todes immer näherkam, passierte etwas Unvorhergesehenes.« Filipo pausierte theatralisch. »Trotz des Hasses in mir war ich endlich wieder zu einem anderen Gefühl in der Lage. Ich verliebte mich. Ausgerechnet in der Stadt, in die es deinen Vater verschlagen hatte. Obwohl ich mich anfangs dagegen wehrte, verlor ich das Interesse an meinem Rachevorhaben. Ich genoss das Leben. Heiratete. Und bekam eine Tochter. Alles war gut. Wie hätte ich ahnen können, verflucht zu sein, weil ich von der Rache absah?«

»Verflucht?«

»Meine Kleine hieß Clara. Sie war intelligent. Verschlossen. Fantasievoll. Ein wehrloses Opfer für herzlose Teenager. Es gab ein paar Mädchen an ihrer Schule, die sie als Mobbingopfer betrachteten. Clara war fünfzehn, diese Miststücke gleichaltrig. Sie machten sie fertig. Clara vertraute sich niemandem an. Eines Nachts schluckte sie eine Überdosis Tabletten. Meine Frau fand sie am nächsten Morgen leblos im Bett. Neben ihr ein Abschiedsbrief, in dem sie sich bei uns entschuldigte. Ihr fehlte die Kraft zum Weiterleben. Nachdem ich den Schock überwunden hatte, durchleuchtete ich die letzten Monate ihres Lebens. Ich fand Sachen heraus, die mich schockierten. Wie konnte man ein unschuldiges Mädchen so quälen? Ich wusste, ich müsste mich an den Schuldigen rächen. Plötzlich erinnerte ich mich wieder an deinen Vater und daran, was ich ihm geschworen hatte. Mittlerweile galt er als großer Menschenfreund. Ich entwickelte einen Plan. Drei Teenager trugen die Hauptschuld an Claras Tod. Aber natürlich wären die Zusammenhänge den Bullen aufgefallen, wenn ich diese drei Mädchen nacheinander getötet hätte. Ich musste für Ablenkung sorgen. Dein Vater war eine der Nebelkerzen, mit denen ich die Bullen beschäftigte. Die meisten der bisherigen Morde ebenfalls. Trotzdem waren es keine unbescholtenen Opfer. Dank ihrer Facebook-Profile und ihrer Aktivitäten im Netz folgerte ich, dass sie charakterlich den Schülerinnen glichen, die meine Clara gemobbt hatten. Sie hatten andere Mitschülerinnen oder Sportkameradinnen auf dem Kieker. Ich entführte sie, verfeinerte meine Methoden. Deine direkte Vorgängerin war dann die Erste, die sich an Clara vergangen hatte. Hätte dein Vater mich nicht gezwungen, in die Offensive zu gehen, wären die beiden Anderen als Nächstes an der Reihe gewesen. So kommen sie möglicherweise davon.«

Filipo hielt in seinem Redefluss inne. Er erhob sich und ging ins Badezimmer. Eine Weile musterte er sein müdes Gesicht. Clara hatte seine Augen und seine Nasenpartie geerbt. Er verfluchte seine eigene Feigheit. Warum hatte er die verantwortlichen Mädchen nicht eher zur Rechenschaft gezogen?

Filipo kannte die Antwort auf seine Frage. Er öffnete eine Schublade des Badezimmerschranks, in der eine scharfe Schere lag. Die Ereignisse vor dreiundzwanzig Jahren hatten eine ganz besondere Begierde in ihm geweckt. Er hatte in den folgenden zwei Jahrzehnten nie wieder einen so intensiven Höhepunkt gespürt, wie hinter dem Steuer seines Autos. Mittlerweile war er süchtig danach. Und er hatte einen Weg gefunden, wie er es wiederholen konnte.

Alina bemerkte sofort die Schere in seiner Hand. »Tun Sie mir nichts!«, flehte sie.

Filipo setzte sich zu ihr. »Du solltest dich nicht bewegen. Sonst verletze ich dich versehentlich.«

Mühelos zerschnitten die Scherenklingen den Slip und den BH. Kurz streichelte er ihre Brüste. »Bist du Jungfrau?«, fragte er leise.

Sie nickte.

Er stand erneut auf, brachte die Schere zurück ins Bad und zog sich in Alinas Blickfeld aus. Ihre Augen weiteten sich vor Schreck.

»Es ist einfach. Wenn du dich nicht zierst, bleibst du Jungfrau. Ich bin bislang in keines meiner Opfer eingedrungen. Du musst bloß tun, was ich verlange.«

»Bitte!«, wimmerte sie.

Er legte sich zu ihr.

»Der Unfall hat mich verändert. Von einer zum Tode geweihten Frau befriedigt zu werden, verschafft mir zumindest für ein paar Sekunden Seelenheil.

Mach es richtig, und du wirst nicht leiden, wenn ich dich erlöse. Das verspreche ich dir.«

Sie schluchzte hemmungslos. Ungerührt nahm er ihre Hand und zeigte ihr, was er von ihr erwartete.

»Es ist dein erstes Mal«, stöhnte er. »Du musst einiges lernen. Bis dahin behandle ich dich gut. Aber nur, wenn lernwillig bist.«

27

»Ich komme mir vor wie in einem Irrenhaus«, murmelte der Krankenhausverwaltungschef Fleischer. »Heute Morgen geht es Ihnen um Professor Ruppert, und jetzt ist unser IT-Leiter Filipo Ihr Hauptverdächtiger?«

»Er ist zweifelsfrei der Täter«, korrigierte Sommer. »Er hat vor nicht einmal zwei Stunden Rupperts Tochter entführt. Dafür gibt es Zeugen.«

»Wir brauchen die Personalakte«, drängte Drosten. »Jede Minute, die wir verlieren, könnte Alinas Tod bedeuten.«

Fleischer hob den Telefonhörer ab. »Ich sage in der Personalabteilung Bescheid. Sie finden die Kollegin am Ende dieses Gangs im letzten Zimmer.«

Eine Frau in dunkelblauem Hosenanzug begrüßte sie.

»Ich bin Personalreferentin Evelyn Hofer. Herr Fleischer hat mich informiert. Gehen wir an meinen PC.«

Sommer und Drosten folgten ihr. Ungeduldig sahen sie ihr dabei zu, wie sie das Desktopsymbol einer Software anklickte und den Namen *Martin Filipo* eintippte.

»Das kapiere ich nicht«, sagte sie einen Augenblick später.

»Was ist los?«, erkundigte sich Sommer alarmiert.

»Die Datenbank behauptet, wir hätten keinen Mitarbeiter, der den Nachnamen *Filipo* trägt. Das kann nicht sein! Ich probiere es noch einmal.«

Das Ergebnis blieb unverändert.

»Hat Filipo Zugriff auf die Software?«

»Er ist unser IT-Leiter. Kein Beschäftigter hat so viel Zugangsmöglichkeiten wie er.«

»Hat er seine Akte gelöscht?«, fragte Drosten.

»Ausgeschlossen«, beruhigte Hofer die Polizisten. »Das ist in der Software nicht möglich. Wegen der vielen Dokumentationspflichten, unter anderem für die Sozialversicherungsträger, müssen wir die Akten elektronisch archivieren. Man kann nicht einfach einen Button anklicken und einen gespeicherten Datensatz löschen.«

»Wieso finden Sie ihn dann nicht?«

Die Personalreferentin klopfte mit einem ihrer künstlichen Fingernägel auf die Tastatur. »Er versucht, uns auszutricksen. Aber wie?« Nach einer Weile griff sie zum Telefonhörer und wählte eine vierstellige Nummer. »Hallo Rüdiger, ich bin's Evelyn. Du kennst dich doch mit dem Programm *ELPAS* aus, stimmt's?« Sie lauschte einen kurzen Moment. »Wunderbar. Kann ich irgendwie zuletzt durchgeführte Änderungen sichtbar machen?«

Sie folgte den telefonischen Anweisungen, führte einige Mausklicks aus und brummte immer wieder zustimmend.

»Genau das habe ich gesucht. Vielen Dank! Ich muss auflegen. Habe hohen Besuch!« Triumphierend drehte sie sich zu Sommer und Drosten um. »Filipo ist definitiv nicht der Dümmste. Er hat heute Morgen seinen Nachnamen in der Software geändert. Das ist bei dem Programm möglich, zum Beispiel nach einer Namensänderung durch Hochzeit oder Scheidung. Normalerweise bleibt im System ein Link zu dem vorherigen Namen bestehen. Den hat er gelöscht. Hätte gar nicht gedacht, dass das geht.«

»Wie hat er sich genannt?«, fragte Sommer.

»Das wird Ihnen gefallen. Martin Sommer. Offenbar hat er Sie zum Vorbild genommen. Ich drucke Ihnen die relevanten Daten aus und mache die Änderung rückgängig.«

Fünf Minuten später hielten die Polizisten den Ausdruck in der Hand.

»Andreas Martin Filipo, geborener Schneider«, las Sommer vor. »Hast du bei den Recherchen im Ruhrgebiet von dem zweiten Vornamen erfahren?«

»Nein«, erklärte Drosten. »Bei der Schufa-Auskunft und den anderen Abfragen hätte das auffallen müssen. Ich schätze, ihm ist es irgendwie gelungen, den Namen Martin einzuschmuggeln.«

»Das hier ist interessanter. In der Akte steht die Bezugsberechtigte für eine Unfallversicherung, falls der Mitarbeiter während der Arbeitszeit oder auf dem Weg ins Büro tödlich verunglückt.«

»Wie heißt sie?«

»Julia Filipo. Adresse und Telefonnummer sind vermerkt.«

»Wir sollten der Dame einen Besuch abstatten.«

***

Die Frau wohnte in einer kleinen Zwei-Zimmer-Wohnung. An den Wänden der Diele hingen Familienbilder. Die meisten zeigten Julia Filipo mit einem minderjährigen Mädchen. Doch Drosten sah darauf auch den Mann, der die Identität Schneiders angenommen hatte.

»Was hat mein Ex-Mann verbrochen?«, fragte die Frau, die ein blaues Poloshirt und einen weißen Wickelrock trug. Ihre brünetten Haare waren modisch kurz.

Sie führte die Polizisten ins Wohnzimmer, das ebenfalls zahlreiche Bilder zierten – teilweise hängend, teilweise auf Tischen stehend.

»Er hat ein 17-jähriges Mädchen gewaltsam entführt«, erteilte Drosten vage Auskunft.

Erschüttert schaute die Frau die Polizisten an. »Martin? Sind Sie sicher? Das kann ich mir nicht vorstellen. Ich hätte eher auf einen Computerbetrug getippt. Aber nicht auf Entführung. Schon gar nicht ein Mädchen. Sie irren sich!«

»Ist das Ihre Tochter?«

Die Frau nickte. »Clara. Sie hat vor knapp zwei Jahren Selbstmord begangen.«

Sie wich den Blicken der Kommissare aus und konnte die Hände nicht stillhalten – für Drosten ein klares Zeichen für innere Unruhe.

»Was war der Grund für Claras Freitod?«, fragte Sommer.

»Mobbing. In der Schule. Und im Reitverein. Leider hat sie sich uns nicht anvertraut.«

»Wer hat sie gemobbt?«

»Drei Mädchen.«

»Wie alt ist Clara geworden?«

»Fünfzehn.«

Drostens Gedanken rasten. Hatten sie bei den Ermittlungen einen entscheidenden Punkt übersehen? Gegen Ende des Gesprächs würde er nach den Namen der Mobberinnen fragen. Zunächst musste er jedoch mehr über den Verdächtigen herausfinden. »Sie sind geschieden?«

Filipo nickte. »Er wollte es so. Vor acht Monaten wurde der Schlussstrich richterlich besiegelt. Ein Scheißgefühl. Vor dem Gerichtszimmer stand auf dem Schild: Filipo gegen Filipo. Das wollte ich nie lesen. Wir hatten keine schlechte Ehe. Im Gegenteil. An eine Scheidung hätte ich nie gedacht. Aber nach Claras Tod hat er sich völlig verändert. Es hat ihn gebrochen, und er konnte meine Hilfe oder Unterstützung nicht annehmen.«

»Wie lange waren Sie verheiratet? Und wann haben Sie ihn kennengelernt?«, erkundigte sich Drosten.

»Unser Kennenlernen liegt fast zwanzig Jahre zurück. Geheiratet haben wir ein Jahr später.«

Drosten verglich die Information mit seinen Ermittlungsergebnissen. Vor einundzwanzig Jahren hatte Frank Kneiff den ersten Mord ausgeübt, um an eine männliche Identität zu gelangen. War die Beziehung zu Julia Filipo der Grund, weshalb er sich damals nicht an Ruppert gerächt hatte?

»Waren Sie in den Anfangsjahren glücklich?«

»Sehr«, bestätigte die Frau traurig lächelnd. »Es hat ein bisschen gedauert, bis ich seine harte Schale geknackt hatte. Danach war er ein toller Partner. Und ein guter Vater.«

»Wo haben Sie ihn kennengelernt?«

»In einer Kneipe. Er saß allein am Tisch und starrte zu mir herüber. Habe ich zumindest geglaubt. Er hat das immer lachend abgestritten und behauptet, er hätte einen Mann verfolgt, der den Abend ebenfalls in der Kneipe verbracht hatte.«

Ruppert?, dachte Drosten.

»Hat er Ihnen je von einem Unfall berichtet, in den er in den Neunzigern verwickelt war?«

»Martin? Nein! Wann soll das gewesen sein?«

»Nicht so wichtig. Wie kam es dazu, dass er Ihren Namen angenommen hat?«

»Das war sein Vorschlag. Er fand seinen Geburtsnamen so langweilig. Ein Allerweltsname. *Filipo* gefiel ihm. Bei mir rannte er mit der Idee offene Türen ein, denn mir gefällt mein Name auch.«

»Gab es in den ersten Ehejahren Auffälligkeiten, die Ihnen im Gedächtnis geblieben sind?«

»Nein«, antwortete sie rasch. »Erst nach Claras Tod. Wie gesagt, er zerbrach daran. Manchmal habe ich mich geschämt, weil ich den Eindruck hatte, im Vergleich zu ihm nicht genug zu leiden. Er bezeichnete sich als *verflucht*. Behauptete, das sei alles seine Schuld. Ich konnte ihm diese wirren Gedanken nicht ausreden. Eines Tages kam ich von der Arbeit nach Hause und fand einen Zettel auf dem Wohnzimmertisch. Er teilte mir mit, dass er meine Nähe nicht mehr ertragen würde, da ich ihn an Clara erinnerte. Das war so ein Schock! Ich hatte zum zweiten Mal mein Herz verloren.«

Tränen liefen ihr die Wangen hinab. Drosten hielt die nächste Frage zurück, bis sie sich geschnäuzt hatte.

»Entschuldigen Sie bitte«, sagte sie kleinlaut.

»Sie müssen sich nicht entschuldigen«, erwiderte Drosten. Hilfesuchend sah er Sommer an. Er wollte die Frau zu den sexuellen Vorlieben ihres Ex-Ehemanns befragen, wusste aber nicht, wie er das sensibel formulieren sollte.

»Frau Filipo, darf ich Sie um eine indiskrete Auskunft bitten?«, übernahm Sommer die Gesprächsführung.

Die Angesprochene nickte zögerlich.

»Hatte Ihr Ex-Ehemann sexuelle Wünsche, die Ihnen seltsam erschienen?«

»Martin?« Sie schüttelte energisch den Kopf. »Ich fürchte, Sie verdächtigen den falschen Mann.«

»Können Sie uns einen Ort nennen, an den er sich möglicherweise zurückziehen würde? *Falls* wir uns nicht irren?«, erkundigte sich Drosten.

»Das ist leicht«, antwortete Julia Filipo.

»Inwiefern?«

»Bei der Scheidung hatte er eine einzige Forderung. Er war bereit, dem Forderungskatalog meines Anwalts komplett zuzustimmen, wenn ich ihm unser kleines Ferienhäuschen überlassen würde, das wir 2009 gekauft haben.«

»Haben Sie sich darauf eingelassen?«

»Natürlich. Mein Herz hing nicht daran.«

»Wo steht das Haus?«

»An der Stadtgrenze. Soll ich Ihnen die Adresse aufschreiben?«

»Das wäre großartig.«

Sie erhob sich von ihrem Sessel, trat an eine Kommode und holte Zettel und Stift aus der Schublade.

»Dürfen Sie mir mehr zu dieser Entführung sagen?«

»Es geht um Alina Ruppert. Die Tochter von Professor Gero Ruppert.«

»Der Psychologe aus dem Krankenhaus?«

»Kennen Sie ihn?«, fragte Drosten.

»Wir sind uns einmal auf einem Sommerfest begegnet. Als ich hinterher Martin sagte, dass ich den Mann sympathisch fände, warnte er mich ziemlich genervt vor einem vorschnellen Urteil. Ruppert verstecke sich angeblich hinter einer scheinheiligen Maskerade. Ich glaube, das waren seine Worte. Und obwohl Ruppert Trauerexperte ist, hat Martin ihn auch nach Claras Tod nicht um Hilfe gebeten.«

»Hat er das näher ausgeführt?«

»Nein. Und ich habe nicht nachgehakt.« Sie reichte Drosten die Adresse. »Warum sollte Martin Rupperts Tochter entführen?«

»Das versuchen wir herauszufinden.« Drosten steckte den Zettel ein. »Darf ich Ihnen eine letzte Frage stellen? Im Zusammenhang mit Ihrer Tochter?«

Die Frau nickte.

»Erinnern Sie sich an die Namen der drei Mobberinnen?«

»Die vergesse ich ganz sicher nie. Jule Schreiner, Marie Jentzsch, Sophia Haase.«

»Sophia Haase?«, hakte Drosten nach.

»Sagt Ihnen das etwas?«

»Sophia Haase ist vor zwei Monaten von einem Serienmörder entführt und getötet worden.«

Drosten beobachtete Filipos Reaktion. Ihre Gesichtszüge verhärteten sich. »Ich weiß, wie schrecklich das in Ihren Ohren klingt, aber ich kann nicht behaupten, dass ich deswegen heute Nacht schlecht schlafen werde.«

»Ich verstehe das«, behauptete Drosten. »Können Sie uns noch den Namen der Schule Ihrer Tochter und den Verein aufschreiben, in dem sie gemobbt wurde? Falls Sie wissen, auf welche Schule Jule Schreiner und Marie Jentzsch gehen oder in welchem Sportverein sie sind, wäre das sehr hilfreich.«

28

Martin Filipo stand wortlos auf. Er hatte bekommen, was er gebraucht hatte, doch Alina hatte dabei ununterbrochen geschluchzt. Leicht frustriert ging er ins Badezimmer, holte eine Box Taschentücher und warf sie ihr zu.

»Mach dich sauber!«, befahl er ihr. »Und hör mit diesem Geflenne auf. Dafür gibt es keinen Grund. Ich habe dir nicht mal wehgetan.«

Sie wandte sich von ihm ab und zog ein Tuch aus der Packung. Wenn er mehr Zeit hätte, würde er sie erziehen. Zeit war jedoch das Gut, das ihm zusehends durch die Finger rann.

Er schlüpfte in T-Shirt und Unterhose und verließ den Raum. Die Tür schmiss er krachend zu, um ihr zu zeigen, dass ihm der erzwungene Liebesdienst nicht sonderlich gut gefallen hatte.

Im Schlafzimmer zog er sich an und trat anschließend ans Fenster. Er hatte versucht, den Bullen das

Leben zu erschweren. Trotzdem zweifelte er nicht daran, dass sie Julia ausfindig machen würden. Dadurch erführen sie automatisch von dem Ferienhaus.

Sollte er sein Heil in der Flucht suchen? Bis zur polnischen Grenze war es nicht weit. Könnte er das schaffen? Im Nachbarland untertauchen, sich mit seinen Fähigkeiten eine neue Identität aneignen und irgendwann nach Deutschland zurückkehren, um seine Rache zu vollenden?

Im Grunde hielt er alle Trümpfe in der Hand. Gero Ruppert, Jule Schreiner, Marie Jentzsch. Diese Menschen standen noch auf seiner Liste. Er kannte die Adressen der Mädchen und könnte sie überfallen. Sie töten und für Claras Tod bestrafen. Aber zuvor würde er Rupperts Seelenheil zerstören.

Je länger er darüber nachdachte, desto besser gefiel ihm diese Aussicht. Er ging in die Küche. Sein Blick fiel auf den Messerblock, in dem insgesamt fünf scharfe Messer steckten. Er dachte an seine verstorbene Freundin Nicole. An Clara. Zwei wundervolle junge Frauen, die ihr Schicksal nicht verdient hatten. Entschlossen zog er das Fleischermesser heraus.

***

Hektisch koordinierte die Soko die nächsten Schritte. Die fünf hauptverantwortlichen Kommissare mussten Straßensperren organisieren, für den Fall, dass Filipo die Flucht ergriff. Anna Hoch hatte diese Aufgabe übernommen; dabei war sie auf die Kooperation der mobilen Einsatzkräfte angewiesen, und das LKA leitete die Ermittlungen federführend. Außerdem galt es, die beiden Schülerinnen und deren Familien zu schützen. Niemand aus der Soko konnte Filipos nächsten Schritt einschätzen. Er hatte eine Geisel genommen. Aber was machte er mit ihr? Tötete er sie wie die vorherigen Opfer? Oder nutzte er sie als Faustpfand, um Forderungen zu stellen? Drosten befürchtete, Filipo könnte letztlich zum Amokläufer werden. Eine Variante, die am Ende zwangsläufig den Tod des Mörders bedeuten würde.

***

Mit dem Messer in der rechten Hand betrat Filipo das Zimmer.

Alina sah die Waffe sofort und ließ sie nicht aus dem Blick. »Bitte nicht.«

Filipos Gedanken kreisten um Gero Ruppert. Ohne dessen rücksichtslosen Fahrstil wäre sein Leben komplett anders verlaufen. Vielleicht wären er und Nicole zusammengeblieben und hätten Kinder bekommen. Dann hätte er niemals Clara verloren.

»Hilfe!«, schrie Alina. »Hilfe!«

Er kniete sich auf die Matratze. Alina trat nach ihm, fügte ihm jedoch keinen schmerzhaften Treffer zu. Er bekam eines ihrer Fußgelenke zu fassen und verdrehte das Bein gnadenlos.

Sie brüllte vor Schmerz, als ihr Kreuzband durch die plötzliche Bewegung riss. Im nächsten Moment war er über ihr und rammte ihr das Messer in Bauch, in Brust und Hals. Blut spritzte umher und besudelte sie. Ihre Schreie endeten in einem Gurgeln, als er das zweite Mal den Hals traf. Gero Rupperts Tochter starb, während Filipo sich ihr Blut aus dem Gesicht wischte.

***

Hoch, Kaufmann und Werner waren auf dem Weg zum Ferienhausgelände. Drosten und Sommer hatten sich bereit erklärt, den Schutz der beiden Minderjährigen zu koordinieren.

»Wir dürfen keine Streifenwagen in der Nähe der Häuser postieren«, gab Sommer zu bedenken. »Nehmen wir an, Filipo ist auf dem Weg dorthin und bemerkt sie kurz vor dem Ziel. Die Polizeipräsenz würde ihn verscheuchen. Falls er untertaucht, haben wir keine Anhaltspunkte, wohin es ihn verschlägt.«

Drosten nickte zögerlich, obwohl ihm unwohl bei dem Gedanken war. Doch Sommers Argument, dass Filipo verschwinden könnte, war nicht von der Hand zu weisen.

»Sollen wir die Mädchen und deren Eltern in Sicherheit bringen?«, fragte er.

»Ich bin dagegen«, erwiderte Sommer. »Das könnte er durch einen blöden Zufall mitbekommen. Und wenn wir die Leute auffordern, das Haus zu verlassen, packen sie ein paar Sachen ein. Dadurch verlieren wir wertvolle Zeit. Oder eines der Mädchen postet etwas in den sozialen Netzwerken. So sind Teenager! Außerdem kann Filipo vielleicht ihre Handys lokalisieren. Er ist ein IT-Experte.«

»Also teilen wir uns auf und bewachen die Familien persönlich«, folgerte Drosten.

»Genau. Jeder nimmt zwei Polizisten zur Verstärkung mit. Zu dritt sollten wir ihn problemlos überwältigen. Zumal es keine Anzeichen gibt, dass er eine Schusswaffe besitzt. Die Kollegen müssen ihre Schutzwesten tragen, um gegen Stichwunden geschützt zu sein. Dir empfehle ich das auch.«

Drosten lächelte amüsiert. »Und du hältst von dieser Vorsichtsmaßnahme nichts?«

Sommer zwinkerte ihm zu. »Sollte er so dumm sein, sich auf einen Nahkampf mit mir einzulassen, ist er innerhalb von Sekunden entwaffnet.«

»Okay, du Held. Organisieren wir die Verstärkung.«

***

Anna Hoch schaute aus dem Fenster des Wagens, der mit Blaulicht und Martinshorn über die Straße raste. Drei Kilometer vor ihrem Ziel würden sie zunächst die Sirene und kurz darauf auch das Blaulicht ausschalten.

Die LKA-Hauptkommissarin betete, Filipo vor Ort anzutreffen. Das LKA leitete zwar die Ermittlungen federführend, doch musste sie bekennen, dass die neue Behörde in den letzten Tagen bessere Arbeit geleistet hatte. Hoch hatte unterdessen eine Spur verfolgt, die sich als Sackgasse entpuppt hatte. Ihre Vorgesetzten würden das nicht gern hören. Deren Rügen würden jedoch ausbleiben, falls es ihr gelang, Filipo in Handschellen zur Vernehmung aufs Revier zu bringen.

Sie zog die Waffe aus dem Holster und überprüfte das Magazin. »Wann sind wir da?«, rief sie über den Fahrlärm hinweg.

»In zehn Minuten«, antwortete der Mann am Steuer.

»Und die Straßensperren? Stehen die?«

»Keine Ahnung. Ich fürchte, es gibt zu viele Möglichkeiten, von dort wegzukommen, als dass wir effektive Sperren einrichten können.«

»Behalten Sie solche Horrorszenarien für sich. Lebend darf er sich nicht der Fahndung entziehen. Nicht auszudenken, was das für ein Mediendesaster wäre, wenn er untertaucht.«

***

Filipo ahnte, dass sie nach seinem Fahrzeug fahndeten. Er stand im Badezimmer und wusch sich das Blut aus dem Gesicht. Sein T-Shirt war so sehr besudelt, dass er es nicht mehr würde tragen können. Er trocknete sich ab und kehrte zu Alinas Leiche zurück. Die Matratze war rot getränkt, auch auf der Wand und dem Boden entdeckte er Blutspritzer.

Er zog das T-Shirt aus und bedeckte damit behutsam das Gesicht des Mädchens. Dann schloss er die

Handschellen auf und wischte die Spritzer von dem Metall. Hastig verließ er das Zimmer, ohne ein letztes Mal über die Schulter zu blicken. Hierher würde er garantiert nicht zurückkehren.

Im Schlafzimmer entschied er sich für ein schwarzes, kurzärmliges Hemd. Rasch schlüpfte er hinein, steckte es aber entgegen seiner Gewohnheit nicht in den Hosenbund.

Er trat vor die Haustür und schaute sich um. Von seiner Position aus sah er die Zufahrt zu drei weiteren Ferienhäusern. Vor einem Carport parkte ein roter Kleinwagen, der bei Filipos Ankunft dort nicht gestanden hatte. Ein unauffälliger Wagentyp mit vergleichsweise schwachem Motor.

Bei den Besitzern handelte es sich um ein Ehepaar Anfang dreißig. Sie hatte kanadische Wurzeln und hieß Rose irgendwas, er war ein Deutscher namens Ulf. Ob die beiden im Haus waren? Er brauchte dringend ihr Auto. Notfalls würde er es sich gewaltsam aneignen, obwohl ihm das Paar nie etwas angetan hatte. Ein bedauerlicher Kollateralschaden.

***

Drosten schüttelten dem ihm zugeteilten Streifenbeamten die Hände. Der Dienst der Polizisten hatte noch nicht begonnen, daher trugen sie noch Freizeitkleidung.

Drosten erklärte ihnen, wohin die Fahrt ging und welche Gefahren möglicherweise auf sie zukamen.

»Was passiert, wenn er dreist an der Haustür der Mädchen klingelt?«, fragte Polizeiobermeisterin Schwinn. »Falls er einen Überraschungsangriff plant, würde ich an seiner Stelle so vorgehen. Klingeln, denjenigen, der die Tür öffnet, angreifen und mich dann um das Mädchen *kümmern*. Falls es mir nicht selbst geöffnet hat.«

Drosten nickte, denn diesen Gedanken hatte er ebenfalls durchgespielt. Deswegen hatte er darauf bestanden, dass ihm mindestens eine weibliche Verstärkung zur Verfügung stand.

»Sie haben einen ausgezeichneten Modegeschmack«, lobte er die Polizistin augenzwinkernd. »Mir gefällt ihre Kombination aus dunkler Bluse und Lederjacke. Darunter lässt sich wunderbar die stichsichere Weste verbergen.«

»Super«, stöhnte die Frau. »Das ist keine Bluse, sondern das Lieblingshemd meines neuen Freundes. Weil ... ach, ist ja auch egal.«

Amüsiert registrierte Drosten, dass sie leicht errötete.

»Ein Loch darin findet er ganz bestimmt nicht lustig.«

»Ich garantiere persönlich für die Bezahlung eines eventuell nötigen Ersatzhemdes«, versprach Drosten.

»Mich beunruhigt eher, dass der Verdächtige vielleicht eine Schusswaffe hat«, warnte Polizeimeister Bodenhagen seine Kollegin.

»Das schließen wir aus«, entgegnete Drosten.

»Und wenn er versucht, mit dem Messer einen Halstreffer zu landen?«, fuhr Bodenhagen fort.

»Ich behaupte nicht, dass der Einsatz ein Sonntagsspaziergang wird. Falls Sie sich dem nicht gewachsen fühlen, ist das Ihr gutes Recht.«

»Quatsch!«, widersprach Schwinn. »Ich lege eben die Weste an, dann bin ich abfahrbereit.«

29

Da das Ferienhaus keine Klingel hatte, klopfte Filipo gegen die Tür.

»Moment«, erklang drinnen eine weibliche Stimme.

Ein paar Sekunden später öffnete ihm die Besitzerin des Hauses die Tür. »Hallo«, sagte sie reserviert.

Ob sie ihn nicht erkannte? »Hi!«, erwiderte Filipo übertrieben lächelnd. »Ich bin Martin von gegenüber.« Er drehte sich um und zeigte auf sein Grundstück. »Ist dein Mann Ulf da? Ich habe drüben etwas zu schleppen und könnte zwei starke Männerarme gebrauchen.«

»Sorry, er hat heute ein langes Meeting«, erklärte sie entschuldigend. »Kommt frühestens in zwei Stunden. Reicht das?«

»Wahrscheinlich schon.«

Abrupt trat Filipo vor und stieß ihr die Hände vor die Brust. Erschrocken keuchte die Kanadierin auf, verlor das Gleichgewicht und stürzte. Filipo folgte ihr ins Haus, warf die Tür hinter sich zu und zückte das Messer aus dem Hosenbund.

»Steh auf!«, sagte er leise. »Wenn du um Hilfe schreist, bring ich dich um.«

»Was willst du?«, fragte sie ängstlich.

»Deinen Wagen!«

»Meinen Wagen?«, wiederholte sie verständnislos.

»Hoch mit dir!«

Umständlich erhob sie sich und versuchte, möglichst viel Abstand zu dem Eindringling aufzubauen.

»Wo sind dein Wagenschlüssel und die Fahrzeugpapiere?«

Mit einem Nicken deutete sie zu einer Handtasche auf dem Tisch. »Da drin.«

»Ich muss dich fesseln.« Er zog die Handschellen aus seiner hinteren Hosentasche.

»Nein!«, flehte sie.

»Dir wird nichts passieren, solange du keinen Ärger machst.« Hektisch sah er sich um. »Stell den Stuhl an die Heizung und fessle dir eine Hand an den Heizkörper! Beeil dich! Sonst steche ich dich ab! Du wärst heute nicht die erste Tote!«

***

Drosten klingelte an der Haustür. Auf dem Klingelknopf stand der Name *Jentzsch*. Nach einer Weile öffnete ihm eine Mittvierzigerin. Da Drosten seinen Ausweis bereits in der Hand hielt, musterte sie ihn verwundert.

»BKA?«

»Tag, Frau Jentzsch. Können wir reinkommen und drinnen weitersprechen? Ist Marie da?«

»In ihrem Zimmer. Hat sie etwas angestellt? Oh Gott, ich habe ihr immer gesagt, sie soll nicht diese Dateien laden. Ich kann da nichts für. Ehrlich.«

»Sie schweben in Lebensgefahr«, unterbrach Drosten den Redefluss der Frau, ehe sie ihre Tochter noch mehr belastete. »Und es wäre besser, wenn meine Kollegen und ich nicht an Ihrer Türschwelle zu sehen wären. Dürfen wir reinkommen?«

»Lebensgefahr?«

Drosten riss der Geduldsfaden. Ohne auf die Erlaubnis zu warten, trat er ein. Die zur Verstärkung mitgebrachten Polizisten folgten ihm.

»Wo können wir am besten reden? Rufen Sie Ihre Tochter dazu!«

»In der Küche«, antwortete die Frau. »Marie! Du hast Besuch. Kommst du runter?«

In der oberen Etage des Hauses öffnete das Mädchen eine Tür. »Besuch?«, rief sie. »Wer ist es?«

»Polizei!«, erwiderte Drosten.

»Soll das ein Scherz sein?« Marie kam die Treppen herunter und blieb auf halbem Weg stehen, da sie die Besucher nicht kannte.

»Das ist kein Scherz! Kommst du zu uns?«

»Worum geht es?«

Drosten zügelte seine Ungeduld. »Ich muss dir ein Foto zeigen und will wissen, ob du den Mann kennst.«

Zögerlich ging Marie die letzten Stufen hinunter und betrat die Küche.

Aus der Jackentasche zog Drosten ein vergrößertes Bild, das ihm die Personalreferentin zur Verfügung gestellt hatte. »Bist du dem hier schon mal begegnet? Oder Sie, Frau Jentzsch?«

Die Mutter schüttelte rasch den Kopf. »Noch nie gesehen.«

Marie hingegen wirkte nachdenklich. »Kannst du dich an den Typen erinnern, der seine Katze gesucht hat?«, fragte sie ihre Mutter. »Der hatte zwar einen Bart und eine komische Mütze, aber die Augen- und Nasenpartie stimmt.«

»Hm ... Moment ...« Erneut betrachtete Frau Jentzsch das Blatt. »Meinst du, er ist das?«

»Ich weiß es nicht. Eventuell. Er sieht ihm ähnlich.«

»Erzählen Sie mir von der Begegnung«, bat Drosten. »Wann genau war das?«

***

Lukas Sommer beobachtete von einer sechs Meter hohen Empore das Basketballtraining der Schülermannschaft. Nachdem er von der Mutter erfahren hatte, wo sich Jule Schreiner aufhielt, hatte er die Polizisten zu ihrem Schutz zurückgelassen, und war allein zur Sporthalle aufgebrochen.

Die Spielerinnen trugen Trikots mit Namensbeschriftung. So fiel es ihm leicht, die rund einen Meter achtzig große Schülerin zu identifizieren, die eindeutig der Star der Mannschaft war. Sie beherrschte den Ball am besten, forderte ständig Zuspiele und versuchte in jeder Lage, den Korb zu treffen. Zwei von drei Versuchen waren erfolgreich. Der Trainer, der sich seine Spielerinnen immer mal wieder zur Brust nahm, bestärkte Schreiner in ihrem unkameradschaftlichen Verhalten. Er kritisierte andere Mädchen, wenn sie eine besser postierte Mitspielerin nicht anspielten, Jule hingegen lobte er ununterbrochen.

Sommer brauchte nicht viel Fantasie, um sich auszumalen, dass die Mobbingvorwürfe gegen sie berechtigt waren.

Er schaute auf die Uhr. Nach dem Training würde er sich Jule schnappen und nach Hause eskortieren. Er hatte beschlossen, das Trainingsspiel nicht zu unterbrechen. Hier in der Halle drohte der Schülerin keine Gefahr.

***

Seit zehn Minuten hatten sie das Haus umstellt und Filipo per Megaphone aufgefordert, sich zu ergeben. Nichts geschah. Der Flüchtige zeigte sich an keinem Fenster oder stellte Forderungen.

»Das gefällt mir gar nicht«, bekannte der Leiter des MEK.

»Mir auch nicht«, bestätigte Hoch. »Wie lautet Ihre Empfehlung?«

»Es gibt keine Anzeichen dafür, dass er sich eine Schusswaffe besorgt hat?«

»Er hat seine Opfer erwürgt. Seine aktuelle Geisel hat er nicht durch Waffenbesitz in seine Gewalt gebracht. Er verwendet Pfefferspray und einen Elektroschocker. Allerdings kann ich keine hundertprozentige Garantie geben.«

»Wann hat man die schon mal? Wir verschaffen uns gewaltsam Zutritt.« Er wandte sich von ihr ab und erteilte über sein Headset den Einsatzbefehl.

***

Filipo parkte den gestohlenen Wagen unweit der Tür. Wenn alles nach Plan lief, würde er das Gebäude betreten, das Mädchen niederstechen und sofort abhauen. Er atmete tief durch. Bis hierher hatte er es geschafft. War das ein Zeichen dafür, dass ein Rachegott seine schützende Hand über ihn hielt?

»Gib mir eine Stunde«, flüsterte er. »Danach ist es mir egal.«

Entschlossen stieg er aus.

***

»Oh mein Gott«, stöhnte Hoch.

Der Entführer hatte Alina wie ein Stück Vieh abgeschlachtet. Überall war Blut, ein kaum zu ertragender Anblick.

In diesem Moment wurde ihr wieder bewusst, warum sie sich vor Jahren gegen eigene Kinder entschieden hatte. Die Welt war verrückt – davon konnten Polizisten ein trauriges Lied singen.

Obwohl Gero Ruppert mit seinem Schweigen und seinen Vertuschungen einen Großteil der Schuld auf sich geladen hatte, fühlte sie mit ihm. Seine Tochter hatte ihr Schicksal nicht verdient. Und Eltern sollten niemals ein Kind beerdigen müssen.

»Wer informiert Sommer und Drosten?«, fragte Kriminalkommissar Sebastian Kaufmann.

»Das erledige ich.«

»Wer übernimmt den Vater? Ruppert liegt im Krankenhaus, oder?«

»Ja«, bestätigte Hoch. »Das übernehme ich ebenfalls, sobald wir hier fertig sind.«

»Er sollte es nicht aus den Medien erfahren«, gab Nadine Werner zu bedenken.

»Ich weiß. Wir müssen hier großräumig absperren, um die Reporter rauszuhalten.«

»Nein, das dauert zu lange«, widersprach Werner. »Wenn Sie uns entbehren können, fahren Sebastian und ich zum Krankenhaus. Und zur Mutter. Wir dürfen sie nicht so lange im Ungewissen lassen.«

Innerlich atmete Hoch erleichtert durch. Trotzdem wartete sie kurz, ehe sie nickte. »Einverstanden.« Sie zog ihr Handy aus der Tasche. »Ich schreibe den Wiesbadener Kollegen eine Nachricht.«

***

Drostens Mobiltelefon signalisierte den Eingang einer Mitteilung. Er entsperrte das Display.

Wir sind am Ferienhaus angekommen. Filipos Wagen steht im Carport, aber er ist nicht vor Ort. Alina Bühler ist tot. Brutal erstochen. Werner und Kaufmann informieren die Eltern. Wir befragen als Nächstes Nachbarn in der Siedlung, ob sie Filipo gesehen haben. Ich melde mich schnellstmöglich wieder.

»Scheiße«, flüsterte er. Seine Gedanken galten den Eltern, die im Laufe der nächsten Stunden die schlimmste aller Nachrichten erhielten.

In diesem Moment klingelte es an der Haustür.

Sybille Jentzsch stieß einen kurzen Schreckenslaut aus. »Ist er das?«, fragte sie flüsternd.

»Das erfahren wir gleich«, antwortete Drosten. Er bedeutete Schwinn, zur Tür zu gehen und nachzusehen.

***

Sommers Smartphone vibrierte in der Hosentasche. Er holte es heraus, während Jule Schreiner einen weiteren Korb warf und selbstgefällig die Arme hob.

»Oh nein«, entfuhr es ihm. Wie sehr hatte es den Verlauf der Ereignisse beeinflusst, dass er Ruppert bewusst konfrontiert hatte?

»Was machen Sie da?«, erklang plötzlich die Stimme des Trainers. »Wer sind Sie?«

***

»Nur ein Paketbote«, gab Schwinn Entwarnung, nachdem sie einen Blick durch den Türspion geworfen hatte. Der übergewichtige, bärtige Paketdienstmitarbeiter, der draußen wartete, hatte überhaupt keine Ähnlichkeit mit dem Verdächtigen.

***

Am von Sommer aus gesehenen anderen Ende der Halle hatte sich eine in die Wand eingelassene Tür geöffnet. Erschrocken richtete Sommer seine Konzentration zurück aufs Spielfeld. Auf der Türschwelle stand Filipo, der sich suchend umsah.

»Bringen Sie die Mädchen in Sicherheit!«, rief Sommer und zog die Waffe aus dem Schulterholster. »Der Mann ist bewaffnet! Verschwindet alle aus der Halle!«

Doch seine Warnung erzielte nicht den gewünschten Effekt. Viele Mädchen erstarrten und schauten zu ihm hoch. Da er eine Pistole in der Hand hielt, sahen sie wohl eher in ihm die Gefahr.

»Ich bin Polizist!«, schrie er.

Jule Schreiner hatte Filipo den Rücken zugekehrt. Dank des Namensaufdrucks auf dem Trikot würde er sie mühelos identifizieren. Falls er das nicht schon getan hatte.

Sommer feuerte in die Luft. Der Schuss löste die Erstarrung auf. Endlich schrien die Mädchen und rannten umher, teils zum Eingang, teils aber auch in Filipos Richtung. Sie bemerkten ihren Fehler, als sie das Messer in seiner Hand sahen. Von da an herrschte endgültig Chaos.

Sommer stützte seine Schusshand mit der Linken ab und zielte. Am liebsten würde er Filipo lebend fassen, doch die Unversehrtheit der Schulmädchen hatte Priorität.

Um freie Schussbahn zu haben, trat er einen halben Meter zur Seite, da sonst eine Schülerin in der Schusslinie gestanden hätte. Gleichzeitig lief Filipo los. Ihn trennten höchstens fünf Schritte zu Jule.

Sommer schoss.

Filipo, der die Messerhand bereits zum Stich erhoben hatte, wurde nach hinten geschleudert und stürzte.

Sommer schob die Waffe zurück ins Holster. War Filipo noch eine Bedrohung?

Am linken Rand der Halle stand ein Wagen mit gestapelten Bodenmatten. Sie verkürzten die Distanz zur Empore um mindestens zwei Meter. Sommer lief die Brüstung entlang, bis er auf Höhe des Wagens war, schwang die Beine übers Geländer und sprang. Die blauen Matten bremsten ihn ab, er streckte die Arme vor und nutzte den Schwung, um sich abzurollen. Als er sicher am Boden ankam, griff er erneut zur Pistole. Er nahm den reglosen Filipo ins Visier. Der Mörder hatte das Messer fallen lassen.

Aus der Schusswunde in Filipos rechter Schulter floss Blut.

Sommer suchte Augenkontakt zu dem Basketballtrainer.

»Ich brauche einen Erste-Hilfe-Kasten! Sofort!«

»Okay.« Der Trainer setzte sich in Bewegung.

30

In den Wochen, in denen sich Martin Filipo im Krankenhaus von der Schussverletzung erholte, schwieg er beharrlich. Erst als er ins Gefängnis überstellt wurde, teilte sein Anwalt offiziell mit, dass Filipo vollumfänglich aussagen würde. Allerdings unter einer Bedingung: Er wollte erfahren, wie Gero Ruppert den Tod seiner Tochter verkraftete.

Sommer und Drosten diskutierten darüber. Die KEG sollte nicht nur Serienmörder fassen, sondern auch eine breit angelegte Studie in Auftrag geben, mit dem Ziel, Mörder besser zu verstehen. Zwar gab es solche Studien, doch die Zeiten änderten sich. Selbst die härteste Variante der Pornografie war im Internet leicht abrufbar. Im Darknet trafen Freaks und Psychopathen auf Waffenhändler. Drogen zu beschaffen war ebenfalls kein Problem. Wie wirkte sich diese gesellschaftliche Veränderung auf Menschen aus, die einen Mordtrieb in sich spürten?

Die beiden Hauptkommissare wollten Filipos Beweggründe verstehen, deshalb stimmten sie seiner Forderung zu. Also fuhren sie in das Gefängnis, um mit ihm in einem Vernehmungszimmer zu reden.

Ein Justizvollzugsbeamter führte ihn an den Tisch und kettete seine Füße in einen im Boden eingelassenen Metallring.

Drosten startete das Aufnahmegerät. »Sie verzichten ausdrücklich auf die Anwesenheit Ihres Anwalts?«, fragte er.

Filipo nickte.

»Antworten Sie bitte mit ›Ja‹ oder ›Nein‹.«

»Ich verzichte. Wie geht es Gero?«

»Er ist an dem Tod seiner Tochter zerbrochen.«

»Obwohl er sich wie kein Anderer mit Trauer und Verzweiflung auskennt? Erstaunlich! Was heißt ›zerbrochen‹?«

»Nach der Beerdigung hat er gekündigt. Die Krankenhausgesellschaft wollte ihn halbherzig davon abhalten, sich dabei aber nicht sonderlich angestrengt. Wir mussten im Rahmen der Ermittlungen Ihre Erpresserbriefe thematisieren. Die Personalverantwortlichen werfen Ruppert vor, falsch reagiert zu haben.«

»Er wollte eben seine Tochter beschützen«, sagte Filipo.

»Seien Sie nicht so zynisch«, entgegnete Sommer.

»Erzählen Sie uns von dem Unfall. Ruppert hat die Fahrerflucht gestanden und zugegeben, unter Alkoholeinfluss gefahren zu sein. Allerdings schließen wir nicht aus, dass er unterhalb der damals erlaubten

Promillegrenze lag. Er gibt ebenfalls zu, emotional abgelenkt gewesen zu sein. Zugleich erinnert er sich daran, dass im Unfallauto komische Sachen vorgegangen sind. Die wollen wir von Ihnen hören.«

Filipo berichtete, wie Nicole ihm seine Konzentration geraubt hatte.

»Dann sind Sie der Hauptverantwortliche!«, folgerte Drosten.

»Das sehe ich anders«, widersprach Filipo. »Ich trage eine gewisse Teilschuld, aber ich habe wegen Rupperts riskantem Fahrstil das Lenkrad verrissen. Wahrscheinlich hat er gegafft.«

In den folgenden Minuten sprach Filipo von den Versuchen, die Trauer über Nicoles Tod zu verarbeiten, und dem Erblühen der Rachegedanken.

»Ich engagierte einen Privatdetektiv, der Rupperts Adresse herausfand. Jeden Abend stellte ich mir vor dem Einschlafen vor, wie ich ihn töten würde. Irgendwann wurde mir bewusst, dass ich nach der Tat nicht im Knast verrotten wollte. Das wäre mir ungerecht vorgekommen.«

»Wie haben Sie Andreas Scheider kennengelernt?«

»Eine Kneipenbekanntschaft. Letztlich purer Zufall. Er war verzweifelt wegen seiner Schulden und seiner Arbeitslosigkeit. Lud man ihn zu Bier und Korn ein, hörte man seine ganze Geschichte. Ein Plan entwickelte sich in meinem Kopf. Ich behauptete, nebenberuflich selbstständiger Finanzmakler zu sein. Schneider bekam bei Banken keine Kredite, ich beteuerte hingegen, dank meines Wissens wäre das überhaupt kein Problem. Eines Abends kam er zu mir. Ich hatte ihn gebeten, seinen Personalausweis mitzubringen. Um die finanziellen Rahmenbedingungen zu klären, fragte ich ihn nach seinen Eltern aus. Geburtsname der Mutter, ihre kompletten Vornamen, Beruf des Vaters. Ich wusste, ich würde eine Kopie seiner Geburtsurkunde benötigen. Er war nicht einmal misstrauisch, als ich ihn nach dem Krankenhaus fragte, in dem er geboren war. Wir tranken viel Wodka. Als ich alle nötigen Informationen hatte, gab ich einen Mix aus aufgelösten Schlaf- und Schmerztabletten in seine Drinks. Er starb friedlich. Ich bereitete alles für meinen vermeintlichen Selbstmord vor und nutzte dazu seine Leiche. Dann tauchte ich unter. Das Personalausweisfoto zeigte Schneider als Sechzehnjährigen mit langen Haaren. Bevor ich den Ausweis verlängern musste, schnitt ich meine Haare kurz, ließ mir einen Bart wachsen und färbte beides in seiner natürlichen Haarfarbe. Im Rathaus ist niemand stutzig geworden.«

»Wie haben Sie den zusätzlichen Vornamen hinzugefügt?«

»Das war gar nicht so schwer. Vom Job gelangweilte Beamte sind sehr hilfreich. Ich habe die Geburtsurkunde digital bearbeitet. Dem Beamten ist das überhaupt nicht aufgefallen.«

»Also war alles für Ihre Rache vorbereitet«, folgerte Drosten.

Filipo nickte.

»Aber Sie haben Ruppert in Ruhe gelassen.«

»Ich lernte Julia kennen. Ausgerechnet hier in Berlin, wohin es Ruppert nach dem Studium verschlagen hatte. Sie zeigte mir eine Welt, die nicht bloß aus Hass bestand. In der es auch Liebe gab. Ich beschloss, dem Schicksal eine Chance zu geben. Zwar behielt ich Ruppert im Auge, trotzdem hätte er unbehelligt weiterleben können, wenn es das Schicksal nicht anders gewollt hätte.«

»Wie sind Sie zu der Anstellung im Krankenhaus gekommen?«

»Dank einer Stellenausschreibung. Ich habe mich beworben, bin genommen worden und arbeitete mich innerhalb von sechs Jahren zum IT-Leiter hoch. Mein Kontakt zu Ruppert beschränkte sich auf ein Minimum.«

»Bis Ihre Tochter starb«, sagte Sommer.

Filipo schüttelte den Kopf. »Sie wurde von drei Mädchen in den Tod getrieben. Das ist ein Unterschied. Und ich habe Ruppert nie davon erzählt. Ich wollte sein Mitleid nicht.«

»Jule Schreiner gibt das Mobbing zu. Marie Jentzsch hingegen sagt, sie hätte nur ein einziges Mal Streit mit Clara gehabt. Weil sie sich gegen Claras Aufnahme in die Reit-Equipe ausgesprochen hatte, die für ein Springturnier ausgewählt worden war.«

»Schwachsinn! Hätte Clara sie wegen einer Lappalie in ihrem Abschiedsbrief erwähnt?«

»Marie Jentzsch klingt absolut glaubwürdig«, wandte Sommer ein. »Sie hat keinen Grund, uns anzulügen.«

Filipo zuckte die Achseln. »Das ändert ohnehin nichts mehr.«

»Sie haben neue Rachepläne geschmiedet«, folgerte Drosten.

Filipo hatte ihnen bislang abwechselnd in die Augen gesehen. Nun starrte er ins Leere. »Ich habe mich feige verhalten. Hätte Ruppert bestrafen müssen. Dafür rächte sich das Schicksal. Ich lernte meine Lektion und wusste, ich müsste die vier Menschen töten, die mir das Leid zugefügt haben.«

»Aber wieso Sina Kleinschmitt? Leonie Pulaski? Lena Ahlers?«

»Ablenkungsmanöver. Hätte ich sofort Haase, Schreiner oder Jentzsch getötet, hätten Sie die Zusammenhänge erkannt. Außerdem musste ich die Entführungen üben. Perfektionieren. Eins können Sie mir glauben: Die drei ersten Opfer haben ihren Tod verdient, denn sie waren auch Schülerinnen, die andere mobbten. Das habe ich im Internet herausgefunden. Es waren keine Unschuldslämmer. Und dann gab es da noch etwas.« Er stockte. »Ich hatte in der Nacht des Unfalls den intensivsten Orgasmus meines Lebens. Julia und ich hatten eine gute Ehe mit normalem Sex. Ich hatte im Bett keine Defizite. Als ich aber Sina zwang, mich zu befriedigen, während ich sie erwürgte, kam das endlich wieder dem Gefühl gleich, das ich in jenem Moment vor dreiundzwanzig Jahren empfunden habe. Ich wurde süchtig danach.«

»Marie Jentzsch erinnert sich an eine Begegnung mit Ihnen. Sie haben behauptet, Ihre Katze wäre verschwunden. Wollten Sie sie damals entführen?«, fragte Sommer.

Filipo nickte.

»Wäre anschließend Schreiner an der Reihe gewesen?«

»Ja. Ich hatte gehofft, genug Nebelkerzen geworfen zu haben.«

»Nehmen wir an, Ihre Pläne wären aufgegangen ...«, begann Drosten.

»Ich weiß, worauf Sie hinauswollen«, unterbrach Filipo ihn. »Ja, ich hätte Ruppert ermordet. Ihn irgendwohin gelockt und entsorgt. Dass ich ihn genötigt habe, die trauernden Mütter in die Gruppe aufzunehmen, sollte ihn bloß quälen. Es war nur ein Vorspiel.«

»Wieso haben Sie immer Töchter von Alleinerziehenden getötet?«

»Weil Haase, Jentzsch und Schreiner bei Alleinerziehenden lebten. Ein weiteres Ablenkungsmanöver.«

»Hätten Sie nach Rupperts Tod aufgehört?«

Es dauerte eine Weile, bis Filipo antwortete. »Nein. Wie gesagt, ich bin süchtig nach der Art von Befriedigung, die ich mir verschafft habe. Das Machtgefühl war so großartig. Von allein hätte ich niemals aufgehört. Sie haben wahrscheinlich vielen Minderjährigen das Leben gerettet.«

***

Nach der anstrengenden, vierstündigen Vernehmung des geständigen Mörders setzten sich Sommer und Drosten in ein Restaurant, um das Gehörte zu verarbeiten.

»Wie ehrlich war er zu uns?«, fragte Sommer.

»Ich schätze, er hat sich alles von der Seele geredet«, erwiderte Drosten. »Wir hätten ihm den Missbrauch der Mädchen nicht nachweisen können, schon gar nicht so detailliert, wie er ihn beschrieben hat. Die Ursache des Unfalls hätte er ebenfalls verschweigen können. Ebenso die Erwähnung des Machtgefühls, das ihm die Taten verschafft haben. Bei keiner einzigen Kontrollfrage ist er durchgefallen. Diesen Fall können wir komplett zu den Akten legen.«

»Trifft seine Behauptung zu, wir hätten Menschenleben gerettet? Oder ist Alina unseretwegen gestorben?«

Nachdenklich trank Drosten einen Schluck Wasser. »Wir müssen damit leben, dass wir Entscheidungen treffen, die manchmal bittere Konsequenzen haben. Trotzdem dürfen wir keine Angst haben, die Strategie zu wählen, die wir für die beste halten. Unsere Arbeit rettet Menschen. Darauf sollten wir aufbauen.« Drosten hielt ihm das Wasserglas zum Anstoßen hin.

Sommer dachte kurz über Drostens Worte nach. Dann griff er zu seinem Colaglas und stieß mit Robert an.

Nachwort

Liebe Leserinnen und Leser,

das war er also: der erste Fall der *Kriminalermittlungstaktischen Einsatzgruppe*. Ich hoffe, er hat Ihnen gefallen, denn ich sitze schon an der nächsten Ermittlungsakte, die ich Ihnen in wenigen Monaten präsentieren möchte.

Falls Sie zu meinen Stammlesern gehören, kannten Sie Robert Drosten und Lukas Sommer bereits. Falls Sie ganz neu auf mich gestoßen sind, möchte ich Ihnen meine beiden Reihen mit diesen Polizisten ans Herz legen. Sie finden unter den Lesetipps Hinweise zu den Büchern.

Wenn Ihnen der Roman gefallen hat und Sie mich unterstützen wollen, nehmen Sie sich doch bitte ein paar Minuten Zeit und hinterlassen eine Bewertung auf der Produktseite meines Buches bei Amazon. Vielleicht sind es dann Ihre Worte, die einen Leser, der mich noch nicht kennt, überzeugen, meine Bücher zu lesen.

Oder schreiben Sie mir eine E-Mail: marcushuennebeck@outlook.de

Auch per Facebook erreichen Sie mich: www.facebook.com/MarcusHuennebeck

Falls Sie alle Informationen zeitnah erhalten wollen, empfehle ich Ihnen, sich in meinen Newsletter einzutragen: www.huennebeck.eu/newsletter

Alle Leser, die sich neu eintragen erhalten momentan die Kurzgeschichte *Die Namen des Todes – Die Jagd beginnt* als Dankeschön geschenkt.

Herzliche Grüße

Ihr Marcus Hünnebeck

Lesetipps

Die Namen des Todes (Robert Drosten 1)

Ein Hacker spielt dem BKA brisante Informationen zu: Internetpseudonyme, Bilder und Chatnachrichten. Das Material stammt angeblich von Serienmördern, die sich über ein Forum im Darknet austauschen. Als ein im Internet angekündigter Doppelmord tatsächlich verübt werden soll, gerät das BKA unter Zeitdruck.

Hauptkommissar Robert Drosten leitet die zuständige Sonderkommission, die den Killer rechtzeitig verhaftet. Doch als der Mann seinen Anwalt ins Vertrauen zieht, schreckt er damit die Nutzer des geheimen Darknet-Forums auf. Einer von ihnen verfolgt fortan ein ganz besonderes Ziel: Drosten ein für allemal zu brechen.

Schuld vergibt man nie (Robert Drosten 2)

»Schuld vergibt man nie.« Oberkommissarin Katharina Rosenberg kann sich keinen Reim auf diese Botschaft machen, die sie am Tatort eines Mordes entdeckt. Als sich Robert Drosten vom BKA einschaltet, gelingt es ihnen, die Hintergründe aufzudecken. Der Mörder will den grausamen Tod eines Kindes rächen. Die Polizisten kommen dem Täter auf die Spur, doch jemand warnt ihn. Wer ist der unbekannte Verräter, der alles daran setzt, Drosten zu schaden? Während der Hauptkommissar den Mörder jagt, holt sein Gegenspieler zum vernichtenden Schlag aus.

Rudelfänger (Robert Drosten 3)

Nach einem Streit mit ihrem Freund macht sich die neunzehnjährige Franka mitten in der Nacht allein auf den Heimweg durch einen schlecht beleuchteten Park. Nur Minuten später wird sie von einem Mann überwältigt und betäubt. Frankas Freund eilt zu ihrer Rettung herbei – und bezahlt diesen Einsatz mit seinem Leben. Das BKA um Hauptkommissar Robert Drosten schaltet sich in die Mordermittlungen ein. Vieles deutet darauf hin, dass Franka bereits das fünfte Opfer eines brutalen Serientäters ist, der junge Frauen in seine Gewalt bringt. Was Drosten nicht weiß: Je näher er dem Täter kommt, desto stärker gefährdet er das Leben der Gefangenen. Außerdem muss der BKA-Mann noch an einer anderen Front kämpfen: Sein Ex-Partner verstrickt ihn in ein perfides Spiel und schreckt vor blutigen Opfern nicht zurück.

Rudeljagd (Robert Drosten 4)

Zwei brutale Morde. Zweimal das gleiche, mit dem Blut der Opfer geschriebene Wort: "Rudel". Erst lockt ein Mann eine junge Frau aus ihrer Wohnung und sticht sie nieder. Achtundvierzig Stunden später schlägt der Mörder auf einem Rockfestival erneut zu. Robert Drosten übernimmt die Ermittlungen. Wurden die Toten Opfer eines diabolischen Rachefeldzugs? Drosten sieht sich einem Täter gegenüber, der vor nichts zurückschreckt. Viel zu spät erkennt er, dass er zwischen die Fronten einer erbarmungslosen Auseinandersetzung geraten ist, an deren Ende auch sein Tod stehen soll.

Sommers Tod (Lukas Sommer 1)

An einem sonnigen Frühlingstag verschleppt ein Unbekannter den achtjährigen Simon und seine neun Jahre ältere Schwester Carla. Es geschieht am helllichten Tag und es gibt Zeugen, sodass Kommissar Lukas Sommer rasch eine heiße Spur findet. Beim Rettungszugriff gerät er jedoch in eine heimtückische Falle und verliert fast sein Leben. Als sich ihm eine zweite Chance bietet, setzt er alles daran, das Verbrechen zu sühnen. Aber sein Gegner ist ihm immer einen Schritt voraus.

Sommers Schuld (Lukas Sommer 2)

Eine Krankenschwester wird bei strömendem Regen in dem geliehenen Auto ihrer Kollegin hingerichtet. Schnell kommt der Verdacht auf, dass die Besitzerin des Wagens, die Ex-Frau von Oberkommissar Lukas Sommer, das eigentliche Ziel des Anschlages war. Hängt der Mord mit früheren Ermittlungen Sommers zusammen? Als der Täter wenig später erneut gnadenlos zuschlägt, gilt plötzlich Lukas Sommer als Hauptverdächtiger. Auf der Flucht muss er seine Ex-Frau und seinen Sohn vor einem Mörder schützen, der eine offene Rechnung begleichen und am Ende die komplette Familie ausradieren will.

Weitere Bücher:

Kainsmal
Die Drahtzieherin
Tödlicher Komplize
Wenn jede Minute zählt
Stumme Vergeltung
Verräterisches Profil
Die Rache des Stalkers
In jedem Fall Moll
Im Auge des Mörders
Abschaum
Bruderlos
Opferraum

Printed in Poland
by Amazon Fulfillment
Poland Sp. z o.o., Wrocław

60487154R00190